自序

这本《拔蒲歌》中所收录的,是我2013—2018五年间所写的散文。除开篇《儿童的游戏》与最后一篇《安家记》外,篇幅都不过万字,时间上与我的上一本《燕子最后飞去了哪里》大体同步而跨度更长,但那一本主要是由两篇很长的非虚构散文构成的。《拔蒲歌》则可以说是延续了我的第一本散文集《八九十枝花》的写作内容与情绪,仍是一本"还顾望旧乡"之书,只是这"还顾""望"的内容既包含过去,也写及现今。

开篇《儿童的游戏》,是记录二十世纪八九十年代乡下常见的儿童的游戏,其起因是重读了周作人介绍柳田国男所写的《幼小者之声》。柳田国男感慨过去日本儿童所玩的一些游戏,在都市生活成立后就窣地断掉而失去了,使我也起了记下我们的那份"始于遥远的古昔之传统的诗趣"的心。这虽是我们小时候皖南乡下一隅的一些游戏,实际上,在城市经济远未像现在这样发达的八九十年代,全国儿童的游戏大多大同小异。因为起着记录与保存的心,我在写时尽量记下了不同游戏的玩法,并配以自己拙劣的小画。只可惜年代虽还不十分久远,很多游戏的玩法我便已经模糊,不能准确或完备记忆,尤其是一些童谣,已很难记清。读这本书的读者,倘有兴趣和更为精确的记忆,希望有以教我,俾其更加完备。

除开篇外,书分为三部分。辑一"红药无人摘",检点从前乡下常见的野草花树,写出自己喜欢的那一份。在远离南方的北地,于回忆中拾撷一些喜悦亲切的情感，以安抚成长后渐远渐不可得的遗憾。"红药无人摘"是诗人韦应物的句子，本是写春末僧斋的幽寂，我的借用却是想表达一些昔人已杳渺的惆怅与孤独。"红药"即芍药，皖南山村人家门口常种一两棵，春末于曛暖和风中开出如小碗般重叠沉坠的紫红花朵，是很美丽的景色。我和妹妹离开家上大学以后，爸爸在家中菜园的菜畦上也种了一棵，没两年后，他也离开几十年未曾离开过的乡下，到城里打工去了。只剩下这棵芍药，年年春末在菜畦上兀自开出花来，又在枯萎时将花瓣落到下面的泥土上。"红药无人摘"因此是那些年发生在家乡春天菜园里的实景，无意中隐含了与之同时的乡村变化的缩影，成为我关于南方乡情的一种凝结与象征。这棵芍药后来被人挖去城市，不出意外地没有养活，却因为消逝而在我心成为更为纯粹、永久的存在。每当想起南方，我就想起那棵芍药，想起风雨与美一类的事，心中充满温柔的情绪。这一辑的最后几篇，则是我在北京生活四五年后，逐渐写下的一些北京的植物。都是城市中常见的一些花木，我对它们的喜爱也交织在对南方的想念之中。

辑二"瓜茄次第陈"，是关于南方种种的吃。有过去在南京生活的痕迹，更多则是皖南乡下的饮食。整理书稿时，我惊讶于自己竟然于不知不觉间写下了这么多有关食物的文字，以至于成为书中篇数最多的一部分（虽然从字数上来说并不是最多的）。作为从小在贫穷地区长大的普通人，并没有什么可供夸耀的饮食经验，书中所写的也都并不是什么珍稀或难得的东西,只是些过去乡下最常见的三餐。但春天的蚕豆汤与腌雪里蕻炒小笋,夏天的蒸茄子与糠梨,秋天的茅栗与红薯,冬天的炖炉子和烫粉丝,简单朴实的饮食所呈现的,大约不仅仅是四季的变迁,也与我们过去的生活与情感相关联。正是这种生活与情感,使得食物在我们心里不再只是饱腹或满足口欲的东西。与此同时,饮食也不妨说是地方风土的一种记录与表现,这也是我一直以来感兴趣的一方面。

辑三"与君同拔蒲",其中《大雨后》《青春照相馆》记少年心事,《清明》《大水记》《乡下的生灵》则是这几年逢节假回乡下的所见所闻。这两年我想做的事情之一,就是比之前要更频繁一些回到乡下去,去重新观察农村的四季与人事。或许只有经常的在场,才有可能发现一些细微的真实,庶几可以避免部分因为长久的疏离和根据匆匆所见而来的想象。这几篇是最初的尝试,其形式或不够凝练,希望在以后的过程中能有所进步。最后一篇《安家记》则是记录过去几年在北京租房的生活,以及最后碰运气买房的经历。这是全书篇幅最长的一篇,写作时间也最靠后,取了"安家"这样的名字,但实际上远非尘埃落定的意思,所想展示的,也不是所谓买房安家"成功"的过程,只是过去几年普通年轻人在北京这座具有特殊意味的大城市所经历的生活。没有多么惨烈,也没有十分戏剧化的遭遇,相对于许多"北漂"来说,甚至可以说是相当顺利,正是这样普通的生活,被写下来了,也只是城市化进程中一个微不足道的切片。开始写时,时间还是2017年1月，等到最终写完并修改完毕，已是2018年5月了。在这过程中，周遭的环境发生了巨大的变化，我深深怀疑起写这样的东西的意义，最终还是写完了它。不同之处是加入了十年前第一次到北京来时所遇到的那些朋友，那时他们充满希望、野心勃勃，一心要在这座城市追求自己的远大前程。十年过后，大家早已各处分散，生活也到处蒙上尘埃和阴影。

最后，关于《拔蒲歌》的书名。2016年的一天，朋友纳兰妙殊（现在她以本名张天翼发表小说和散文）忽然给我发来两首南朝民歌《拔蒲》：

> 青蒲衔紫茸，长叶复从风。与君同舟去，拔蒲五湖中。
>
> 朝发桂兰渚，昼息桑榆下。与君同拔蒲，竟日不成把。

她十分兴奋，说觉得我的下本书名可以叫作"拔蒲集"，因为"与君同拔蒲，竟日不成把"，可不就是我写东西写得很慢的写照！而我恰好又爱植物，这名字简直再适合不过。我也觉得非常好笑，很快乐地同意了她的提议，最后便定名为"拔蒲歌"。蒲草是我喜爱的植物，爱它们在水边风过时齐齐摇动的场景。《古诗为焦仲卿妻作》里，"蒲苇韧如丝，磐石无转移"的句子，大家很早就熟悉了，这里的"蒲苇"和《拔蒲》中的"蒲"究竟是菖蒲还是香蒲，我想了想，觉得应该是香蒲。虽然同是生长在水边，香蒲叶细长而柔韧，可以编蒲席、蒲扇（今年夏天朋友送我一把扇子，就是香蒲叶晒干后编成的，扇子精致清洁，制作成桃心形，很是美丽，用起来也很轻），菖蒲叶则没有这种韧性，多只用于端午时插在门头避邪。物用的广泛与否决定了它们是否会被大量、频繁地采集，出于这种考虑，我觉得南朝民歌中许多的"蒲"应当是香蒲。"青蒲衔紫茸"的"紫茸"，也更像是描述香蒲香肠一样的毛茸茸的深褐色雌花序（有的地方因此称香蒲为"水蜡烛"）。

书名的另一原因，则是我爱这名字中所包含的情歌意味，虽然我所写的并不是情歌。《拔蒲》属南朝民歌中的清商曲辞，直白清丽的语言中，包含着大胆而深重的热情，如同当时许多短歌一样。后世张祜亦有《拔蒲歌》："拔蒲来，领郎镜湖边。郎心在何处，莫趁新莲去。拔得无心蒲，问郎看好无。"则嫌过于表露，一览无余。拔蒲与采莲，同属于过去时代水上的劳动，在劳作的过程中，将触目风景与情爱相将编织，一并诞生了如此动人的歌谣。在自身抒情性已经降至很低的低点的现在，能在书名里保留一点"长叶复从风"的摇曳和"与君同舟去，拔蒲五湖中"的婉转缠绵，是我很愿意的。

沈书枝

2018年8月，北京

目录

开篇

儿童的游戏

辑一

红药无人摘

喜欢的树 二七

做客 三四

门前的花 四一

青梅的滋味 四七

蝉时花 五四

荷花、荷叶与莲蓬 六六

南京的蜡梅 七三

北京的春天 七八

牵牛花记 九〇

辑二 瓜茄次第陈

想起从前待在南方　一〇三
盐水鸭与酒酿　一一三
梨子罐头　一一八
油焖笋　一二三
见时新　一二七
夏天的果子　一三三
夏日食瓜　一三九
夏日食物　一五〇
加菜　一五五
冰棒　一六〇
龙虾与泥鳅　一六七
粉丝星人　一七二
炒栗子与烤红薯　一七八

辑三 与君同拔蒲

大雨后　一八七
慢行火车　一九七
青春照相馆　二〇六
清明　二一六
大水记　二三四
乡下的生灵　二四〇
安家记　二六七

开篇

儿童的游戏

三

一

　　从小我不擅长游戏，小孩子间风行的种种玩法，但凡需要一点技巧，或要动些脑筋的，绝大多数都玩得一般。有时连一般都不算，直是差劲。这大约是一种与生俱来的笨拙，与之相反，有些天生灵敏的小孩子，无论什么游戏都能玩得很好。每和他们一起去玩，我不免心里羡慕，爱他们如鱼得水的灵巧，然而也还是喜欢玩这件事，也喜欢看他们玩了。

　　平常我们最经常玩的地方，是村子中间姨奶奶家和小娥子奶奶家门口的场基。因为是两家共有，比一般场基大出一半，可以追可以跑，离各家的屋又都不远，大人喊能够听见，是很理想的玩的场所。场基西面一个小小水塘，水塘边长枫杨，年年春天，树下青苔密布时候，我们喜欢在树下围墙边找一种新发芽的小苗，小小两片裂成几须的叶子，并列如张开的羽翅。我们很爱这小苗的样子，常常把它拔出来玩，嫩红的根茎可爱。那时候我们总不知道这是什么树的苗，想等它长大了再来看一看，然而等到春天过去，小苗长出两片红中透绿的卵圆形真叶，失去了幼小时可爱的样子，我们就对它失去了兴趣，再也想不起来看了。离乡后很多年不曾看见家里的春天，小苗也许多年不曾再见过，也曾想过是不是就是枫杨的幼苗呢，也不确定。直到现在，也只好在记忆里用力比方着，却说不清楚了。场基上则没有任何植物，连一根草都没有，年年走人和晒稻的地方，是不会长草的。

　　从春到冬的午后和黄昏，我们常在这中间略高、四角略低的空地上玩。小孩子间最通行的游戏，首先是跳橡皮筋、踢毽子。橡皮筋我们称为蚂蟥筋，因

四

枫杨幼苗

其所用的松紧绳和田里的蚂蟥一样，都有可伸缩的特点。这名字很有些吓人，那时我们却不觉得，只是很平常地叫着，大概因为日常上学的路上，春夏间才栽下秧的新田里，细细的蚂蟥在黄绿田水里一拱一拱地游着，也是很常见的情景。虽然蚂蟥吸血，的确让人厌恶而害怕，但小孩子又不常下田栽秧。我们中间只是因其名称的相似而生出一种谣言，即是相传蚂蟥筋"能吸血"。逢到家里给做了新裤子，裤腰里缝的松紧绳太紧，把腰上勒出一圈红印子，我们难免要慌张，感到蚂蟥筋果然在吸血了。然而蚂蟥筋我们又实在很爱，做衣裳时，看裁缝拿着填着点点银星的黄竹尺，一尺两尺那么在一根长长的松紧绳上量着，心里羡慕极了。我们偶尔在小店里扯松紧绳做蚂蟥筋，绳子五分钱一尺，对小孩子是很昂贵的价格，只能买短短两三尺，回去接在已跳得破破烂烂的旧蚂蟥筋上。因此，一条长长的蚂蟥筋是一笔我们轻易不能拥有的财产。我不记得我和妹妹曾有过一条完整的蚂蟥筋，即或有，也是很短的，不好跳。村子里长一点的蚂蟥筋，都是几个小孩子一起凑出来的。用剪刀从家里不要的旧裤子上拆出来的一截松紧绳，小店里买来的三尺四尺，都拿出来疙疙瘩瘩系到一起，系成一个圈。这一条蚂蟥筋便成为几个人共同的财产，要玩的时候一起玩。有时也带别人玩，不跳的时候，就绕成一个灰突突的球，轮流揣在荷包里。

跳蚂蟥筋时，人要分两组。一组跳，一组绷蚂蟥筋。时光久远，如今我只记得似乎每组都有一个带头的，剩下两三个跟在带头的后面跳。因此带头的人厉不厉害，是很要紧的。厉害的可以一路从脚踝、膝盖、大腿、腰，直跳到胳肢窝下的高度，跟在后面的人跳"死"了，她还能单独再跳一遍，把那个人的"命"救活。再往上，是颈子、头乃至举手的高度，"举手"很少有人跳到，非跳得最好的女孩子不办。她一个人跳，我们站在旁边，屏气看她用手攀着绳子（跳到很高的时候，第一步可以把绳子拉矮一点），轻身一跃，便已轻轻跳进绳圈里，开始往下跳了。蚂蟥筋有几种跳法，如今不复记省，只记得有一种，中间要把右边的绳子勾到左边来，将左边的压在下面，在右绳上踩几下，一边踩一边喊："打、倒、四、人、帮！"念到"帮！"字时，单脚一伸，把右绳放开，踩到左绳上去。还有一种跳法，最后要跳回绳子中间，在里面蹦几下，喊："打、倒、蒋、介、石！"喊到"石！"字时，从绳子中间跳出来。这是历史的遗迹，我们跳时，只是出于惯性地喊着，并没有什么同仇敌忾的意气了。

我跳蚂蟥筋跳不高，跳到半身高以后，常常是那个等着别人来把"命"救活的人，因此在旁边看着，常不免很寂寞而不好意思。我所喜欢的是踢毽子，踢塑料毽子、纸毽子。鸡毛毽子也有，只是太难，我们很少踢，只是喜欢做罢了。宝贵的是用一个铜钱，我们没有，常是拿了家里的大号电池，把两头装着的塑料壳卸下来，圆圆的蓝色薄片，中间一个小洞，把它来代替铜钱，用一块布缝起来，上面再缝一截鸡毛管子，把几根公鸡尾巴上黑得发绿的羽毛插进去。这样草草做出的毽子轻飘飘，不称脚，一次只能踢几个，甚至常常只踢了一两个，毽子就掉到地上去了。然而我们做它原不是为了踢，只是喜欢它不像塑料毽子或纸毽子那么寻常，喜欢用针线缝布的快乐罢了。我们平常踢还是塑料毽子好，也是自己做。这是塑料袋在乡下出现以后的事，在我念小学时，已经很普遍了。收集来的几个塑料袋，剪成约一厘米宽、十几厘米长的长条，毛线绳把一头一捆，头用火烫一下，一个塑料毽子就做好了。这样的毽子又蓬松又大，踢起来"哗哗"响，连我这样笨拙的，都可以一口气踢二三十个。用装蜜枣冰糖的封口袋做成的塑料毽子最漂亮，塑料不长不短，白而且厚。那时我们若有这样一个塑料毽子，也很可骄傲。多半还是在地上捡些花花绿绿的塑料袋子做一个。有时候花花绿绿的塑料袋也凑不齐（那时候乡下的塑料袋还是很少的），就用纸剪一个，做法与塑料毽子相同。纸毽子也很好踢，像塑料毽子一样蓬松，只是容易坏。小孩子的书包或荷包里人人得有一个纸毽子，随时可以拿出来踢了。

　　电池两端的圆片，我们还有别的玩法。其实简单，地上放一片，手里捏一片，眯眼瞄准，将手里那片用巧劲掷下去，把地上那片砸得翻过面来，就赢进自己荷包里了。乡下多银白色大电筒，装两节电池，还有一种大号的，小孩子眼里觉得格外长了，要三节电池才能装满。夏天晚上人去田埂上看水，或冬天到亲戚家喝酒吃饭，回来天已经漆黑，都要打着电筒，于茫茫无边际的黑暗中扫出浮游的一道光。新电池的光雪亮、轻盈，电池却太容易没电了，光逐渐变黄，变短，到最后只剩下有气无力的一缕。家里抽屉里扔着好多用过的电池，每一节上都布满牙齿咬过的痕迹，因为不能常常买新的，讲是咬一咬就能再有些电，于是把电池拿来咬了又咬。到最后临用起来，把手电筒拍了又拍，总是不亮。我们的电筒有电时，我们很喜欢背着大人玩一个游戏，把开关打开，四指紧并，蒙到灯前的玻璃片上去。黑暗里光透过手指，照得沙沙一片鲜红，仿佛半透明的样子，是很有意思的事。此时若被大人看见，必然要遭呵斥，因为浪费了原本宝贵的电。但也因此觉得更受吸引，有时候白天，我们也躲到被子里，偷偷玩这游戏。

其他流行的，是打弹子、打"四角"、打画子、扎小刀、下五子棋。男孩子无不热衷于打弹子，每有一点零钱，都要千方百计到小店里换成彩色的弹珠，揣在荷包里，时时摩挲，遇见一个自觉不如自己的对手，就要邀请对方来一把。小心翼翼，看自己的弹子能不能打进坑里，然后就可以拿去打别人的弹子了！一只眼轻轻眯起来，大拇指一弹，弹子轻轻一碰，"嗒——"，又迅速滚开。弹子要打中三次才算赢，但只要第一次打中了，后面两次距离近，就很简单了。赢了弹子的人，也不敢恋战，怕回头运气不好，又要把赢到手的弹子输回去，或是输了的人气得哭，拿他没办法。赢两三颗，就很多了，要赶紧背着书包跑掉。那时我买几颗弹子，喜欢它们圆溜溜地晶亮透明，喜欢里面弯曲旋转如风车片的花纹，因为害怕输，平常并不怎么舍得跟人打，多数时候，都是掏出来自己和自己打一下，听一听它们轻轻相碰的滴溜声，便很满意了。

"四角"的"角"读若"国"（入声），把几张纸叠成一个四方块，打时两人先"锤子剪刀布",负者掏出一片"四角"扔到地上,另一个用自己的一片去打地上的,若能把它掀翻过来,这一片"四角"就归自己所有了。如不能,则留下自己的换对方打。普通的"四角",大多用两三张纸叠在一起,以免太轻、太薄,但遇到好赌的男生,把四张、八张乃至更多张纸叠在一起,叠成一个又厚又重的大方块,在放学路上叫嚣寻衅,也是常有的事。有一回我在路上看见我的同学黄大火和人打四角,因为输了几个薄的,硬是把整本语文书撕了,扭成一个大四角,拿来和人打。那四角十分厚笨,拿来打普通的四角简直不费吹灰之力,他得意极了,笑嘻嘻的,气得和他对打的人也把书包里所有四角都找出来,合成一个差不多大的四角和他打。乡下少纸笔,除了上学的课本和作业本而外,很少有其他纸,这样打四角因此很有些奢侈的意思,因为我们四角的真身乃是上学期的课本或作业本了。男生的书包里不放几张"四角",放学路上不随便见到什么同学就在路边停下来,各自掏出来打上几个回合,是很少的。

打画子与之类似。"画子"即画片,小店里卖的土灰色的大张粗纸,正面印分成小格的故事画,"孙悟空三打白骨精""葫芦娃勇斗蛇精"诸如此类的故事;反面印这一小节的情节介绍,约莫五毛钱一大张,或更贵一些。小孩子买回来,用剪刀剪成小张,玩时用手里的去打放在地上的,翻过来就赢。如何巧妙地运用手腕的力道和衣袖扇起的微风,把地面上那一张带翻过来,是一件自有讲究的事,非灵活聪明的小孩子不办,因此往往输的人老是输,赢的人老是赢。这样玩不下去,我们便直接玩简单些的"飘画子"。随便找一面墙,把画子抵在墙面高处,然后松手,看它自己飘下来,谁的画子能飘得远一些,谁就赢。这时要没有风,当自己的画子飘下时,要祈祷天起一点点的微风。黄昏时常有

九

① 电池片
② 弹子
③ 四角
④ 画子正面

```
③ | ①
---
④ | ②
```

小孩子在小娥子家墙边玩这游戏，这一面墙干净，地面平整，空地边缘种着一排水杉，把地面和人们经过的路隔开，我们因此格外喜欢这一面墙，玩飘画子的时候，总要到那里去。

　　掷小刀的游戏，在成年以后的现在想起来仍觉怀念，乡下那样柔软湿润的土地，在城市中实难寻觅。在放学路上随便哪一截路上，找一小块光洁的软地，两人各把自己的小刀掷到地上，稳稳站住，这一个点就是自己的"大本营"，而后轮流往对方的"营地"一刀一刀掷过去，每次不超过拇指和食指能量得过来的长度，小刀每掷住一次，就把两点之间的线连起来，看起来如夜空中星辰的图画。最后谁先把另一家的路线密不透风地围住，谁就赢了。刀是寻常削铅笔的铁皮小刀，颜色鲜艳的一小把，翠绿、明黄、柔红、深蓝，大部分是很朴素的模样，偶尔有铸作猫头鹰样子的，十分可爱。铁皮薄软软，用一阵子，刀头一处的铁皮，常常因为削铅笔用力而被劈开了叉。我们舍不得买新的，平常削铅笔，遂多用家里菜刀，可以拿一把很大的菜刀，把铅笔削得尖尖的，食指上满是磨得发亮的铅笔芯灰色。小刀用不了多久，刀片就变得钝起来，或是装刀片的小孔松了下来，刀一掷出去，铁皮的刀身掉下来，小刀"哐啷"一声倒下，就失败了。因此这游戏是新的小刀最好，每当买了一把新小刀，就是我们最喜欢玩掷小刀游戏的时候。

　　下五子棋是那时我很喜欢的事。这近于智力游戏，虽然常输，也觉得格外有意思。其法则简单，只要抢先把五颗棋子在棋盘上排成直线，无论横竖斜对，就都赢了。棋盘也没有象棋那种楚河汉界的讲究，只是格子而已。我们常在门口场基上下，尤其是雨后天气，场基浸过水，土壤变得柔软细密，捡来树枝，

一

划出整齐而清晰的格子,用捡来的极细小的扁平石子下。叔叔家有一副象棋,每回成浩表弟来玩的时候,我们总要把这副象棋拿出来当五子棋下,一边处心积虑布置自己的五颗,一边围追堵截对方的棋子。他比我小一岁,那时是一个很好生气的小孩子,一生气我们就喊他"翘老咕子",意思是气得嘴都翘起来,像一种嘴巴上翘的鱼了。他一听,更气了,就在这气鼓鼓中穿过村口的水泥桥,穿过油菜田和新绿的秧田,回家去了。我们玩五子棋时,却能意外地玩得很久,大概是我们都很喜欢这个游戏,彼此水平又差不多,不会光谁一直赢,因此都玩得很有兴味。到念初高中,学校发一种特殊的练习本,用来做几何题或物理题,与平常本子不同,页面上印满细小方格。偶尔本子写剩下几页,我们就在这纸上下五子棋,用不同颜色笔在格子上画圈,以代棋子。这是那时贫乏的学习生活里不可多得的乐趣之一,只可惜现在想起来,也常常是以我输为告终了。

二

那时我们没有"玩具"的概念,但凡玩时候要用到的工具,都是自己动手来做。譬如路边丛生的苦竹,折一枝来把梢头弯圆绑住,啸聚着去人家黑漆漆的厕所角落粘蜘蛛网。蜘蛛白天不在网上,兴冲冲粘了几张,小心用手指在上面点一点,于黄昏时举着竹枝冲在门口无声而迅速地高低起伏的蜻蜓后面,妄图粘得一两只蜻蜓,最后蜘蛛网上粘满的,只有成阵的蠓蠓子留下的黑点。山上所长的栎树,夏来结满树的栎子,我们称为"橡栎子",约一厘米长的椭圆,顶上戴一顶小帽子,底部尖尖。橡栎初生时嫩绿,秋天转为褐色,地方上将它采来磨碎沥出淀粉,

② 五子棋　① 小刀

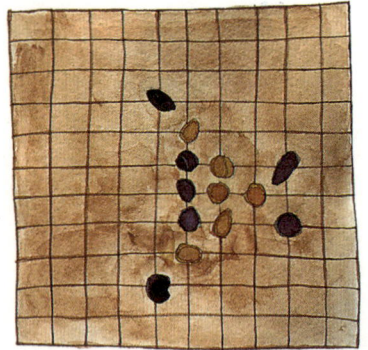

做一种"栎子豆腐"吃。栎子豆腐颜色深褐，多是切成块加辣椒来炒，有一股淡淡的涩味，小孩子时不能欣赏，饭桌上看见唯恐避之不及。然而橡栎子却是很好的玩具，学校旁边小山坡上便有几棵，上下学的路上我们经过，随手摘几颗绿色的橡栎子，折一小截苦竹最细的枝子，将橡栎顶端的"帽子"揭掉，将竹枝当中插进去，捏住将橡栎子放在地上轻轻一旋，便可以看它独自在课桌或平坦的地面上旋转些时。还有另一种壳斗科植物的果子，我们称为"锥（读如锯）栗子"，大小仿佛圆而扁的板栗，摘来当中用大人纳鞋底的锥子穿过，穿上毛线绳或麻绳，将之固定在绳子中间，然后双手捏着绳子两端绕圈，绳子就会"上劲"，待绕到一定程度，就可以向两边拉动绳子，像弹簧一样来回伸缩，锥栗子在中间快速旋转，发出"呜呜"的声音。这玩具比橡栎子的要更好玩，只是锥栗树不像橡栎树那么常见，因此玩得还是不如橡栎子多。

　　弹弓是那时我爱慕的玩具之一，年年都想要做一个来玩，村中多枫杨，春夏之间，会爬树的小孩子爬到枫杨低矮处的树杈上，挑一枝漂亮结实的"丫"字形树枝折下，再用小刀一点一点修成弹弓。枝丫两端刻出沟槽，女孩子扎头发所用的黄色半透明蚂蟥圈，两三根并在一起，从沟槽上系起，环环相扣至中间，以一块碎布连缀。弹弓的弹力如要大，用的蚂蟥圈就要很多，这十分奢侈，我们舍不得，只有对做弹弓怀有十分热情的人，才有那样的豪气。弹弓做好，拿着在村子上招摇过屋，地上随便捡点小石子，左打打，右打打，一头猪拱在草丛里找东西吃，他于是去打那猪的屁股，嘴里一边轻轻喊："叭！"猪受了惊吓，尖叫着四蹄刨灰跑远了，剩下讨嫌的小孩子笑嘻嘻的，觉得自己十分勇猛。

　　相较而言，做手枪是更考验兴趣的事。手枪有铁丝、纸和黑泥制三种，有攻击性的唯铁丝所制一种而已。铁丝拗成简单的手枪形状，上面仍然是绷上女生扎头发用的蚂蟥圈——说起来，它的原理其实和弹弓相同，都是利用蚂蟥圈的弹力把"武器"，也即折成小条的纸头搭在上面弹出去打到人。与之同理的最简单的玩法，是在大拇指和食指中间绷一根蚂蟥圈，把纸头对折搭在蚂蟥圈中间，用力一拉，弹射出去。这样的纸头打在人身上很有些疼，上学时淘气的学生躲在后面偷偷拿它来打人，非常得人嫌，一旦被发现，往往要被按住暴打一顿。纸和黑泥做成的"手枪"都只能观赏，细心把纸卷成细细的枪筒、方块形的枪身和长条形的手柄，再组装到一起去。这样纸做的手枪做好了拿着要小心翼翼，不要将它碰掉下来，因此拿着的人总是显得很端然。离村子很远的新坝子，大桥底下一块水很深的潭边，附近据说有黑泥，我从未去过，因为从小被大人告诫危险，而自觉避开了那样的地方。偶尔盛夏季节，有男孩子挖来潮湿的黑土，坐在门口阶檐上光滑的水泥地上反复摔打，把土块摔硬，再捏成手枪形状。黑土的手枪看起来很威风，但也并不常见，因为愿意专门去挖黑土的小孩子还是不多。到再晚一点，小店里流行起打子弹的玩具枪，自己做的手枪的魅力便一落千丈。每到过年，每个小孩子的手上都拿一支玩具枪，配一盒子弹。子弹圆圈形状，圆圈上每一个点都是一颗子弹，填进去，"叭叭叭叭叭"，很得意地打完了，再按一圈子弹进去。

　　抓子所用的工具是石头，和下五子棋一样，只是对石头的要求要更高一些。那时我们走在放学路上，或是去河滩边放牛，或是什么人家要造房子，运来大堆石子堆在门口，我们经过时，第一反应往往是去找几颗大小合适、形状圆润的石子来装在荷包里，回头用来抓子。抓子分四颗石头与七颗石头两种，对我来说，到四颗石头的第三关，也即把第一颗石头扔到空中，把地上的三颗石头一把抓起来，再去接住从空中落下来的第一颗石头，就已经非常困难；而一把抓住七颗石子，则基本属于幻想，因此我常常只是自己捡几颗石子自娱自乐罢了。而厉害的人则十分厉害，可以一口气从头抓到尾而不失败，手爪的灵活令人惊羡不已。石子随抓随丢，因为随处可得，想玩的时候弯腰找一找，总归是有的。除非有特别好用的一把子，这样舍不得扔，常常揣在口袋里。我们喜欢河里的石子，尤其是黑色，因为被河水冲过，形状圆润，抓起来不会硌手疼，而黑色的格外好看。有一年班上也有女同学用布缝了臭豆腐块大小的布包来代替石子，里面灌上沙子，这样的沙包个头大而沉坠，不像石头会滚得四散，因此很容易抓起来，却也失去了挑战的快乐，因此在抓得好的同学中并未受到格外的欢迎。

还有大家都喜欢的收集游戏。首先流行的是捡糖纸，乡下吃糖的机会很少，都是人家办喜酒的时候，发十粒八粒糖，很珍惜地吃完，糖纸洗净晾干，放进书页压平。花花绿绿的糖纸，最美丽的莫过于折成莲花形状，中间用针线绳子穿起来，几朵成一串，挂在帐钩上。那太奢侈，八张糖纸不过能折得一朵花，我们轻易不能办到，简单一点的随便把一张糖纸当中在毛线绳上一结，结上几个，打成一串，挂在帐子上也鲜艳好看。收火柴盒子。打火机尚未出现的年头，家家锅灶底下的火柴洞里，总有一两盒火柴放在里面。一盒火柴用完，盒子两面的皮子就被我们撕下来拿去打画子，因为和打画子的画片差不多大小。印了图案的正面要更受欢迎，然而小店里卖的火柴，卖来卖去都是那几种，并没有什么特别，蓝色的跃水而出的龙，上面印着"芜湖"二字，或是一只大老虎头，印着"黄山"字样的迎客松，诸如此类。偶尔买到不大常见的，舍不得拿出去玩，自己留着，很快便忘了到底放在了哪里。

而最奇特的爱好莫过于收集烟盒里面的锡纸，如今想来，难免很奇怪的，因为看不出有什么用处——大概锡纸是那么亮光闪闪，又怎么也没法用火柴点燃，使我们觉得实在太神奇了吧。大人们一盒烟抽完，我们就把烟盒抢过来，抽出里面包烟的纸，这张纸有两层，外一层锡纸，里面粘一层白纸。我们想方设法把背后的白纸用火柴烧掉，却很难烧得干净，最后往往是得了一张一面黑乎乎的锡纸，或是不小心把纸抠破了。即便这样，也仍然乐此不疲。如今偶尔做烘焙，一大卷的锡纸，几块钱可以买到，烤什么东西之前，都要撕一大张垫在烤盘里。每一回撕的时候，都要忍不住在心里感叹："这要是小时候的我，会高兴成什么样子啊！"为那时小心地一点一点烧锡纸的我惋惜着，那时我不知道世界上有这么好的东西。

"蚂蚁窝"不知为什么叫蚂蚁窝，大概因为叠好拉开来之后，有一个个很小的窝，觉得那样小的窝，是只适合给蚂蚁来住的吧。我们叠蚂蚁窝总是用白茅的叶子。夏天，白茅叶子在塘埂上长得很长，折一片下来，当中九十度角折起，然后将两边叶子来回反复叠加，叠完轻轻拉开，一个"蚂蚁窝"就叠好了。要说蚂蚁窝有什么用呢？好像没有，只是看看玩罢了，是一个人孤独地打发时间的游戏。与叠蚂蚁窝相似的是喊风来，在溽暑难熬的盛夏，挼田埂或是场基边什么地方随便生长的一种"猪猡草"（如今想来，是一种禾本科的草）的种子到手心，然后轻轻吹它，一边喊："风来哦，风来哦。"好像在那一瞬间，会有一丝不易察觉的温热的风吹过。燠热无风的夏夜里，觉得太热了，乘凉的小孩常常两个三个地玩这游戏，仿佛相信冥冥中有神奇的力量，使这咒语可以召唤到

① 橡栎子
② 弹弓
③ "蚂蚁窝"

①
②
③

风伯，让他把兜风的袋子往下界这里放一放。从前夏天的晚上，和妈妈一起在塘埂上看塘，害怕被抽干了塘水的塘里鱼被人偷走，妈妈也曾吹动猪锣草的种子来给我看，隔河村子去世人家的锣鼓隐隐可听。盛暑放牛的午后，走在田畈里，打一把黑伞，太阳晒得人火热，穷极无聊时，我也会扯几根猪锣草起来，揉了种子到手心里吹，一边回头张望，看是否有风来的痕迹。

周作人在《幼小者之声》里介绍柳田国男的文章，谓从前下雨时，屋檐滴下的水面上浮动着水泡，小孩子在板廊前看着水泡唱："檐溜呀，做新娘吧！买了衣橱板箱给你。"柳田国男写："小孩看了大小种种的水泡回转动着，有时两个挨在一起，便这样唱着赏玩。凝了神看着的时候，一个水泡忽然拍地消灭了，心里觉得非常惋惜，这种记忆在我还是幽微地存在。这是连笑的人也没有的小小的故事，可是这恐怕是始于遥远的古昔之传统的诗趣吧。今日的都市生活成立以后这就窣地断掉了，于是下一代的国民就接受不着而完了，这不独是那檐溜做新娘的历史而已。"我读这文章时，想起我们的喊风来，大约也算得一种"始于遥远的古昔之传统的诗趣"。叠蚂蚁窝和喊风来，是孤独的放牛时光里如今想起来仍然觉得温柔的事，到今天我还记得蚂蚁窝的叠法，偶尔当我又回到乡下，看见塘埂边高高的白茅叶子，仍然会下意识折一片长长的下来，叠一个绿色的"蚂蚁窝"。

三

最热闹的游戏施行于黄昏时，或暑假不用下田的午后，屋檐的阴凉逐渐变宽，可以荫蔽其下的人们。因为参加的人数总要很多，每到玩这样的游戏，整个村子多半的小孩都在，这样的游戏是：跨步子、丢手帕、躲猫和撞大龙，而以撞大龙所需的人数为最。跨步子规则简单，人数对半分成两边，地面上画一道线，一组人从线后跨一步出去，相互扶携着单脚站定，另一组选一个个子最高、手臂最长的人，站在线外，由其他人拉着，竭尽全力把跨出去的那组人全部拽回或拽到无法单脚站立，就算赢了。因此跨步子以个子大为优势，个子小的人，怎么也跨不远，很容易一勾就被勾回来，或是由别人拉着，使了半天的劲，也够不到前面人的衣裳。但个子太大，却也别有一个隐忧，便是身体重，当人几乎要横着去勾前面人的衣裳时，旁边人力气如拉不住，很容易就倒在地上，自己这方就输了。赢了的那方要再跨回来，下一把再玩时，跨出去的步数就从一步增加为两步，同样，捉他们的人也要跨出一步，这时候也要单脚站立着去勾了。

丢手帕我们称为"丢手捏子"，大概因为手帕常是捏在手上，因此地方上有了这样听起来难免有些奇怪的名字。我们念小学时，手帕还很常见，小孩子流鼻涕，荷包里多有一条手帕，大多时候脏兮兮的，不好意思在人前拿出来。玩丢手帕要人多才好玩，先剪刀石头布，选出第一个丢手帕的人，大家围成一圈在场基上坐下，丢手帕的手里拿着手帕，双手背后，围着圈走一遍，其间偷偷把手绢丢在某人后面。那人如不能及时发现，等到丢手帕的人再次跑到他身后，一把把他抓住，就输掉了，成为下一个要丢手帕的人。假如什么时候一回头，发现手帕已经落在自己身后，赶紧爬起来抓着手帕就去追丢手帕的人，想在他跑到自己坐的空位上坐下之前抓住他。

如今想起来，我们丢手帕的时候，到底唱不唱歌呢？大概是唱的，只是没有"丢，丢，丢手绢，轻轻地放在小朋友的后面"这样城市化的歌曲，而是我们平常在电视里学来的随便什么歌吧。而剩下的乐趣,大概则在担心自己被丢了手帕和看人绕圈狂跑这样的事上。我们刚上小学时,手帕还很好用,那时街上所卖的手帕,都还是纯棉质地,我们并不懂,只知道厚而且软,洗起来容易吸水,所以用起来舒服而好洗。等到上初中,手帕质量已经变得很差,薄、硬,大概已变成涤纶一类东西,上面印一些花花绿绿碎花。这样的手帕擦起鼻涕来鼻子也疼,夏天上下学的路上在塘边沾水洗脸则全不吸水,我们都不喜欢,加上卫生纸的流行,没过两年时间,用手帕的风气便在我们那里全然断绝了。

相比起丢手帕来,躲猫的乐趣要更大一些,其中包含着小小的冒险的因子。为了不让找的人找到,当计时的数字一被喊出,我们于一瞬间在村子的各个角落里散得多么杳渺而干净——在那之前,我们已经想好了这把要躲去什么地方,因此急忙奔赴秘密的目的地。有时急急忙忙冲进去,发现里面已经有了一个不

丢帕子

约而同的人，就两个人一起挤着躲起来。人家冬天烧火扯了一个窟窿出来的草堆，或是门口角落晒干的柴火堆起来的巨大柴堆，黑漆漆没有灯火的厕所，谁家开着的堂屋门背后，或是一道菜园篱笆所能提供的遮蔽，一棵大树不为人注意的枝杈，一个小孩子，无论是躲起来被人找还是找人的那一个，都必然要对村子里种种这样隐密的空间充满熟悉与了解，才能在这游戏中感受到非同寻常的乐趣。这名单且在游戏的过程中不断扩大与更新，如此游戏才能在玩过那么多遍之后，仍然保持着奇妙的引力。所以，当有一阵子我们喜欢躲在人家黑漆抹乌的厕所里，小心翼翼不惊动旁边猪笼里关着的猪和它散发出来的浓重的屎尿气，害怕着不小心兜头撞上某个角落里的蜘蛛网，借着门缝里透射的一点微光，听外面找人的小孩子气喘吁吁地跑过，心里的紧张与害怕简直不可言喻——即便是这样，也仍然喜欢躲在这腌臢的黑暗里，享受着不被发现那一刻巨大的喜悦心情。儿童的游戏的意义，大约正在于这种仿佛无关紧要的乐趣的获得吧。

撞大龙的游戏里有使用蛮力的地方，又被小心地维持在安全的范围内。一群小孩子，先由两人年龄较长、个子较高而又较有号召力的人作队长，商量好分别是"橘子"还是"香蕉"，然后相向而立，高举双手搭作拱门，剩下的小孩子一个跟一个弓着身子从两人中间绕圈钻过，站着的人唱："城门城门鸡蛋糕（几丈高），你吃橘子吃香蕉？"歌谣结束，钻出来的人答："吃橘子！""吃香蕉！"然后归入某队，两队的人数需要相等，游戏方才开始。在场基两边，各自紧紧手扣着手，相对遥遥站着，由领队带领，一齐向对方大喊：

"天上雾沉沉，地下跑麻龙。麻龙跑不开，你要哪（个）过来？"

对方队伍就应声喊：

"天上雾沉沉,地下跑麻龙。麻龙跑不开,就要×××过来!"

×××是对方队伍中的某个人的名字,一般来说,这人必是队伍中个子较矮、较为瘦弱和看起来没有什么大力气的。被叫到的人就要出来应战,站住了定一定,铆足力气,狠狠朝对方两人紧紧拉着的手冲去。这进攻当然也挑对方队伍中看起来较弱的一环,假如能把拉着的手撞开,就能带回一个人,假如不能,就要留在对方队伍里,成为对方的一员。这游戏最后以一方的多数人都输给了另一方为结束,但在玩的过程中,因为要大声对喊和死命冲撞,双方都充满了紧张与热情。作为一个个子矮小而瘦弱的女孩,我在这游戏中常常是首当其冲被挑中的那个,每当这时,我也要在心里暗暗铆足了劲,发誓要把对方的人带一个回来。这愿望时有成功,但也不免有那拼命冲去,到底被对方两条手臂"咚"地死死兜住的时候。之前我们并不觉得这有什么危险,直到有一回村子上另一个小子被挑出来应战,他也是个矮个子,不知为何却挑了个子最高身体最强的两个人中间去撞,结果一头撞把牙齿撞断了半颗。他当即大哭,要回去找妈妈告状,把他牙撞断的那个人跟在他后面哄他。哪里哄得住!我们心里慌慌的,一下也便四散家去。那天晚上这个把别人牙撞断的到底被他妈妈骂了一顿,然后由他妈妈打了四个糖打蛋,让他端着到了这个小个子家,哄他吃了,才算道过了歉。

这件事情因此成为我对撞大龙最深刻的记忆,那以后所有再玩的撞大龙,我都想不起来了——事实上,因为出了这样的事,后来我们也就很少再怀着极大的热情一起去玩这个游戏了。等到离开家乡以后,曾经熟悉的歌谣也都渐漫漶不清。有一天在网上查,看到湖北有着类似的游戏,而称之为"闯麻城"。其歌谣曰："天上雾沉沉,地下闯麻城,麻城闯不开,河那边的哪个敢过来?"闯麻城的故事有其本事,安徽与湖北的地域相隔并不遥远,大概我们从小所念歌谣的差异,是一种字音在流传中自然的讹误与变化。

我们逐渐离开村子的路途,虽是沿着相异的分岔,结果却大致相似或相同。曾经在黄昏的场基上一同玩过的小孩子,极少的几个上了大学离开,而大多数在初中毕业后,已跟在父母和同乡后面去城市打工。再往后,小孩子就已经很少,不足以凑成玩耍的队伍。离别一旦开始,就不会容易结束,到如今我们只在过年或别的什么特殊时候回去,偶尔在门口碰见另一个,寒暄着打过招呼,问一声这几年在哪里,完成了社交的礼貌,就各自别过。更多的人努力在城市——假如不能,那也应当是县城——买了房子,从此以后就留在那里,从前的屋子锁起来,空空荡荡,以飞快的速度破旧下去。小姨奶奶在我们离开村子之前就出了车祸,从那以后,她好像就带着随车祸而来的病痛渐渐隐没在屋子寂静的黑暗中,直到十多年过后,终于在有一天默默去世了。好几年过后,她住的村子上最后一间土屋仍然没有倒,只是门锁着,门口阶檐上,没有用完的最后一小堆柴火一直堆在那里,看起来像是主人出远门了一样。只是屋边杨树年年落了又长,年年冬天,被风刮落一些枯了的枝叶,落到柴火堆上。因为少有人过,场基的空地上逐年长出丰茂的野草,有一年夏天清早,木柴上忽然开出蓝色的牵牛花朵。我们偶尔回乡看见,也只是轻轻惊呼:"啊!这里开了喇叭花——是以前村子里没有过的颜色。"

辑一

红药无人摘

喜欢的树

小时候喜欢的树是：水杉、杨柳、枫杨、梨树。

喜欢水杉，家门口就有一棵，大姐出生那一年爸爸种下的。到我记事时，已长得很高，春天时长出柔嫩如篦子般新叶，洁净可爱。喜欢杨柳，年年清明都要折了柳枝来插，就那么随随便便插在水塘边上，过了几天竟然就成活下来，再过几年，也长成一棵斜斜的小树，在夏天的清早把结了青绿叶子的枝条微微浸到水里去。喜欢一棵枫杨，喜欢它是大树，且也长在水边。自然那时并不知道它的名字，问大人，得到的都是含糊其词的答案，我只是知道它是"树"罢了。到上小学，学刘绍棠的《榆钱饭》，里面写到能吃的榆钱，"一串串榆钱儿挂满枝头，就像一串串霜凌冰柱"，我想起枫杨树上一串一串的果子，心里遂以为它是榆钱树了。只是我们从来没有人去吃它，也并不觉得奇怪，好像没有往深处想似的。直到很多年以后，有一天我在别人的文章里看见枫杨的名字，下面是树的照片，我一下子忍不住惊叹，原来是你啊！

这是一棵大树，从我有记忆时起，就已经很高，长在村前水塘边的一块空地上。树下水面有人用水泥预制板搭了跳板，供村人洗衣洗菜。春天，枫杨树两两排列的椭圆形小叶一边长，一边挂出像古装剧里美人头钗一样的黄绿色的花，在风里微微波荡。这头钗使我向往，现实却是我连折一枝下来玩的机会也没有，因为花开得太高了。男孩子们费尽力气，爬上分岔的"丫"字形树干，用小刀截一截小指粗细的新枝，小心把树皮完整剥下来，咬在齿间如哨子，吹出尖锐声响。并不好听，但能发出声响便已是奇异的事，因而兴高采烈。偶尔有人分我一个，我总吹不响。电视里放《倚天屠龙记》，有一个寂寞的年轻人，默默爱着一个不爱他的姑娘，他就常常摘一片树叶作笛子，吹出悠远而凄凉的声音。这技能很使我向往，我却只能发出一点破败的漏气声，这未免太让人泄气了，这游戏我因此很少去玩。

　　黄花逐渐褪去，青绿如蛾翅的果子结出来。夏天的清早我们肩上搭着水红与白色相间的条纹手巾去塘边洗脸，枫杨倾向水面的枝叶微微浸在潮湿的水雾中。塘水此刻既清且满，野菱角菜美丽的图案逐渐铺满水面，暑日里未及下田的白天，我们用两根光净的细竹篙把野菱角菜绞上来，坐在枫杨下掐菱角菜。掐净的菱角菜燎水切碎，加很多的大蒜子和香油炒出来，是夏天常吃的菜。因为这个缘故，每当想起枫杨树，便想起在树下掐菱角菜的样子来。

　　村子西面的水沟边也有一排大枫杨树，热天下午我们不要放牛的时候，总是坐在这几棵大树下玩，风把树上花花绿绿的洋辣子吹下来。沟边有人家成筐倒掉的泛着紫光的蚌壳，我们捡半边来，摘了蓼花和其他草，

村中塘边的枫杨,翅果刚刚长出

用树棍在蚌壳里拌一拌装作炒菜，啊呜啊呜吃——但想起枫杨树，首先想起的仍然是水塘边那一棵。树下有时系着赵家的牛，农忙的中午，在树荫下歇憩，口里磨一点刚从田里打完的青稻草，黏稠的白沫沾着它的嘴唇。这棵树在好几年前被人砍掉，只剩下一圈圆圆的木桩，如今恐怕连木桩子也没有了。但在树被砍掉之前，树下的水跳就已经很久没有人去洗衣洗碗了。村子里绝大多数人都去城市里打工，只有住在水塘边的赵家还有两个壮劳力留在家里，给附近村子的人开收割机收稻。他们把水塘靠近他们家的那一块围起来，加盖了房子，阻断了别家去往水跳的路。久而久之，那里便荒芜起来，到树被砍掉，也没有人觉得奇怪了。

　　喜欢梨树，这喜欢真心实意，因为梨子好吃。是本地最常见的"糠梨"，梨子初结时皮上一层粗糙的黄糠一样的东西，慢慢成熟，才平滑起来，最后青皮上如同生了薄薄的黄锈。这梨子生脆可口，酸甜都很明显，是小孩子珍贵的爱物。每年盛夏"双抢"过后，就有县郊开来的三轮车，拖着一麻袋一麻袋梨子，让人用家里的稻来换。我们偶尔坐车去县城，快到时，在路边山坡上便可看见梨园，高低成片，引人馋涎。而村子里梨子树绝不可睹，我唯一熟识的梨子树，在大坝子上的舅舅家屋后，离我家两里路。梨子树开花于我何有，年年在意的，只是梨子何时成熟，可以去吃一个而已。然而梨子的佳期难逢，而舅舅又未必能领会我的心意，难免忽视我在梨子树下的婆娑了。最重要的是，这棵梨子树长得不好，很少结梨子，因而我很少有吃到梨子树上的梨子的时候了。

小学五年级的暑假,已经没有作业了,初中的入学又还早。有一天我想起来很久没有见过那时我偷偷喜欢的男生,觉得应该可以到他家玩一下了。这样想着,以为自己只是想看见他,而不好意思承认心里其实也觉得他家门口的梨子应该快熟了,说不定可以去吃两个。这男孩子就住在舅舅家的山脚下,虽然从没有去过,但每去舅家的路上,隔着山脚小小的一道水沟,在杉木和竹林的尖头上,就可以望见他家屋顶和屋前高高几棵梨子树。这几棵梨子树在我们同学中是很有名了,我们一定是常常听他说起,否则我何以将那几棵树记得如此清楚呢?

总之那一天我鼓足勇气、打定主意,从家里走到那个男孩子家。我到的时候,他正在和村里另外一个男生在场基上下五子棋。前一天刚下过雨,雨水把场基上尘沙都洗得很干净,只留下平整的土面,他们就用树棍在潮湿地面上画上棋盘,用石子下棋。见我来了,他仿佛也不很惊讶,只是说:"你到你舅舅家来玩啊?"然后把手上石子递给我,问我要不要下。我怕他们很会玩,赶紧说"我不下",就在一边看着。风很好,太阳照过梨树叶子,风把树上的光吹得四面翻飞。而梨子还太小,刚从小疙瘩长成一点梨子样子,离"可以吃的梨子"还有相当的距离。我不免遗憾地看着它们,又想着也许里面还有几个大的。两只燕子从外边飞进屋檐,在窝沿上又长又碎地叫——就在这时,我忽然感到有人在拽我的辫子。

扭过头一看，原来是同学的弟弟，比我们低一年级，在学校以捣蛋著称，我们都叫他"黄二毛子"。我有些愠怒，说："黄二毛子你在干么子？"

他嘻嘻地笑着，一下子跑去好远，然后停下来对我说："别以为我不晓得你到我家来干么子，你不就想吃我家的梨子吗，刚刚还在看啊看的！"

一下子说得我真是又气又羞，虽然并不真为了吃梨子才来的，但确实有过这样的念头，我只好无力地还嘴："哪个想吃你家梨子！"他的哥哥听见了，骂他："二毛子你到别的地方玩去！"二毛子不理他，跑到场基边上站着，对我们喊：

"对不起，请原谅，给你找个好对象！"

然后猴儿一样乐不可支地跑走了。剩下我在场基上，尴尬极了。他哥哥说："不好意思哦！他讲话就那样。"过了一会又想起来，说："这下梨子还太小了，还不能吃。"我更害臊了，说："我不是要吃梨子啊！"

那之后时间是怎么过的，现在我已经记不起了。大概我真的不想马上走，就又在那里玩了一会。然而梨子的心事被说破，又实在觉得很丑。就这样矛盾地，直到他下完棋，拖出阶檐下晾衣裳的长竹篙，敲了几个小梨子下来，分给我和与他下棋的人一人两个。梨子实在是小，简直教人想不起来吃，掉到地上，触地的那一块就碰坏了，用手一摸，就有汁水渗出来。

我就这样捧着梨子，到了舅舅家。舅舅正在门前风稻，他看见我，就说："你那把哪家的小梨子摘下来了？"我说："人家给的。"便跑到屋后的梨子树下坐着。是近午时分了，有人家开始做饭，烟囱里冒出白烟。这棵梨子树这年照旧没有结梨子，只有树叶被风吹得窸窣响。梨子树外一条通往坡上的小路，路两边是密密的杉木林。太阳把杉木树上的油脂晒得发烫，发出浓烈的气息。一只鸟在林子里格里格宕叫，叫一声，歇下来，又叫一声。是画眉吗？或者是黄鹂吧。除了白鹭和麻雀，剩下的鸟我都不认识，这难免很缺憾的。我坐在梨子树下的石头上，听着鸟鸣，小心翼翼地按一按梨子身上的伤口，忽然感到非常的难过和孤单了。

做客

年年正月，要去舅舅家拜年。今年我们回来得晚，去时已是初六。上午天暖，舅舅家在大坝子上的山脚下，离我们家不过两里路，我们就慢慢走过去。土路两边田畈遥望还是灰黄，略微细看，田埂上已长出了绿色的小鸡草（看麦娘）和鹅肠菜（繁缕）。路边有人点了豌豆和蚕豆，发出嫩叶，到四月里，蚕豆就会开花结荚，五月豌豆青绿，可以清炒来吃。路和田之间，是一道水泥砌的细细的引水渠，里面微微积一点清水，是这些天下的雨。远处大坝子塘埂边，随着水塘蜿蜒的走势，山上毛竹绵延成片。这一片竹林从我小时候起便在那里，到今天好像也没有什么变化，只是更茂密些，带着冬天的灰绿颜色。

舅母给我们倒茶，开水倒进一次性塑料杯里，太烫，只好在外面又套一个。郑运开从房间里一头撞出来，一年没见，他似乎又长高长胖了一些，脸上两坨红红的，是冬天风吹日晒的结果。我一把把他抱住，让他跑不动："郑运开你妈妈呢？""我妈妈在家里。"舅母讲："开过年八岁嘞！皮得要死！撵都撵不回去，非要在这待着。"我笑着说："那是他喜欢跟你们在一块哎！"郑运开从小在这边长大，是舅舅舅母的外孙，我表妹的儿子，家在离这里十几里路的镇上。出生时，表妹带着他在父母家住了一年多，后来就算他妈妈回去住，他也常常一个人留在这里。因为从小就亲，他就叫舅舅"爹爹"（爷爷），而不是我们通常称呼外公的"家爹爹"。

每年我来舅舅家一两次，每次都能看见他。一会跑到大人严令禁止的楼顶上，一会把两个鸡窝里引窝的蛋拣到一个鸡窝里去，一会跟到第一次来做客的陌生的叔叔后面，到水塘边去玩。往塘水里远远扔石头，听见石头砸到水里清脆的那一声"嘣"，就很快乐又有点羞涩地笑起来。虽然舅母骂他一天到晚淘气，早上换的干净衣服下午就脏得不能见人，我却很喜欢他。他身上的那种东西，与其说是淘气，不如说是一种生命力旺盛的小孩子与生俱来的结实、大胆与活泼。有点像过去家里大人不怎么管、自己就好好长大了的小孩子，带一点天真的憨直。我抱了他这一下，就把他放开，让他自己玩去了。

舅母在灶屋烧饭，我们在门前场基上吃瓜子，家里养的几只鸡见来了人，不敢下来，远远在山坡上走来走去找吃的，偶尔轻轻打一声鸣。等了一会，我们决定到后面山坡上走走。大姐带着女儿，郑运开看见我们要去玩，也要跟在我们后面去。坡下的地上堆满砍下来的杉木刺枝子，颜色深翠，去年结的褐色的果球还没有掉，结在枝子上。过年前爸爸在家把灶屋拆了，重新盖了一个新屋起来，这些枝子是砍杉木做屋椽时去下来的。我们小心踩着杉木刺走过去，一抬头，看见杉木林边缘一棵高高的开着黄花的树。

是檫木。几天前我在网上看过檫木花的照片，这时一下子便意识到就是它。树干笔直，在很高的地方，枝条忽然铺展开来，每一根光光的枝条顶端，都开着一丛短穗状的蜡黄的花。这样一大树花，在冬天苍绿的山坡上，显得十分明净而耀眼。大姐惊讶："檫木树我认识啊！秋天叶子会红。但小时候从来没注意过檫木树会开这么好看的花！"我也不记得小时候是否看过檫木的花，可是仰头看的时候，又觉得某个春天应该有过相同的充满惊异和向往的时刻。檫木的花使人感觉很静，也许是因为阴天的山很静的缘故。

我们爬到坡上，看见一条一米多宽的黄泥路，往更远处的山中伸去。这里从前是我们去山中的必经之路，春天去山上掐蕨蕨禾子和映山红，秋天上山打毛栗子，大人们上山砍柴，去住在山那一边的亲戚家玩，都要从这里一条细细的路上走过去。现在，从前的山路已经被苦竹和各色灌木长满，看不见踪影，这条黄泥路不知是哪一年新开出来，但因少有人走，也已十分荒凉。路两边长满一人多高的苦竹和水竹，虽然喜欢竹子，也觉得它们看起来有些逼人了。

大姐觉得疑惑，"以前山上好像没有这么多野竹子？"

我说："以前哪里有这么多，要是有这么多的话，小时候我们就不会觉得水竹笋不容易吃到了。"

"小笋子好吃，"她答非所问地讲，"今年春天我们要是能回来，就到山上来拔小笋子吃吧。"

"爹爹的坟就在前边的坡子上吧，我几年前来找的

山中檫木（摄影：宋乐天）

时候，就找不到了，整个坡子上都长满了野竹子。"

再往前走了一点，我指给她看那个从前我来找的坡子，却发现不知什么时候坡子又被人开垦了出来，眼下种满了小杉木苗。大姐说："这哪里是爹爹的坟在的地方啊，爹爹的坟还要再往前去一点。"

"你乱讲，我明明记得是这里，坟前面还种了一棵柏树。"

"你小你记不清，爹爹的坟是要再往前去一点，在前面那个坡子的。"

"你才乱讲，我记得很清楚的啊！"

"等到前面我指给你看。"

"啊，糖罐子！"

这样争着，忽然看见竹缝里露出熟得红红的果子，一下子忘记了找爷爷的坟的事。"罐子"上密布的小刺，经过整个冬天，已变成干枯的黑色。我们看见了，都很惊喜，告诉小孩子们这是我们小时候上山常吃的东西。"糖罐子"通名金樱子，是蔷薇科带刺的灌木，因为果实像小小的罐子，吃起来有一点甜味，所以我们叫它"糖罐子"。小时候秋天和冬天我们从这条路去二阿姨家玩，总要在路边找熟红了又还没有干掉的糖罐子来吃，把皮上干刺用小棍子刮掉，一点一点啃它薄薄的外皮。"罐子"里面装满了毛刺刺的籽，假如不小心吃到嘴里，是很难受的。有时候我们就用小刀把它一剖两半，把里面的种子挖干净，再把果肉丢到嘴里大嚼，这时候吃起来就方便得多，感觉也要更甜一些。

我问郑运开有没有吃过"糖罐子",他摇摇头说:"没有。"也不晓得它的名字。看来即使胆大好奇如他,也很少有同伴可以一起上山瞎玩,也没有大人把自己小时候所吃所玩的经验教给他们了。我用一根小细棍刮一颗果子给他吃,棍子却太软,刮半天刺都没刮干净。他等不及,自己摘了一颗下来,直接用拇指去揉。我看得心惊肉跳,赶紧几下把刺刮干净,啃一口示范他怎么吃,"要轻轻地啃,不然就啃到里面毛毛的籽。"他拿去吃了一口,不大会啃,只咬了一点点下来,然后呸了一下,就不好意思地丢还给我。

"好吃吗?"

他害羞地笑一下,讲:"不好吃。"

我们继续往前走,糖罐子太多了,长满棘刺的枝条在竹缝里绷成拱形,十几二十几颗的糖罐子就在这拱形上好好地结着。四月里它白色的大花会开一片,蜜蜂嘤嘤来飞。我想起自己已经很久没有春天时在家乡住过,不见糖罐子柔软多汁的白花也已多年。年年都是十一放假,或是过年的时候才回来。而从前糖罐子花开的时候,我们很喜欢玩一个游戏。那时野蔷薇花也正开放,新生的野竹笋刚刚抽出枝叶,我们折一段嫩竹枝,把中间没抽出的竹叶芯拔掉,掐了糖罐子的花,或是野蔷薇白的红的花插进去,远望好像竹子开花了一样。上学放学的路上一路举着走,竹子摇摇晃晃,记忆里仿佛格外好看些。

路边远一点地方,是松林,这时候苍翠静默。松林间一棵小檫木,也开着明黄的花。路边偶尔闪出一座坟,过年时烧的纸灰还留在坟前,阴阴地有些怕人。走了不远,前面一条分岔,野竹蒙密,我们不知后面怎样,犹豫了一下,便转头回去。经过那棵大檫木,又忍不住在树下赞叹了一回。等到了舅舅家,便把折下的一枝糖罐子和一枝竹叶,静静摆在了楼前水泥砖砌的花窗上。

金樱子白色的大花,开在暮春的山林里

门前的花

过年后离开家的那一天，爸爸在门前种下一棵栀子花树。

天阴阴地要下雨，我们围在一边，看爸爸用洋锹挖出土坑，又从门口小水塘边拎来一桶水，"哗"一下倒进去，再把栀子放进去，将挖出的湿土填回到栀子四周。最后，把外面的土轻轻踩一圈，让栀子立得端正，这一棵树便种好了。栀子种好后的下午，我们就都要离开家了，不到下一次过节，不会再有人回来。看着爸爸种树，我忧心忡忡地问："这栀子树没有人浇水，不会死吗？"爸爸摇摇头说："不会。"

门前的栀子

这一个坑和一桶水，是我们对它做的所有照顾。种在南方农村土地上的花树，好处是可以不用再管它，它就会自己好好活下来。四五年、五六年过去，又自己长成一棵大树。现在村子里又不像从前人家那样多，没有小孩子会在开花时偷偷跑去掐花，也不会有谁家养的猪趁人不注意来把花拱了。总之一切似乎都可以放心，可以让这一棵栀子安心地接受太阳和雨水，稳稳顺顺地长大。

种花这种多少有些审美追求的事，在从前乡下，其实似乎是不多见的。多是小孩子的事，在屋后菜园一角，得到大人的允许，划得一小方地可以养花，便已经很难得。都是些极平常的草花，喇叭花（牵牛花）、指甲花（凤仙花）、洗澡花（紫茉莉），养一年，开几朵花，秋天枝叶干枯，拔去了也并不觉得可惜。只不忘把已经熟作黑色的种子收到旧纸包里包好，等着来年春天再种下去。而门前不是小孩子胆敢随便染指的地方了，门前的花，是大人的事。这样的大人，又多少是要有些生活的情趣，又恰巧爱花的。地方上门前最多的花树，首先是桂花，取其干净、清洁，花开时又有那么好的香气。不足之处是一年四季中，有香气的日子也只有那么短暂几天而已。一般人家门口，要想显得热闹好看，多是种月季。月季我们称为"月月红"，因其从初夏至秋月月开红花的特点。现在看来似乎难免有些俗气，小时候我却很喜欢这个名字，正是因为喜欢它的繁华绵绵不尽了。

会种月月红的人家，日子都过得很讲究，门口场基打上水泥地平，只留下一道狭长的地种花，再用水泥砖把三面墙都围起来，成一家独门的小院。在楼房一楼的窗前，空地上种着一棵月月红。夏天的早上，空气里带着还未散尽的微凉的湿气，麻雀落到花枝上，有人从门口经过，透过矮矮的围墙，能看见这一棵满头的红花。花的主人端着碗在门前吃饭，照例和人打招呼，最普通的日常生活在这一小片红的点缀下似乎变得有点不一样，但又似乎一切都相同。只是有那么一瞬间，花的主人意识到他的花的确是好看的。

　　长大的这些年，在乡人门前见识过各种不同的花的风景。高大的栀子花树在梅雨时节开满一树，雨水从碧叶白花间滚落，香气动人。美人蕉种在水泥砖搭成的园墙后，夏天清早我们去上学，大红的美人蕉花伸出园墙，我们从墙下走过，总要踮起脚偷偷掰下一朵，把掰断的花梗放到嘴里，吸食里面一口甜的花蜜。花蜜吸完了，这一朵花还在手上拿着，等坐到课桌前，就不那么珍惜了，于无聊中摘一片花瓣下来，用指甲去掐那柔软多汁的花瓣，看它上面留下一个个弯弯的月痕。

　　偶尔也有蜀葵，我们称为端午槿的，因为在端午前后开花，花又跟木槿有一点像。薄薄的彩色绢纸样的花瓣，重叠裹束如端正的酒盏。大红的，水红的，几棵成排，花开时上上下下，一根竿子上结满艳丽花朵的端午槿，不能不在小孩子的心里留下深刻的爱慕了。只是种的人家太少，很难得到，只能在花开时远远看上几眼罢了。五月中盛开的蜀葵，和乡下人家的屋子十分相配。宫崎骏的《龙猫》

里，蜀葵出现的次数也有很多，初夏清早的农舍旁和要下雨的傍晚稻田边的一角，都是艳丽与朴素的调和，提醒人注意到夏日的美好时光。五月的暮雨急急落下，少年的心事也同雨脚样密密麻麻。

而如今觉得好看的是芍药。前年暮春和朋友去邻近的泾县玩，路上所过人家，门口多种着芍药，正值花季，都开得非常好。花简单，一种常见紫红色，花瓣微微鼓出又收起，像一个小碗样子。也很美丽。这其间似乎透露出一种时代风气的变迁，即在我小的时候，芍药是很少见的。它几乎可以算得上是"名贵"，因为很少见过，乡人常常把它和牡丹弄混，言谈间奉之如花神。我们离开家去上大学后，爸爸不知从哪里弄来一棵芍药，栽到菜园的菜畦上。很长一段时间里，他都坚信这是牡丹，因为开的花也是"好大的一层一层"。直到我告诉他牡丹是木本，芍药是草本，牡丹花地面上都有一截枝子，他才终于肯相信。年年五月，这一棵芍药开紫红色花，可爱鲜明。雨水时时降临，重重的花头被打得垂落下去，圆鼓鼓花碗上沾满雨水，雨停了，又被夏日温软的风慢慢吹干。慢慢紫色的花瓣就一点一点暗下去，落到下面潮湿的泥土上了。

到北京后，公园里每多芍药，牡丹花开后，诸色

① 蜀葵

② 买回的芍药，
夜中有醇和的香气

①
———
②

发艳。初夏花市里常能看到成束的芍药花卖。用透明塑料袋裹着，五朵一束，一把价要二十或二十五块。也只有短短一季，从四月中旬即有，到五月中下旬，便渐渐歇市，再见又须明年。花色自然也丰富，紫红、纯白、深紫诸种，比之在家乡菜园和人家门口所见的普通品种，又更繁复沉重。这芍药使人心爱，买回来密密插在瓶中，有浓厚醺和的香气。芍药花开得很静，过了几天，花瓣便簌簌落下，早上醒来，发现不知道什么时候，花瓶四周已积了松松一圈花瓣。有时也会想起，我们都离开家以后，菜畦上的那棵芍药，今年也会开出满头红花，也无人瞧见吗？今年种下的栀子，假如开了花，会有人走到它跟前闻它的香气吗？想到夏天的雨水和落到泥土上的花瓣，心里也忍不住感到很可怜。没有人的家门前的花，毕竟是很寂寞的啊。

青梅的滋味

如今想起来，小时候我应该是没有见过梅树的，但是对于梅子的名目并不陌生。"墙角数枝梅，凌寒独自开。遥知不是雪，为有暗香来"，这样的诗，在很小的时候已经背着了。虽然梅花是什么样，那时候的我们并不知道，但这无损于我们对梅花的想象，只道是很美且很香的了。年年五六月间，黄梅雨接连地下起来，下到家里晾衣裳的竹篙上披满了潮湿的褂子裤子，抽屉里爸爸的《农村百事通》上也泛出薄薄一层淡绿的霉来，我们知道这是梅子熟了时候的雨。村子里录音机天天放着黄梅戏，我们不知道湖北黄梅这个地方，但明白"黄梅"两个字，肯定是"黄了的梅子"的意思没错了。

说起来我们乡下多田野，多山头，田间却不大有树，除了塘埂上偶尔自生自发的乌桕树、柳树，就什么突出的东西也没有了。我长大后看见别人家乡的照片，春天油菜花田和水田相间的田埂上，一树白花似雪，心里简直要起了惊呼，羡慕那一棵好树，而且知道多半是一棵果子树。我们的山上多毛竹，多杉木，终年多绿，春天里偶尔一棵檫木，在暗绿的背景里开一树洒落的黄花，或是一棵白花檵木，一棵山矾，一棵泡桐，一丛映山红，在绿的背景前跳脱出一点白或红的颜色，也是好看的，只是没有什么果子树。村子里偶尔一两棵野生的毛桃和人家种的梨子树、樱桃树，再求别的能吃的果树，是一样也没有了。只有结着不能吃的翅果的枫杨长得高大，塘边屋拐随便就是一棵。

我们小的时候假如想吃水果,就只有等待夏天县里园艺场的人开着拖拉机来,车斗里一麻袋一麻袋新收的梨子,我们用家里刚刚晒好的稻子去换,一斤稻换一斤梨子,一般换一篮子回来,吃两三天。或是秋天时候,我们四阿姨家有一棵橘子树,我们到她家玩,总盼着能碰到橘子正好成熟,但能碰上的时候总是很少,这时我们只能摘旁边一排枸橘果子树上的果子来玩。枸橘即是"枳",我们那里的人不嫌其烦,称为"枸橘果子",我小时候总以为是"狗气果子"。因为长着许多坚硬长刺,常常用来栽作菜园篱笆。枸橘树很容易结果子,一结就结满了,圆滚滚的绿果,如乒乓球大小。这果子却太硬太酸了,几乎没有肉,不堪吃,因此很遭小孩子嫌弃,结了那么多果子,却不能吃,简直是欺负人了!我们把枸橘果子摘来当作球玩,在地上滚来滚去,它绿得发翠,皮上布满麻子的脸一样的麻坑。有时候我们不甘心,硬剥一个来吃,舌头伸得老长地舔一下,感到它又酸又苦的味道,赶紧"呜哇呜哇"扔掉。等到秋天,假如枸橘果子还没有完全被小孩摘掉,树上也会剩下几个,在棘刺间变作一种蒙茸的黄色,也有一点画意,只是乡下的人不曾在意。枸橘果子慢慢在枝头变得干巴巴的,变得更小,连鸟雀都不来啄。

所以许多水果我小时候非但没有吃过,连见也没怎么见过。初中时有一次看言情小说,里面的女主嫁给了一个富家少爷,这个富家家里有一片梅林,女主的日常消遣就是和男主(也即夫婿)在梅林里散步,喝梅子酒,一起去偷家里地窖里"十来桶的桂花甜梅"吃。我看了十分羡慕,以至于这类小说里男女主角一贯坚定不渝的恩爱,反倒并不在意了。大一时班级曾有一次春游,是去苏州郊外的东山游玩。东山的名胜是梅花,然而那时时节已经很晚,梅花早已谢尽,结出梅子来了。那一次春游乏善可陈,唯一给人留下印象的,是那里农家自制的腌青梅。包装十分简陋,小小方形塑料袋封着,一袋里十来颗梅子,要价一块钱。我们受一位前些时来过的同学所托,帮她买了几袋,自己也买一袋。回去路上拆开来吃,才发现意外地好吃。腌好的青梅深绿清脆,其味甘甜,在甜味背后,还有一点可供回味的微苦,乍一吃好像不好,然而再吃就觉得好吃。我们先是把自己的吃完,最后忍不住把帮同学买的也吃掉了,回去之后只好道歉,说忍不住全吃光了——真是年少时候才能做得出来的事。几年后脆梅成为超市里常见的零食,我也曾买过几种来尝,但始终没有吃过像那年那么好吃的青梅了。

在南京时,明孝陵的梅花有名,年年初春,少不得要去游玩一番。孝陵的梅树高大,满坡遍植,花时爬上坡顶往下望去,真如红白相间的云。有时遇上雨天,要更好一些,走很久也没有一个人,只有梅枝含着雨水,梅花的香气很清。梅花谢后,一些梅树上结出梅子,等到梅雨时节,青青转黄,熟得透了的,跌在树下,跌出薄薄一层。我心里好奇,捡过几颗来吃,实在是酸得很,轻轻啃几口,剩下的只好揿着玩罢了。

这时节我开始喜欢上梅子酒，超市里卖的普通的瓶装酒，约在十三四度左右，很适合我这样平常只爱喝甜米酒的假酒徒。同门聚会时闲饮，总会要一小瓶，每人客气地分得一两小杯，只是喝着玩罢了。极偶尔地，我会买一小瓶梅酒回来独自喝，宿舍里无下酒菜，就这样一口一口喝完，可得半小时的微醺。三四年前端午，一位朋友给我寄来他家自酿的梅酒，山里野梅树上摘得的梅子，已泡了一年多，收到时打开看，小小梅子已皱缩成一团，沉在微黄的酒底。这是我第一次喝人自家酿造的梅酒，一入口便知道不像超市里卖的梅酒那样低度，是用白酒所泡，一年时间里，酒气已经褪去，然而喝起来很有劲，也不甜得过头，滋味十分浓厚。

这几瓶酒很珍惜地喝完之后，我便一直想着要自己泡梅子酒，一直也未曾付诸行动，梅子的季节倏忽易去，人却总是拖了又拖。有一回清明去泾县，看见人家门口一棵梅树上结了累累的梅子，爱之不足，在树下徘徊，想着要是自己家的就好了。直到去年五月，有一天在微博上看见另一位朋友发她三年前做的梅酒的照片，还剩下底子的一点点，说，"已成琥珀浆，入口甘美"。照片上的梅酒透着一点琥珀色的光，的确十分美丽。我一下子心动起来，问了做法，淘宝上买了青梅和泡酒的罐子，又去超市买来冰糖和白酒，终于开始做起来。梅子洗净，淡盐水中浸泡一夜，早晨起来再冲洗一遍。洗梅子时，梅子发出咕噜噜的声音，使人想起轻雷。很清晰地闻到梅子的香气。洗过的梅子稍稍沥水，用牙签挑去蒂，然后摊在篮子里，晾晒至干。泡酒的瓶子洗净、烫好、晾干，黄昏时将梅子和冰糖一层一层放入瓶子，灌入四十三度的白酒，然后将瓶口封上，梅子酒就泡好了。

三个月后，梅子酒便可以喝，然而想要酒的滋味更好一些，接下来大半年里，我都没有再动过它们，只偶尔拿出来看过一两回。梅子很快变成黄色，而后皱缩起来。冰糖逐渐融化，轻轻摇一下，就游丝般流动起来。一年过后，四月里我想起放在橱柜最里面的梅子酒，取出来看，酒已经变作淡淡的夕阳颜色。取一个小杯子，倒出一杯，轻轻舔了一口，梅子的芳香浓烈——唔，是自己泡的酒啊。

① 梅子洗净，淡盐水中浸泡一夜
② 去梅子蒂
③ 晾干
④ 一层一层放入瓶中

①	③
②	④

泡好的梅子酒

蝉时花

使我意识到今年夏天的到来的，是五月将尽时午后的风。那天我们吃完午饭，从附近巷子往回走，大风把一棵不大的国槐吹得向一个方向猛烈地摆过去，我为它吸引，看过去时，看见树背后被风刮得纯蓝的天和夏日独有的白色大云。这是我所明确知道夏天到来的时刻。那以后初夏也迁延了许久，然后便是盛夏。五月深夜里常在远处呼鸣的布谷，不知从哪一天起不再鸣叫，而蝉声是从哪一天开始的，我也并不清楚。当蝉鸣成为每天除风刮过窗台之外必听到的声音，盛夏已是切切实实在行进中了。

泉麻人在他的《东京昆虫物语》里说："我最喜欢那些出现在街道或生活场景中的昆虫。好比一到夏季，在没什么特别的电线杆上，总会有爷蝉在鸣叫着。就像这样，电线杆与爷蝉，两者的搭配很美。"对于一个昆虫盲来说，蝉在我的生活场景里并不是"看见"，而是随便在做着什么的时候，可能出现的声音的背景。清晨走去公交站的路上，或者傍晚拎着菜爬上楼梯，在老式楼房暗淡的光线里，铁格的窗户外，忽然有那样一只瓮声瓮气地嘶鸣起来了。或是周末炎风吹来，坐在床上，在麻雀的啁啾和不远处锻炼身体的人拉动器材的敲击声里，听它无预兆地叫起来又歇下去。我不能准确地记录它们声音的类别，只是在一棵花要落尽的国槐、一棵结满青枣的枣树或一株暗绿的高柳下，听见那样的声音，心里觉得这是属于盛夏的丰盛，而感到亲近了。

蝉在黄昏时仿佛叫得格外激切，这一点，几年前我在学校时已经注意到。宿舍通往食堂的路两旁，长着很高的悬铃木（英国梧桐），我们去吃晚饭的路上，蝉声密集如雨，这微小的生命仿佛也很明白又一个白日就此过去，也感到很留恋似的。暮晚的蓝色逐渐加重，给人心上添了忧愁的因子，因为这个印象，后来夏天的黄昏我总不自觉留意起蝉的声音，发现它们也许只是对光线敏感，因为在南方梅雨季雨后初晴，阳光刚刚穿过云层照到湿淋淋的枝叶间时，或晴天忽然一片云挡住太阳使天阴下来时，它们也会一齐发出这样急烈的声音。有时在深夜，忽然也会听见几声蝉叫，颜延年有诗"夜蝉当夏急"，我第一次读到时，心里觉得很喜欢了，因为有过切身的体验，好像分得了诗人一个秘密。夜蝉的鸣声比之黄昏更使人难堪，好在是很短的，在溽暑难眠的夜里，只一霎使人心惊。

在黄昏的声音里洗澡花开了。这是我家乡对紫茉莉的俗称，因为它在夏天人们洗澡时分开花。洗澡花还有很多别的名字：胭脂花（因其胭脂匀注般的颜色），地雷花（因为结出的小圆果子黑黑硬硬的像地雷），晚饭花、烧汤花（因为在傍晚时开花），夜香花（因为夜里开花且有香气）。每回说起"洗澡花"这个名字，我总有点不好意思，它好像过于随便，也实在称不上雅驯，但也不愿用我所知道的其他名字来称呼它。"洗澡花"三个字盛容着我对童年夏天傍晚生活的记忆：黄昏时来去自由的蜻蜓，小孩子打一层厚厚的肥皂洗澡，把澡盆里水洗得一片白，水倒掉之后，澡盆壁上还挂着白白一圈皂沫子。

在门前摆出家里的小桌子，或两条大板凳，把丝瓜瓠子一类的晚饭端到上面吃。乘凉人的扇子与低语，种种此类。洗澡花与指甲花，也许是多数生于八十年代的小孩子关于花的最初认识，我想象不出还有什么别的花，比这两种草花更常出现在我童年的生活里了。在童年与少年很长一段时间里，我都觉得洗澡花的紫红色是非常漂亮的颜色，加之细长的花管与展开如裙的花瓣，它散发出一种那时我极为爱慕的少女气，在花开的傍晚，使人感到如惆怅的快乐。

到北京以后，又看到很多，这大概和我一直租住在八九十年代建起的老小区里有关。花的颜色也多，紫红、黄、粉、白皆有，也很容易窜色。如果有一丛红色洗澡花的和黄色洗澡花种在一起，靠近红花那边，黄花的花瓣便染上红丝。北京的旧胡同里，砖房角落偶尔也有一丛，多是紫色，不知哪一年风或鸟带来的种子，或是住家的人随便撒下长出来的，因为容易长，都蹿得很高，遮住发黑剥落的墙角，在向晚的光里有奇异的荒凉与美。

木槿在这时把它的花碗收起来，当开完一天的花，它们总要这样，像一个玩累了的女孩子，很乖地把她的裙子朝一个方向围拢起来。到第二天早晨，已裹束

紫茉莉，洗澡花

得很整齐，成一支花管的样子，乍看去如花苞。夏天的早晨看一树木槿是很快乐的事，花碗数目繁多，模样济楚，带着微微凸起的纹路和绢纸质感的花瓣，在清晨柔和光线下透出细致的润泽光感，中心一圈艳色，悦人眼目。陶渊明写木槿，"采采荣木，结根于兹。晨耀其华，夕已丧之"，我很爱他的形容。因为想知道一朵木槿确切的开花时间，七月中旬我观察了两朵木槿的开与落。一朵白木槿，一朵紫木槿，都是单瓣。每天早晨和傍晚我去看它们，有时夜里路过，也去看一看。木槿在第一天清晨开放，到傍晚或更晚一点，就会慢慢收拢起来。第二天中午，白木槿就在夏天的风里落了，而紫木槿要到第三天乃至第四天，开过的花才会落下。在落之前，收成的小小一支花管会慢慢染上一种暮晚的蓝，跌在地上，仍不失清楚好看。

小时候家里菜园篱笆是一排紫木槿，那时我们叫"打碗花"。大人说掐了晚上吃饭就要把饭碗打破的，因此打碗花是我爱而不得的东西了。如慕如渴地看过那么多次花开，也曾斗胆掐过两回，晚上吃饭时战战兢兢，要用两只手紧紧把碗捧住，生怕一不小心，打碗花的禁忌生效，使大人知道我日里偷偷掐花，明知故犯，而要打我了。我却好像从未意识到过它只开一个白天，大概也因为整个夏天，木槿篱笆上都不曾缺它粉紫色的花吧。

除木槿外，这时节同时盛开的还有牵牛与紫薇。北京街边多有随地而生的牵牛花，在绿色油漆的栏杆边，或在用作绿化的卫矛冬青沉闷的篱笆上，常见攀缘的牵牛在清晨开放。秋天时如果去郊外，沿路牵牛十分常见，蓝色者尤多。城中多见红色的圆叶牵牛。北京的夏天是一年中难得多雨的季节，有时夜里下过雨，早晨在小区月季与蔷薇繁密杂沓的篱笆上，忽然看见盛开的玫红色牵牛一线牵垂而下，轻薄微皱的花盘下花管如白玉，在阴凉发暗的空气的衬托下，格外沉静而有精神。有时在老小区的窗框上，也有人家种的牵牛，一两只瓦盆，已经可以将窗框爬得很满，晴天的上午可有半日花看。

紫薇的花期很长，年年从七月初开起，到七月底，已不复最初的袅娜，一边碎碎开着，一边结出绿色的小圆果子。花红白皆有，红薇的颜色比之紫薇又更鲜明。每年第一次看见紫薇花，总想起《玉簪记·问病》一折里，陈妙常上场时唱的几句："闲庭开遍紫薇花，人在天涯，病在天涯。"简单的一句，揭出时序与人事的变化，使人同此恍惚。是枝裕和的《步履不停》里，把紫薇拍得很细致。小孩子们出去玩，之前他们一直不熟，小敦对另外的姐弟俩还有一种出于自尊的戒备，面对从高处垂下的紫薇花，气氛却一下子柔和起来。三人一起看花，后来姐姐拿着掐下的花回来，一进屋便交给正在和外婆说话的妈妈，外婆说完话起身时，把花枝拿走——夜里，当所有涌动的不安与伤心、隐在暗处的不满与龃龉都静下去后，借着窗格透来的一点微光，插着紫薇花的小玻璃瓶，长久地摆在黑暗的桌子上。这部电影里也充满了夏天的气息，母亲做的蘘荷毛豆拌饭，自来水薄薄流过的西瓜，去扫墓路上接连的蝉鸣与阳光在树梢和竹林上反射的光，都是很动人的场景。我常常感叹日本人在衣食用度方面对

单瓣木槿

① 黄昏时的重瓣木槿
② 圆叶牵牛

①
②

自然与物候的欣赏，比如夏天绘有鸢尾或牵牛的团扇，在细小的微物上，都一一注意到。这个夏天我却也见到很有爱的一幕，足以暂时抵消这种失落。有一天晚上在广场上散步，前面走着一家人，小女孩用五彩线绳扎两支辫子，穿着白底蓝色牵牛花纹的连衣裙，乘在父亲肩上。广场舞歌声四散，我跟在他们后面走，心里充满喜悦。

但这夏天里我最喜欢的、如同我秘密的小园般的，是从前住处附近的一丛栝楼花。两年前我第一次在那里过夏，天要黑时被一堆暗叶中隐约的白花吸引，越过路边的花坛去看，欣喜地发现淡绿色的花瓣边缘，长满了细细的丝边，非常新奇好看。那时我还不认识它，后来才知道原来便是栝楼，《诗经·东山》里"果臝之实，亦施于宇"的"果臝"。于役三年的君子在归乡途中想象家中荒凉的情景，栝楼的果实恐怕也爬上屋檐了吧。这是我很喜欢的诗，而数千年之下，栝楼粗糙的藤叶依然攀爬在人家屋后的砖台上，尤使我感到亲切。去年七月初傍晚，我曾特意去观察它开花的时间，五点多时，花还没有开，只有尖尖竖起的花苞，六点五十分，花苞慢慢打开，有一朵开得早的，丝丝卷卷地开了。这微卷的丝边很俏皮，到七点四十，卷丝逐渐伸直，有一点张牙舞爪的样子。

栝楼花有很好闻的香气，是这夜开昼合的花为吸引昆虫的手段。花谢后，渐渐结出拳头大小的绿果子，浑圆，稚拙可爱，冬天藤叶枯萎后，变为明红。刘华杰说栝楼果实成熟后，因为瓜瓤糖分大，粘在一起，瓜籽沉在底部，果实重心低，就成了"不倒翁"，怎么碰都能迅速立起来。我却从未试过，年年想等它红后摘一个来看，总是忘记，那些果子也就逐渐消失，直到春天新的藤叶又发出来。

去年冬天我搬到另一处住，前几天傍晚坐车回去看那丛栝楼，路上很担心它会像公司院子里的牵牛那样被人清走，直到暮色里远远看见一堆暗叶仍在，方才安稳。栝楼旁边的花坛里种有玉簪，也是夏天夜开昼合的花，北京路边花坛多有。阔卵形叶子上布满深刻的弧形平行脉，春天时很可喜。夏天抽出花茎，结出鼓鼓如小棒子的花苞，开开来时，如漏斗般的筒状，洁白芬芳。有时下过雨，回来时天已黑透，蝉声从嘶鸣到歇止，玉簪在夜气里开着，边缘缀满清晰的雨珠。今年北京的雨季比去年提早，六月下了很多雨，进入七月，雨少起来，玉簪的叶子不复往年的肥厚青绿，花开得很少，也是很可怜的。

① 红薇
② 紫薇

①
—
②

①栝楼,从六点五十分到七点四十分逐渐开放

②玉簪

荷花、荷叶与莲蓬

暮春时在淘宝上买了两罐蜂蜜,预备天热起来做蜂蜜柠檬水喝。收到包裹后拆开看,发现除了蜂蜜外,还有三根已发芽了的细细的藕节。原来是卖家送了养荷花的。上网查,说养荷花需用塘泥,没有塘泥,用普通的泥土泡软也可,但不能用花店配好的园艺土,因为太轻,沉不下去。叶圣陶写《牵牛花》,水泥地上无法下种,只能种在瓦盆中,几盆土年年翻覆用,和铁路旁种地的人买土又被拒绝,只好买一点过磷酸骨粉掺在盆里以代新土。如今我也遭遇这样的困境,城中泥土难得,我只好把藕匆匆丢进一只装满水的大水仙盆里,几天过去,不料又长出几片新叶来。见它求生的意志这样坚定,我只好有天夜里趁着黑,跑到小区花坛里一棵紫叶李树下,用剪刀撬了小半袋土,就不敢再偷,抖抖索索跑回来了。

回来用一只大脸盆泡上,泥果然太少,连根都埋不住,大半的藕露在外面,为它感到可怜,一时却也鼓不起勇气再去偷土了,只好由它漂着。初夏阳台有风,将它搬到一个凳子上,一点风一点光吹着,没有多少天,已长出亭亭的立叶——虽然小小的,有些叶片边缘还有些黑枯,不过原本也并没有指望它开花,就这样看一夏绿圆的叶子,也是很好的吧。

北京夏季街头有莲蓬与荷叶卖,是北地不多的与时节相关的风物之一。约七八月间,正值新鲜瓜子盘上市时,因此二者往往同时出现。葵花子盘很大，堆在板车上一堆，瓜子黑色的屁股整齐排列着，扎满毛乎乎的花盘。花盘下一截梗子，就是向日葵垂着头的那一勾，吃瓜子时，可以捉住这个弯勾，一面在花盘上取瓜子吃。生瓜子软嫩，吃的也许只是那股新鲜劲。卖荷叶莲蓬的没有车，多把东西堆在地上，下面垫一块蛇皮袋。莲蓬三四颗一小堆，要价十块。荷叶论张卖，圆整大叶，一张两块。曾买过一张回来煮荷叶粥，十分简陋，不过是把荷叶洗净铺到开了"煮粥"功能的电饭锅里去罢了。煮出来的粥淡淡黄绿，有一点荷叶的清气，也只是吃着好玩罢了。莲蓬买过两回，总觉得老，便不再买了。

在南京时，梅雨季珠江路地铁站靠近南大的出口处，总有一个女人卖莲蓬和金铃子。雨声滂沱，天光从地铁楼梯的透明屋顶上落下，混融着奇妙的明亮与黯淡，莲蓬翠绿，金铃子通红，疙瘩如小手雷，可爱美丽。这个人的莲蓬也是老，买了带回学校，室友们都不肯吃。后来我也只好不买了，只是路过时看看。金铃子没有吃过，然而小时候夏天苦瓜多得吃不过来时，慢慢在架子上红掉，我们也吃过与之相似的红透了的苦瓜籽。苦瓜剖两半，剥出鲜红的籽粒来，抿去种子外鲜红黏湿的一层软壳，有一股奇怪的甜味。我吃过的最好吃的莲蓬是在武汉，那时一位姑娘来接我，在火车站买了三颗莲蓬。那莲蓬很嫩，嫩到觉得就该连莲心一起吃下去，因为一些也不觉得苦，只是清甜。我们在武大有名的老宿舍楼顶上吃完了这几颗莲蓬。如今几年过去，我还是留着那样

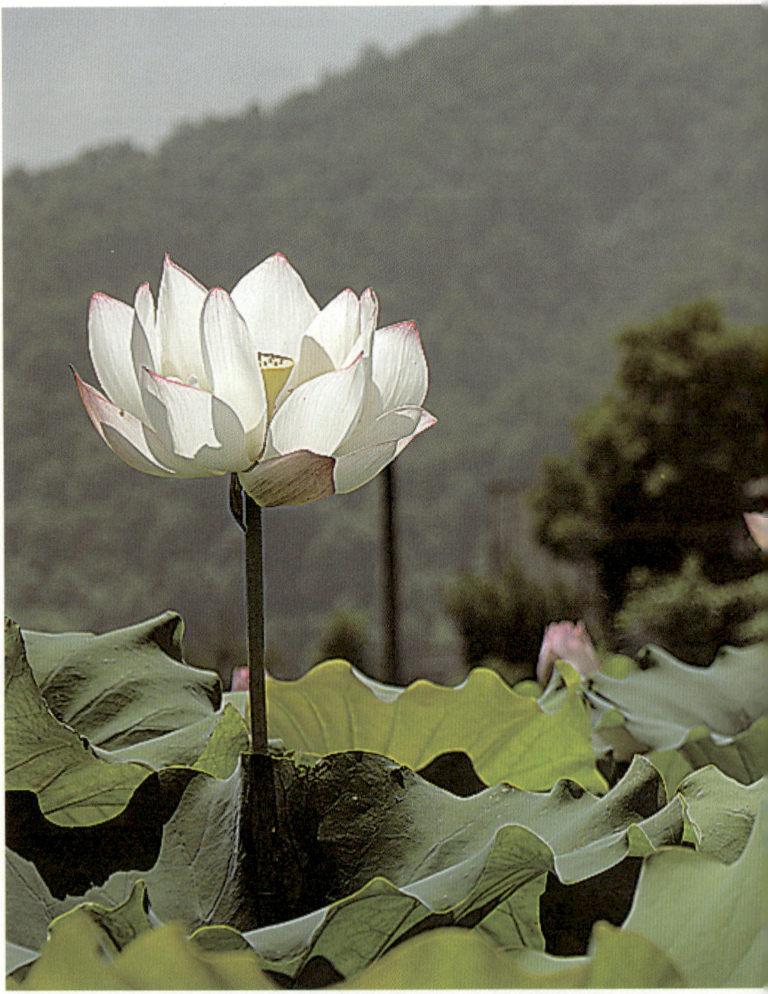

乡下的白荷花

的印象：湖北的莲蓬好吃。

然而湖北的确是以好藕闻名。前几天飞廉从武汉给我寄来一小束藕带，打开来时，还有潮湿的水气。晚上回去洗净切段，用红辣椒和白醋爆炒盛出，极为脆嫩。我们几乎是不作声就吃得精光，还意犹未尽。从前有一个湖北籍同事，中午我们一起出去吃饭，她常怀念武汉的炖莲藕汤，点过几回，都远不如想象，失望之下批判："北京的藕不行，是红花藕，不像我们那里的藕都是白花藕，又鲜又嫩，吃到嘴里一点渣都没有。"我是看汪曾祺的《鉴赏家》才知道"红花莲子白花藕"，因从小所见的荷花多是红色，前些年有几回坐火车南下，每到湖北与江西交界，远处青色山影重重，近处则是一片一片荷花塘，满塘矮荷花，暑天绿叶与水光映衬，十分动人。那时还诧异，怎么都是白花呢？

北京街边夏天偶尔也有荷花来卖，多是尖尖鼓鼓的荷苞，一点清丽水红。有时看见朋友发的买来的荷花照片，四五枝一束，插在喝过酒剩下的竹筒中，摆在夏日的桌角或书架旁，是很美丽的清景，心里也觉得羡慕，我却总也遇不到卖荷花的摊子，难免很遗憾的。只有一次，下班路上看见一对爷孙，爷爷骑着电动三轮车，小孩子坐在车斗中，脚下几枝荷花，其中一枝已弯折了，花瓣碰开，微微漏出车外，随车子的行驶颤动着。大概是已经要卖完了回家的，在十字路口红灯一转，这一对爷孙便消失在已渐渐黯蓝下去的暮色中。后来终于在花店中遇到，这时已经知道荷苞买回去多开不开了，犹豫再三，终于不买——花苞不能开放便萎蔫下去的失意，比起花开了很快就谢的失意，是要更深许多的。买回来放在清水里养，然而第二天便软黄下去的栀子骨朵也是如此，看上去是很可怜的。

小时候村子里绝少荷花，虽然我们有很多的水塘，塘里有水草，有野菱，偶尔有人家种一点家菱，却绝无荷花的影子。我关于荷花的认识因此很晚，总要到念初中的时候。离我们几里路远的村子里有一口野塘，夏天生一点荷叶，有一年深秋，不知是谁传着说可以去挖藕，于是村子上的小孩子纷纷出动，扛着锄头，穿着胶鞋，去到已半干的湿泥里去挖。因为靠得太近，村子上一个男孩子的锄头不小心挖到我头上，把我头皮磕破了——好在没有流血，我人生中第一次挖藕经历却也就这样惨淡地结束了。因为不得法，那一天好像没有一个人挖到了藕，没过多久，就都垂头丧气地回来了。

到上初中时，上学路上有一口方塘，夏天荷叶亭亭，荷花太远，我们经过时，千方百计要折一柄靠得近点的荷叶当伞撑。偶然得了一柄，便很得意地撑在头顶，喜欢它是那么好、那么圆整一片叶子。夏季日光灼热，把塑料凉鞋都晒得软下去，空气中仿佛如胶片般带着模糊的反光。有的男孩子在下雨时若得一柄荷叶，一定不肯撑伞，虽然并挡不了什么雨，然而我们都惊奇于荷叶上滚动的白珠，平常经过，也要用手拨起塘水到荷叶上。荷花总在很远的地方，风送来它的香气，我们折不到，如望一个美人般望着它恋恋不舍。长大后读《诗经》，读到"彼泽之陂，有蒲与荷。有美一人，伤如之何"，总觉得是描绘那时的心情。倘若什么时候竟然得了一朵荷花——可以把脸贴到花瓣里,看它如仙子霞衣的花瓣上丝缕的脉络和乳黄的小小莲蓬心,这快乐当真无可比拟。

  还是好些年前,过年时货郎会挑着担子来兜售一种荷花玩具。如一朵闭合的荷花,推动下面的按栓,荷瓣会展开来旋转,发出呜呜的声音,露出中心小小一只塑料鸟。我们都很珍惜这玩具,一年中唯有过年时可以让大人买,小孩子差不多人人都有一个。然而这玩具的按栓很容易坏,没过几天,荷花便半开半闭地卡在那里不动了。我们感到很伤心,好像这个年也随之匆匆结束了。想起这样的旧事,就觉得即使是开不开的蓓蕾,夏天也应当买一束回来啊——毕竟从前是那样地喜欢着。

炒藕节

南京的蜡梅

一进十二月底,在微博上渐渐看见有人上传蜡梅的照片,才知道又到了蜡梅始开的季节了。这是我离开南方到北京的第三个冬天,原先熟悉于心的江南物候,如今也渐渐漫漶不清。当然代表性的物候还是清楚,但一个节候的结束与下个节候的开始,这连结过渡之间微妙鲜活的部分,不能置身其中,年复一年感受其延续与变化,这份记忆力也自然蒙钝下来。现在,当我坐在北京因为暖气而有二十二摄氏度、干燥得令人脸上微微发疼的室内,再去回忆从前在南方冬天的清湿与寒冷,就像隔着布满水汽的玻璃窗,窥看里面晏晏的灯火与人影。无论如何努力,记忆蒙隔的水雾也并不因此消除,我所能记起的,只是模糊的廓影和窗里偶然泄露的一两点微密的人声,这大概是每个离开熟悉之地渐久的人,都必须领受的疏隔与缺憾吧。

蜡梅是我在冬季里最喜欢的花,虽然认识它似乎已是很晚的事了。这花在我家乡常用作上一辈和我们这辈女性的名字(到90后这一代,似乎就很少见了),我的二阿姨名字里便有"蜡梅"二字。我念小学时,班上有一个秀气的女生,名字叫"蜡花"。虽是如此,我小时候却几乎没怎么见过蜡梅,大约我家乡实在少有这些闲逸的花木,那时我又不很在意树木和花。直到两三年前回乡,才在去亲戚家拜年的路上遇到过一棵小蜡梅树,山草枯黄,蜡梅枝乱糟糟地伸着,开着零星几朵花,只是很普通的光景。后来离开家乡去苏州读大学,校园里理应见过，却全无印象。我之认识蜡梅，领略其冬日的清气，还在到南京工作以后，而大规模的熟悉，则是从南大读研时开始。还是考研时候，考场就在南大的教学楼，一月的清晨从后门进校，路过一丛很大的蜡梅树下。有三米多高，攒枝丛生，枝顶从高处披散而下，如海波涌起、将崩未崩的瞬间。蜡梅香气突如其来，我心里一醒，仰头去看，才发现高枝上透明色泽的蜡质花朵。那是我非常灰暗的时期，即使打定主意要考研，去做那时自己想做的事，却因为心绪的芜杂不宁，并没有用尽力气去复习，因此心里常免不了自责与悔恨。或者应当说，自责与懊悔和灰暗的孤独情绪，是那时我的常态。怀着近于感激的高兴，想着"真好闻啊"，然后很满意地走去考试，也许正是因为这个原因，最后才会竟然以不差的成绩考上了吧。

　　在学校的三年里，我对这棵蜡梅树也怀了更深一点的感情，年年冬天，它是学校第一棵开花的蜡梅树，花朵较小，不及图书馆后的饱大。也到这时，我才发现学校里蜡梅树之多，尤其是大蜡梅树之多。我记得清校园里每一棵大蜡梅树的所在——不独蜡梅，几乎每一棵我喜欢的树，我都记得它们在学校的哪个角落。最好的蜡梅在大图书馆后的空地上，有七八株之多，每一株都是蓬蓬一处，高可三四米，与许多大桂花树交杂相植。这几棵都是外轮和内轮花瓣都透明如蜜蜡的素心蜡梅，花最好时正值寒假，学校里学生已经很少，花树间几张环形大椅子，从春到秋总坐满恋爱的学生，到这时也空荡荡的，很久没有一个人。蜡梅花很好地香着，太阳静静照到花枝上，满树花朵如浮光跃金。花间的空气，仿佛隔了一二十年回顾的旧时光，自带着毛糙而明亮的柔光。慢慢到下午三四点，光线逐渐黯淡，只留下冬日苍灰的空气，蜡梅树上的小灯盏也渐次熄灭，又恢复到平常的样子。只有花树下一棵南天竹，尖尖的复叶间伸垂出几枝小圆果子，仍是光耀沉定的朱红。

文科楼前也有几丛大蜡梅，也和桂树相间种着，两边成排。最右边一棵是普通的"狗蝇梅"，花瓣尖尖的，外层黄色，内层紫红。这棵蜡梅树年年也开得很早，叶子还没有落，花就已经开始开了，遮在满树黄叶里，自然谈不上什么风致，花也比一般的蜡梅要小。可是我也很喜欢这棵蜡梅树，叶子落净以后，密密麻麻的一树好看。其余的就都是素心蜡梅，香气要更浓烈一些。文科楼照理是"我们的楼"，我们的研究室在二楼，我却懒，也是害怕认识师门里不熟悉的前辈，除却偶尔去七楼的系图借书，平常很少来这里。真正与文科楼变得熟悉是在研三，准备考博和写毕业论文的日子了。配了研究室的钥匙，开始将这里当作每日的据点。那一年冬天多雨雪，因为冷，中午和晚上我们常常结伴去外面吃山西刀削面或桂林米粉。雨后天气十分清冷，水泥路面和落光了叶子的树干都被雨水染成黑色。山西面馆里的瓦罐面十分好吃，我们要素的，价格较廉，底下垫着海带丝、黄豆芽，中间是削得薄薄的刀削面，炖得滚烫，上面再盖一只煎熟的鸡蛋，热气腾腾地端到人面前。这一罐面我们几乎天天吃，也吃不厌。桂林米粉店里有切成丁的腌萝卜，装在柜台前的盆里，随食客自行取用。我们每人舀小小一盏,萝卜酸脆,他们谁也没有我爱吃,最后往往是我一个人吃了两盏。

那时离考博已只有一个多月时间,而我仍是一贯的懒惰,迟迟未曾看书。到这时,不要说几门专业课,单是英语,就足以使我跌绊,因此心里满是忧惧。人却好像没有法子,像梦里逃跑的人,满心焦灼地对自己大喊"快跑啊",却怎么也动弹不得。我就这样每天按部就班地背两个单元单词,花去大半天时间,再看一点专业书,慢腾腾在纸上抄一点笔记。蜡梅在楼前开着,伸到研究室的窗外,我心里贪爱,拜托研究室里个子最高的胖大男生代为折得一枝,养在酒瓶里,清香袭面。一面看书,一面心里仍是忧惧,唯有默默祈祷:文科楼前温柔的蜡梅啊,但愿这一遭还来得及。

而夜里还是免不了失眠,在三床薄棉被裹成的被筒里,睡前电热毯产生的热气已逐渐变淡,只有灌的热水袋还热。把脚板心贴在那温热的一块,就这样默默地、近于忍耐地躺着,等着杳渺无踪的睡意什么时候大驾光临。有时夜里下起雨,打在窗外雨篷上,连续而丰沛,不像冬天的雨的声音。诸念纷乱,实在耐不住时,起来打开台灯,坐在床上看一会书。雨慢慢成雪,早晨起来,校园里桂花树和棕榈树,还有叶子厚硬的广玉兰树,都积了薄薄一层白。唯有停在校园里的汽车上积雪格外厚,很久都没有人动,我们在清早或夜里经过,总忍不住想在上面写些什么。正在复习的人,写的都是书上才见到的句子,"怪竹外疏花,香冷入瑶席""黛眉曾把春衫印"。

有一回我写了"落花人独立",夜里睡不着,想起来如果写一句"当年拚却醉颜红",大概也是很好的吧。心里竟遗憾起来。

春节之后,蜡梅逐渐萎落一地,只有香气仍旧,而后连香气也渐渐散去,绿叶绽满枝头。时光一日一日迅疾流过,无论怎样惶恐,也到了该来的那一日。迎春花开,玉兰花开,紧接在考博之后的,是更为紧张的赶毕业论文的日子。有半个多月的时间,我很少睡觉,夜夜在研究室或宿舍通宵。凌晨四点,窗子外面一只雀子细声细气地叫,天色渐渐发白。白日里终于写完一节,我就去对门研究室偷一根M老师的烟,揣一支打火机,去楼下站着抽完。蜡梅叶此时已长得很大,结出如微型的坛子般的绿色果实,我便躲在繁密的蜡梅枝下,看天光里绿得发亮的树叶边缘。偶尔有人推着自行车走过,略微惊异地看我一眼。晴天里风很暖,吹过蜡梅枝子碎碎响,一支烟很快便抽完,我有些舍不得走,又站一会。就这样,等到毕业论文终于赶完的那一天,第二天就要答辩了。答辩结束的那天下午,我便也知道了考博结果,文科楼前温柔的蜡梅啊,这一回终于是没有来得及。

北京的春天

在北京的第三年，我差不多终于已接受北方冬日的漫长，虽然对它春天的姗姗来迟仍免不了失望。十一月木叶凋尽，从那时起，直到来年三月，冬日的街头只有光净的黑色树干与灰色水泥路面可看。三月中旬，当网上已是满屏南方的繁花渌水时，北京的冬天才刚刚松动，仿佛一夜之间，毛白杨高高的树枝上挂满灰绿的柔荑花序，雾霾天气里，远望如同一树抹布。然而在明朗洁净的晴天，映照着阳光与高远的蓝天，也是很好看的。毛白杨高大、美丽，树干上密布星星一样的花纹，是北京最常见的行道树之一。这里的毛白杨多是雄树，花时每天清早，树下都落下厚厚一层雄花花序，发出浓郁的青馥气味，踩上去沙沙有声，十分柔软。这长长的花序其实由许多小苞片聚合而成，像张开的鳞片，毛茸茸的，底下藏着紫红色的花蕊。有一天我在路边看见一个小女孩在树下捡到一根，举起来跟大人说：「妈妈，我捡到一条毛毛虫！」

这时节北方另一种特有的花树，则是山桃。山桃与桃花同属，我在南方长大，在来北京之前，只知有桃花，而不知山桃的存在。第一次见到山桃是在北大，未明湖边一树一树灿烂而清丽，我对着手上一本《燕园草木》，才知道眼前的花就是山桃。山桃花瓣比桃花要圆，薄薄五出舒展，颜色有些淡粉，远看却近于白色。那时正值黄昏，一棵山桃斜欹上水面，逆着金黄的夕光，花光四溢。人在远处坐着，觉得这黄昏的花树，实有一种美丽忧愁的东西在其中。如今住的地方，楼前正对着楼梯的空地上，也有一棵大山桃树。才搬来时是冬天，未曾着意，等到二月，暗紫的树枝上开始蓄累花苞，三月花苞逐渐鼓饱，端头露一点粉紫。有一天周末，我起得很晚，下午出门买菜，在一楼的楼梯口，霍然看见门前山桃白了。两三个老人默默坐在树下一条被人遗弃的旧沙发上，也不说话。像《桃花源记》里霍然洞开的渔人，这场景使我一下眼明，走到树旁又仔细看了一下，才发现是向阳的那一面开了。到第二天傍晚，整树花便开得极茂，如积玉堆雪，映在红砖楼前，比照分明。再一天，花瓣逐渐零落，掉在树下空地与沙发上，积出粉白的一层。太阳一晒，便委蔫失去水分。紫色的花蕊也逐渐干枯，却还留在枝头，在它下面，绿色的子房慢慢变大，再过些天，就长成很小的毛桃了。

　　山桃过后，开花的树是玉兰。然而北京的玉兰并不好看，不知为何，我在北京所见的玉兰大多只是一人多高的小树，枝干纤弱杂乱，在春天的大风尘里乱糟糟开着，很快便被太阳晒得疲软不堪。玉兰实是开在清洁的环境里最好，与湿润的空气相宜，如苏州园林里四壁狭窄的天井，花时一树填得明明满满；或是庭前窗边，长得十分高大，将花枝伸到乌漆漆的砖瓦上头。如《长物志》里所说的那样，"宜植厅事前。对列数株，花时如玉圃琼林，最称绝胜"。我所喜欢的因此还是南方的玉兰，这花我却认识得很晚，直到去苏州念大学，才在评弹博物馆第一次见到。跨过高高的木头门槛的一霎，看见庭院中一棵大紫玉兰，正是仲春时节，半边院子都在花枝的笼映之下，

八〇

① 山桃
② 毛白杨的柔荑花序

极其娟丽而清远。那时我几乎是雀跃起来，因为想不到世上还有这样像满树荷花而没有一片叶子的树。后来去南京念书，校园中也多有高大的玉兰，夹在樟桂丛中，远望如白色雀子，落满枝头。偶有黑白相间的喜鹊在枝头啄食花瓣。很快锈黄的花瓣散落地上，捡起来闻有芳烈的香气。都是些珍贵的回忆。

玉兰盛开时，北京的春天尚需短暂的等待寻觅。柳枝吐黄，从高大的黑色枝干上垂泻而下，于春日常有的大风中摇荡。柳林上抖抖一只长尾风筝。枯索的草地上，倘若不被人工干涉得十分厉害，在什么地方总也能见到紫色的堇菜和黄花的蒲公英。迎春花后，连翘、金钟花开放。天气却常是污染，在灰突突看似无边际的雾霾天中，人的心与行止都不得不为之压抑收束——无法安然、快乐地期待一个等待已久的全盛的春天。虽雾霾从春到秋周而复始，并不只是春天才独有的存在，然而因为春日景致格外的新鲜动人，因为春天在一年中全新的起始地位，不能不使人生出更为深重的遗憾与喟叹。有时大风带来短暂的透明晴蓝，在快乐之余，也无法欺骗自己，以为实际还拥有美丽洁净、令人满心鼓舞的春天。有一回因雾霾而咳嗽，在屋子里待了三天，第三天傍晚打起精神去附近公园走一会，下楼才发现李花已全开了，山桃杏花皆落。紫玉兰盛开，白玉兰满树披软，连丁香也已初开。重瓣榆叶梅又密又粉，是小孩子时会喜欢的花。杨树的柔荑花序已落干净，长出带一点银光的尖尖叶芽，银杏竟然也已长出极小叶子，像微型的小扇。柳色由淡转浓，柳叶如飞鸟，间缀鹅黄色的花序。元宝枫树开出淡黄细碎小花，公园里唯一一棵染井吉野樱也已盛开。有小女孩从地上捡拾落下的玉兰花瓣、松枝与松果，将一枝连翘插在捡来的一颗大松果上，却又马上丢下它，跑到前面去找妈妈了。

　　要到这时，人才又猛然醒悟北京的春天已急管繁弦。接下来从三月末到四月初，短暂十数日间，公园中紫叶李、海棠、榆叶梅、丁香、美人梅、梨花、晚樱，诸种花木杂沓盛开。其中最称风景的，又属海棠与丁香。海棠柔美，在南京时，城中多垂丝海棠，西府海棠少有，而北京则与之相反，几乎难见到垂丝海棠的影子，而西府海棠所在皆是。花树往往高大，在旧日宫殿或府第的庭前几大棵或成排开着，很成规模。赵珩在《旧时风物》里说："旧时北京稍具规模的庭院中，多植有海棠，大概是取其'棠荫'之意。而家中庭院的海棠又总是比不上寺庙的海棠，大约是一个庭院的保存时间总抵不上寺院那样悠久。"风景的养成有赖于时间的恩容，如今则往往略无保存与等待的耐心和眼界了。赵珩说如今人们知有法源寺的丁香，实际在乾隆时，法源寺更以海棠闻名。如今北京以海棠盛称的地方是元大都遗址处的"海棠花溪"，一道窄窄的运河两边，遍植海棠，花时游人不绝。这里除了常见的西府海棠之外，还有不少品种的北美海棠，花树自然美丽，然而因为周围环境的缺乏，只能近玩而不能求一整体的美观。北京的春天仍是干燥，即使在有水的地方也不例外，成片的花树下是光秃秃的黄土，因为缺乏雨水的滋润，这样的地方很难长出成片

① 北京的玉兰
② 小女孩的作品,是雾霾天里可以安慰人心的东西了

①
——
②

① 榆叶梅
② 晚樱
③ 美人梅
④ 海棠花溪的西府海棠
⑤ 海棠花溪的北美海棠

①
②
③
④
⑤

的春草遮蔽。北京的春天是很少雨水的。

与海棠相似，北京的街边也多有丁香的大树，春日时在老城区走路，时不时撞见一株，使人心爱。南京自然也有丁香，只是绝不如北京这样成为繁华的事。那时在学校，北园草坪的一端有一棵白丁香，春天珍贵的草坪等待回绿，不许学生踩踏，因此没有亲近的机会，只是遥遥看那一树白而心向往之罢了。有一回在玄武湖边捡到两大枝被人折断又丢弃的李叶绣线菊和紫丁香，捡起来捉在手里带回去，到学校花已经蔫了，然而用白瓷瓶养起来，还是很快便恢复精神。丁香却太香了，夜里只好放到宿舍窗台上，有时舍不得，又走过去闻一闻。如今景山公园里也有一棵大白丁香树，花时较其他丁香为晚，年年春天，总想要去看一看，在背阴的光线中如玉的一树。小区里也有几棵稍大一点的紫丁香树，黄昏时从花下经过，人家养的鸽子在阳台上吞声咕咕。紫丁香开了好几天，还没有败的意思，只是花瓣展得更开，由深紫而淡，最后几近于白。

这爆炸性的春花过后，北京的春天便转入逐渐沉默的尾声。街边高大的洋白蜡树，枝头绽出鹅黄绿色的新叶与花序，很快黄花堕地，把停在树下的汽车头上打上一层黄绿花粉。元宝枫的翅果现出雏形，柔嫩的、透如薄纸的新叶伸展开来。国槐长出细细如游鱼的叶子，洋槐树上挂满白色花串，偶尔在小区里，可以看见年轻的男人在树下勾槐花，细竹篙顶头绑一截弯成钩子的铁丝。上下班的公交上，看见连泡桐也在随便一栋什么旧的楼房的空隙里或一间平房的后头，伸出满头淡紫色的略带陈旧感的管状漏斗形的花来。这时候开始渐渐有雨水，打轻轻一点的雷，零星的雨一落即散。欧洲荚蒾如蝴蝶般的平展的白色花瓣上沾着雨水，这样平常的事，在北京毕竟也是难得的。要到近六月间，北京才会进入一年中难得的雨季，雨水过后，空气黯黯清凉，略似南方的空气。

四月将尽，鸢尾花开，蔷薇花开，公园中又再度拥满一年一度看牡丹的人。如玉碗嵯峨的牡丹丛中，连芍药也开了几朵。有一天临近傍晚时下楼去看紫藤，长长的架上只有零星的花。以为是还没开，走过去才发现是已经都谢了。几个看孩子的阿姨在紫藤树下百无聊赖地搭话，有风吹过来，吹到紫藤花里去。春天如此轻易地过去了，丁香花枯萎在枝上，夏天的云开始攻城略地，像被扯得丝丝卷卷的棉絮，在苹果树新绿的嫩枝后面鼓舞起来。

① 天坛公园中大丁香树
② 元宝枫的新叶
③ 欧洲荚蒾的花开在雨水里，也是难得的

①
②
③

看牡丹的人

公园里再度拥满

牵牛花记

小时候和妹妹在家里，有几年特别喜欢养花。那时村子里小孩尚多，像是一种爱美的传染，说不上是谁最先开始养花，很快便带得人人都养起来。菜园每家都有，常是在屋后，方方正正一块，小孩子养花，往往就依着屋子的后墙，在菜园边埂撒一些种子或种一些花苗下去。因为整齐的菜畦大人要用来种菜，不得浪费，小孩子只能于这样的边角中求得一点自己的园地了。所种的花也都几乎相同，乡下最普通的草花，指甲花（凤仙花）、洗澡花（紫茉莉）、喇叭花（牵牛花）。指甲花花色繁多，从大红、紫红到水红，于粗壮的肉质花茎上，狭长繁密的绿叶之间，可以鲜艳地开很久。我们喜欢指甲花，因为它的名目，说是可以把指甲染成红色，因此常常掐了它带着细细弯钩样的距的花下来，往指甲盖上涂。只能染出很淡的水红色，心里因此很失望，但也还是经常掐几朵下来涂一涂。也喜欢它们结出来的小小纺锤状的果子，将成熟的时候，轻轻用手一碰，就"啪！"地炸裂开来，将细细的黑色种子弹射到手心。洗澡花也极浓艳，如紫红的裙裾，在夏日漫长的黄昏开放，散发出如香脂粉般的香气。比较起来，喇叭花就没有这样的香气来吸引人。那时候我们喜欢喇叭花什么呢？大概首先也是爱其颜色与形状，虽然叫着"喇叭"这样的名字，我们仍然是把它看作裙子一样的，而且是电视上美女旋转起来那样边沿鼓得飘起来的、大大的裙子，因此格外喜欢它的美。清早和露点缀在四处蔓延的藤蔓中，又特别有一种热闹鲜妍的感觉，虽然很快就谢了，但在小孩子心里，只是淡淡的可惜，未必像大人那样有很深的惆怅了。

从前我们那里的喇叭花都是一种淡淡的水红色，很少见到别的颜色，但也许只是因为那时年龄小，很少去到别的地方，因此看不到罢了。高中时学《故都的秋》，对于郁达夫把牵牛花按照颜色分为"蓝色或白色者为佳，紫黑色次之，淡红色最下"几个等级很感到愤愤不平，凭什么我从小那么喜欢看的水红色喇叭花，到他笔下就成了"最下"了呢！直到去城市念大学，才头一次见到了蓝色和紫红色的牵牛花，觉得蓝色的的确好看，然而也不愿因此将它们分高下。第一次在家乡看到蓝色的牵牛花，是在大学毕业以后，高中的语文老师去世，清早和同学坐车去殡仪馆，在从县城去郊外的路上，看见旁边荒地里大片匍匐的蓝色花朵。过午即凋的短暂生命，与眼前事实相联系，这蓝色的牵牛花在那时我的心里，实在是充满了悲哀的感情。

到北京工作以后，所见牵牛花渐渐多起来。北京的街边多有随地而生的牵牛花丛，在路边随便什么空地漆作绿色的栏杆上，或是用作绿化的很平常的灌木丛中，很随意地爬满一头。七八月晴朗的清早，上班人经过，遥遥看见一蓬红的蓝的花，也是很悦目的。在稍微老旧一些的小区里，住的人家往往也喜欢在窗台上养几盆牵牛，种在普通的瓦盆里，并不用搭架子，就让它顺着防盗窗爬成小小一片。这些窗台上的牵牛花多是一种玫红色圆叶牵牛，不同于我小时候常见的水红色，花朵要更大一些，衬托着莹白如玉的花管，在阴天或雨后黯淡的空气里，格外沉静而鲜明。或是空气清朗的晴天的早晨，阳光照射在刚刚开放的花朵上，远望闪闪发光，实在是很美丽的。小区里一块空地上，就有一大丛这样的玫红色牵牛，夏天我上班时候经过，总要看一两眼，到后一楼的人家将那里辟成菜园，种了丝瓜、南瓜、四季豆诸物，牵牛便渐渐败下阵来，只剩寥落的几朵，不复从前的繁茂了。幸运的是同时另一栋楼下人家自辟的花园外，不知什么时候篱笆上也有一块地方爬满了牵牛花藤，自七月渐渐开花，是纯粹深静的缥蓝色牵牛。到八月间开到最盛，有时夜里下过雨，第二天早晨牵牛花开得往往更多，披披挂挂缠绕在原本种在那里的一丛金银花和一棵小山楂树上，藤叶与花碗上缀满雨水，蓝色里仿佛混入了如同雾气的颜色，是很灵动的。

有一两年，小区外面一楼有一户人家种一架很好的牵牛，夏秋来开蓝色、紫色或白色的大花，蓝色尤其别致，仿佛带着荧光，较寻常牵牛要大一些，我很喜欢，周末买菜的路上经常要走过去看一看。秋来结子，于是偷偷收一点，加上朋友给的一小包牵牛花种，去年春天，便撒在阳台上花盆里。是自从上了高中以后，隔了十几年再种了，已经忘记了牵牛是多么容易成活的东西，

蓝色牵牛,雨后
蓝色仿佛混入雾气的
颜色

结果几十棵种子全发了芽，把两只小花盆挤得泼满。懒惰拖沓如我，每天早晨看到它们又长得更高了一点，叶子下面长长的茎似乎又更细了一点，也不由得感到慌张愧疚，买来大大小小七八个盆和几袋土，终于赶在爬藤之前将它们分栽了。

牵牛们长得很快，而后小小的藤渐出，又拖了好几天，买了花架与搭架子的细竹竿回来，将花盆一一置于花架上，再用棉线把竹竿捆好，放在花盆面前，另一侧倾靠到窗玻璃上。早晨看它们还有距离，遂把长得稍微长些的牵牛藤往棉绳与竹竿上牵引，有的还够不到，只两三根搭到了。晚上听见外面风声摇涌，走到阳台上一看，不禁吓了一跳：牵牛们至少长了六七厘米，有五六根已经沿着棉绳攀上竹竿，细细的触手卷伸，好像只要一碰上可以缠绕的依靠，就生怕有变似的迅速生长起来。早上醒来，又跑去看，又长了一点。

关于牵牛花爬藤的迅速，叶圣陶的《牵牛花》里写得十分细致。因为是实际种花观察出的经验，读来很有趣味。"但兴趣并不专在看花。种了这小东西，庭中就成为系人心情的所在，早上才起，工毕回来，不觉总要在那里小立一会儿，那藤蔓缠着麻线卷上去，嫩绿的头看似静止的，并不动弹；实际却无时不回旋向上，在先朝这边，停一歇再看，它便朝那边了。前一晚只是绿豆般大一粒嫩头，早起看时，便已透出二三寸长的新条，缀着一两张满被细白绒毛的小叶子，叶柄处是仅能辨认形状的花苞，而末梢又有了绿豆般大一粒的嫩头。

有时认着墙上的斑驳痕想,明天未必便爬到那里吧?但出乎意外,明晨已爬到了斑驳痕之上;好努力的一夜工夫!'生之力'不可得见;在这样小立静观的当儿,却默契了'生之力'了。渐渐地,浑忘意想,复何言说,只呆对这一墙绿叶。"

这样一日看三回的日子没有多久,牵牛很快缀满一架,爬到竹竿最高处,抵着阳台玻璃,无处可去,因为自身的重量跌落下来,又昂扬地攀着之前的藤上爬上去,在竹竿顶上形成一个重重的端头。到五月底,已打了细长如钉螺般的花苞,有一天早晨去阳台上看,忽然发现第一朵花已经开过了。志贺直哉在他的《牵牛花》中写:"我一向不觉得牵牛花有多美,首先因为爱睡早觉,没有机会看初开的花,见到的大半已被太阳晒得有些蔫了,显出憔悴的样子,并不特别喜欢。可是今年夏天,一早就起床,见到了刚开的花,那娇嫩的样子,实在很美,同美人蕉、天竺葵比起来,又显得格外艳丽。牵牛花的生命不过一两个小时,看它那娇嫩的神情,不由得想起自己的少年时代。后来想想,在少年时大概已知道娇嫩的美,可是感受还不深,一到老年,才真正觉得美。"然而小时候在菜园里种牵牛花,并没有特别觉得它易凋零,至少在半上午之前,是开得很精神的。大约种在花盆里的,终究不及直接长在泥地上的精神健旺。

于是第二天起得很早,醒来第一件事便去阳台看,终于在凉爽的清早捕捉到花尚未凋谢的样子,薄薄的蓝紫颜色,中间点缀着紫红斑纹，并没有像收种的那架牵牛那样带着荧光的蓝色，花也没有那么大。然而毕竟是自己种的花，心里还是很满意，虽然这快乐并没维持多久。不久我便发现牵牛的叶子后面长满了密密麻麻如点状的黑色小虫，底下的叶子已经被咬得发白乃至泛黄脱落了。心下愕然，因为在我从小养花的经验里，是没有牵牛生虫这样的事的——大概还是因为封闭的阳台不良于通风，所以生了虫吧。充满愧疚地去花市买了药和喷壶，回来兑好药水，戴着一次性手套，耐心把每一片叶子的正反两面都喷上药水，如是三次，虫子却没有丝毫惧退的意思，于是也只好放弃，随它去了。

　　这生了虫的牵牛每天仍然努力地开着花，大部分是蓝紫色，有一天忽然开出了如丝绸般的深紫色和纯白的花。纯白的总是停留在半开的样子，便不再打开，像一个身体孱弱的人，走到半路便放弃，不再前行了。这半开的花加重了我的愧疚，后来早晨再醒来，便不再时时去阳台查看了。秋深后藤叶渐黄，花朵渐歇，藤蔓上结出的蒴果，渐渐由绿转黄，也不去管它，只留着在阳台上，明朗的晴天的午后，把窗户打开，映着深蓝的天与秋日丰富的白云，也是很好看的。直到冬天来临，逐渐干枯的藤上，牵牛黑色的种子从种壳

①阳台上的牵牛,虽然生病,还是努力地开着花

②秋天,阳台上已开始枯萎的牵牛藤,在蓝天下也是好看的

里脱落出来，滴滴洒到阳台地面上，有一天才下了决心将竹竿拔下，于干枯的藤叶上收了一碗垛种子，放在阳台上。等到今年春天，因为害怕它又要生虫而没有办法，终究是犹豫着没有再种。到了夏天，对着阳台上空空的花架和花盆，不由得感到一丝懊悔而寂寞。

川濑敏郎的《四季花传书》里，七月的插花是牵牛，将蓝色的裂叶牵牛插入注满清水的大玻璃容器中，牵牛花的深蓝与叶色的浓绿、玻璃容器中充满张力的水的光感相照映，看上去有十分清凉的美感。他说因其易凋谢，插牵牛花时没有可发呆犹豫的时间，要立刻插到器皿里。从利休时代开始，便普遍认为朝颜花应该是"宵切"的花。"'宵切'就是插花的前一夜，将第二天清晨会开的花苞带蔓剪下来作补水处理后，深水保养，并放在室外避风处等待早晨开花。然后将开花的朝颜插到器皿里。"因为在理顺藤蔓时，牵牛脆弱的花瓣容易受伤，而宵切处理后的藤蔓，弯曲的姿态得到修正，向上伸展，更具观赏的美感。

这种对"藤蔓的表情"的注重，使得他也很鼓励插花的人试着自己种植牵牛，以体会花姿，因为"投入式插花，最重要的就是要向自然的姿态学习"。"我每年都在阳台上种植朝颜，看着每天都在变化的藤蔓姿态，常常会发现有些如同人类一样随心所欲生长的蔓藤，为此惊异不已。"大概自己种植牵牛花的人，往往容易如同叶圣陶那样感觉"兴趣并不专在看花"，翠绿攀缘的藤蔓其实也很具有一种真实的美感吧。书中川濑家的阳台上，的确有一大面牵牛花墙，说来近于奢侈，因为是一大幕玻璃墙外，用竹竿整齐地编成支柱格，然后将花盆置于竹格之下，任其藤叶攀缘而成阵的。"这样，即能从房间透过玻璃欣赏到花，茂密的叶子遮挡了阳光，消除了夏日的西晒，难能可贵。打开房间的窗帘，一边在叶荫下休息，一边观赏阳光透过叶片的间隙洒在地板上，星星点点，如同置身于森林中，身心都能得到休息。"如我们普通人，假如不是住在乡下，想拥有这样一面牵牛花墙，终究很难实现。什么时候能有一个稍大的开放式阳台，可以放入光风，沾溉雨露，让牵牛庶几免于虫病，也就很满足了。

辑二

瓜茄次第陈

想起从前待在南方

从南京到北京以后，平常下班大多自己做饭。住的地方离公司不远，夏秋时多走去上班，路上买一点东西当早饭，只是遇到合适的十分困难。偶尔一家卖早点的，贵还可恕，过分的是卖相和味道都实在邋遢平庸。所有的小店似乎都看准了你没有地方吃，所以把东西做得那么敷衍。有一阵子看见一个叫"杭州小笼包"的店，路边极小一爿门面，店主是夫妻两人，夏天早上有时忙得没有时间包包子，就只包包得快一点的小笼饺子应客。这一家味道不坏，才遇见的时候，十分欢喜，连吃半个月，终于也招架不住，最后只好每天早上去面包店买面包，喝白水。我因此怀念南京小巷里随处可见的馄饨面条店，尤其怀念里面只有一星星肉的小馄饨。下好了，轻飘飘的一碗，撒一点小葱，有的里面加一点紫菜，滴一两滴油。夏天清早阴凉处摆着小桌子，许多人坐在路边吃，风把人的头发吹到碗边沿上。学校外面平仓巷有一家包子店，每天早晨都排很长的队，他们家的豆腐包十分美味，似乎拌有油渣。包子都是刚出锅，买两个，滚烫的豆腐，捧着颤巍巍小心吃下去。

我家乡县城的早饭除了春卷、糍粑之外，最普遍的是细面。面没有特别的讲究，揉出来用机器切好的细面，煮得透透的，捞到加了酱油、猪油和盐的面汤里，上面夹一筷子青椒干子或雪菜肉丝。大约因为常做，面店的青椒干子和雪菜肉丝味道通常都很好，一碗面吃完，连汤也一起喝下去。我怀念这些清汤清水的东西，其他好吃的就更不用说。高中时候，早读前和第一节课下课，卖早饭的在校门口排成两排，像等待检阅一样等着买早饭的学生挑选。记得清楚的有一个哑子卖鸡蛋饼，鸡蛋饼上撒一点切得细细的小葱，裹一根油条。这哑子在我隔了六七年重回高中的时候还在那卖早饭，他旁边是一个卖包饭的，南京叫蒸饭包油条。这个卖包饭的妇女经常在她的白糯米里掺一点紫糯米（那时候县城最珍贵的包饭，应该全是紫糯米），挖一块糯米饭到干净纱布上铺平，吃咸的里面就撒一点榨菜碎，撒一点腌菜；吃甜的就舀一勺子白糖，再把一根油条折两折放进去，用纱布把饭裹紧，解开装好递给买饭的人。有一天早上我去买饭，她忽然对我说："丫头你怎么不留长头毛？你留长头毛肯定好看！"那时候我已经留了六七年短发，沉浸在青春期的自卑里，整个人灰土土的。这话使我大为感激，过了许多年，一直都还记得。

　　此外还有榨肉饭和炒干粉（一种非常细的、炒得干干的粉丝），榨肉饭是把榨肉粉放在糯米上蒸熟，吃的时候就盛一小盒，晒干的精肉咬起来很香。也有卖油炒面的，通常加火腿肠和青菜炒，炒好了盛在做锅

①家乡县城的小馄饨
②妈妈做的乌饭包油条，咸馅

①
—
②

贴的大平底锅里,架在炉子上卖。老板手持两三双筷子,一面翻炒面,一面拼命招呼人:"吃炒面哎!吃炒面哎!"那时我的同桌桑秋萍每天早晨都要买一块五一份的榨肉饭或者炒面吃,而我为了减肥,初三一年都几乎没吃过早饭。每天早上早读刚开始,我在旁边念课文,她就在一边很快地吃油炒面。教室里气氛热烈,葱油的香气缭绕,我要运用很大的内力,才能克制自己不去问她要一口炒面吃。

在南京待了六年,但要问起南京有什么好吃的,我还是不清楚。一是因为懒,食不思变,二是不常在外面吃。起初是上班,早晚都在家吃,中午也是带了盒饭过去。只有碰上周末,半下午肚子饿的时候,趁妈妈不在家,偷偷跑到外面下一碗鸭血粉丝汤,带回来和家里的小孩子把头埋到一起分着吃。吃完了赶紧把盒子扔掉,怕妈妈回来看见了责怪,又在外面糟吃东西。我们住的地方外面有一条小街,两面全是卖吃的的店。有一家鸭血粉丝汤很好,粉丝韧而不烂,时常见到胖大的老板娘站在门外,一手扯一把泡好的粉丝到兜子里,往坐在炉子上的滚烫汤锅里浸一浸,粉丝就熟了,抖一抖提出来,倒进碗里,再从汤锅里舀一瓢带几条鸭血的汤进去。她的手每天在热气上蒸熏,冬天肿得厉害,到了夏天,红肿的痕迹也消不下去。粉丝下好,端到屋里放佐料的小桌子旁,舀一点切得碎碎的鸭肠、鸭肝、榨菜末,吃香菜的人加一点香菜。这一点鸭肠鸭肝和榨菜碎,使得吃鸭血粉丝汤顿时变得有意思起来。直到粉丝吃完了，我们还用勺子去捞里面的榨菜碎吃，捉摸那一点咸脆。

后来去学校念书，寻常都在食堂吃饭。南大鼓楼校区只有一个食堂，上下四层，四楼是清真食堂。一楼的食堂菜色最全，吃饭的人也最多，味道却实在乏善可陈。三楼食堂味道最差，在三楼吃饭的中午，我常常会因为菜太难吃而吃不饱。唯二楼是我喜欢的地方，常常去打一份酸辣的蒸鱼和肉片炒圆白菜吃。室友一君喜欢三楼，我喜欢二楼，我们若在一起吃饭，常在两个食堂轮流。到底还是她顾我的时候多些。四楼我们都喜欢，也常常去。清真食堂的菜比其他食堂都要便宜，但要爬楼梯，去的人并不多。我们经常在冬天去吃牛肉面，面里牛肉好些块，汤的味道很重。下面的大叔是个络腮胡子，单耳戴一只耳环。我觉得他很帅，吃面时笑嘻嘻叫一君去看。这里也卖饭菜，但种类很少，味道都还不坏。大约是星期三的中午有我们说的"彩色饭"卖，其实就是加了胡萝卜丁、青豌豆炒出来的饭。

有时也去外面吃，尤其去逸夫馆上课，或去研究室上自习的时候。平仓巷和青岛路之间，有一家小小的西北面馆，里面只摆得下五张桌子。还没有来学校念书之前，我偶尔经过，夏天午后热恹恹的，厨房的小哥趴在桌上睡觉。我问，还能吃饭吗？他说行，起身给我炒一盘油乎乎的青菜火腿肠炒面。他很瘦，很年轻。偶尔没人点面了，就从仅能转身的厨房里走出来，趴在桌上玩手机。我偷偷看墙上贴的健康证，发现他还不到二十岁。我们去西北面馆吃面的时候，常是冬天，雨一直落落停停，天是青灰的，寒气侵人。平仓巷里一株刺槐叶子落尽了，只剩黑色的枝干湿漉漉斜伸出来。枇杷的叶子还是乌绿。我们拎着伞去吃瓦罐面，因为吃面的人太多了，常常被引到后面的一间小屋子里坐着。如果是夏天，我们就会经过一丛开花的月季，秋天是一棵很小的桂树。鸡蛋瓦罐面上盖着一个煎得很好的鸡蛋，下面是炖得滚烫的豆芽菜、海带和刀削面。我们挑煮得透的面来吃。这一家的油泼面也好吃，但总是会放很多味精，吃过以后，整个下午和晚上都要拼命喝水才行。

汉口路上还有一家小食铺，卖酱香饼和肉夹馍，早晨常有几个学生在那排队买饼。饼的味道并没有什么出奇，这家的肉夹馍却实在很好吃，还是用炭火炉子烤出来的馍。我们常在下午四点时跑去买肉夹馍吃，看老板从坐在炉子上的白铁锅里捞一块带点肥的肉出来，加一点香菜，细细切碎，再浇小半勺肉汁。从炭炉子里取出烤得有点焦黄的馍，一刀破碎，一股白气冒出来，把碎肉填进去，装在纸袋里递过来。馍又脆又烫，浸了油汤，十分好吃。这么好吃的肉夹馍，才四块钱一个。

如果馋了，或是今天有什么事情做完了（交了作业，或是一个学期要结束），或是什么节日，或是心情

南京的鸭血粉丝

汤和汤包

很好或很不好，我们就一同去饭馆点菜吃。学校附近的小饭馆味道大多一般，大概因为学生太好对付，这些店往往在开了一段时间之后，就变得完全没有追求了。有一家打着"金牌猪手"的招牌，烤猪脚十分香黏，五块钱一个，但除了猪脚以外，其他菜都非常难吃。我们有时还是会为了吃猪脚而去那家吃饭。研三时候，常常去唯楚书店对面的一家"涵洁地锅"。这一家门面非常小，只摆了三张桌子，人若去吃饭，常会被领到后面一栋居民楼里，里面两间屋子，小桌子一列排开，吃饭的人很多。其实都是很普通的菜，但在简素的学生生涯里，已经足可一膏馋吻了。

江苏省昆剧院在从前的江宁府学，我们称为"兰苑"，每逢周六和周末晚上（后来周末改为下午），都有昆剧演出。我大约一个月去一次，时常提前一站下车，在莫愁路的尹氏鸡汁汤包吃晚饭，再走去兰苑看戏。这里卖鸭血粉丝汤和汤包，很多老头老太来吃，两人面对面坐着，一人一碗鸭血粉丝汤，合吃一笼汤包，倒一小碟醋。说来鸭血粉丝汤真是南京最亲民的小食，很适合在下午饿的时候吃一碗垫饥，再加一笼汤包，就可以饱足。我吃过的最好吃的鸭血粉丝汤，在夫子庙附近的一条偏僻巷子里。一处支在板车上的锅炉，路边摆一张桌子，几只凳子，我偶然经过，觉得饿了，就随便买一碗来吃。这一碗鸭血粉丝汤味道的好，后来总不能忘记。那地方我却是胡乱走去，迷途而至，也只能记着而已。那时候一碗鸭血粉丝汤还只卖三块五到四块钱。莫愁路的尹氏也卖荠菜汤包，口味偏甜，反不及鸡汁的好吃。有时也特意去旁边朝天宫的街上吃饭，堂子街上有一家很小的湘菜馆，这一家的剁椒鱼头非常好吃。曾有一回带朋友来，因为太好吃了，鱼头吃完以后，我们说下回要买几个馒头来，用馒头蘸汤汁来吃。然而很快便是毕业，拿到毕业证的第二天，我便离开南京到北京工作，从此以后，再也没到那家店去过了。

盐水鸭与酒酿

元旦前两天回南京补办身份证,在姐姐家待了两晚上。临走那天下午,二姐特意去章云板鸭店给我买了一整只盐水鸭,一袋真空包装的鸭翅鸭掌,还有几只零散的,留给我在火车上吃。我在火车上一会就把这几只鸭翅鸭掌啃完了,然后才发现喝水的杯子忘在了火车站,渴了一路。一下火车,我就去找超市,买了一瓶矿泉水,一口气喝了半瓶。

第二天正是元旦,有朋友来做客,便切了半只鸭子待客。鸭子是所谓的瘦型鸭,瘦多肥少,鸭皮也薄,味道不错。空口吃的话,稍微有一点咸。章云板鸭是南京有名的盐水鸭店,好些年前有一段时间,我几乎天天路过这家店。那时候妈妈在升州路一家网吧做饭,暑假里没有事,我便在网吧打工,章云板鸭就在升州路口的评事街上。那时候网络还不很发达,大众美食网站远未兴起,这家店就已经很有名声,每天傍晚我们去评事街散步,都能见到长长的买鸭子的队伍。店面也不大,里面摆得下两个玻璃柜子而已,柜子里整整齐齐码着一只只卤好的盐水鸭、烤鸭,以及一点鸭肫、鸭翅、鸭掌之类的东西。太阳黄黄的,排队的人都很有耐心,想着待会切半只鸭子,回去就一瓶啤酒,晚饭不要太爽哦!紧挨着他家旁边,一米之遥就是另外一家鸭子店,打着清真的招牌,玻璃柜里挂着烤得焦黄的鸭子,门可罗雀。章云板鸭的长队衬得旁边这家店越发地尴尬冷清,我每见到这样的场景,都要替旁边那家店的老板担心,不知道他心里能不能承受这样的落差。但他看上去很坦然，好整以暇。一直到傍晚了，章云的鸭子卖完了，才慢慢有人到他的店里去买烤鸭，买盐水鸭。就这样开了几年，居然也开下来了。

那以后很多年，我都没有再到升州路去过。评事街慢慢拆得七零八落，不知道这家鸭子店还在不在，章云的名声却越做越大起来。看网上的照片，知道是换了一个地方，也不比从前大多少，仍然在评事街上。只是方便人买了带走或送人，提供现场抽真空包装的服务。这样做出来的比超市里卖的那种真空包装的要新鲜。超市里卖的盐水鸭为了保质期长一点，都死咸死咸，鸭子也肥，冷乎乎的，并不好吃。所以盐水鸭贵在新鲜，菜场旁边随便一家卖盐水鸭的小店，味道可能都不坏。南京人的确是喜欢吃鸭子，烤鸭、盐水鸭、鸭血粉丝汤，到处都是卖鸭子和鸭血粉丝汤的小店。盐水鸭和烤鸭都切得薄，零头碎脚放下面，鸭胸肉整齐码在上面，一片一片，看起来非常漂亮。烤鸭配一小袋酱汁，回去浇在切好的鸭肉上，浸一浸再吃，跟北京的烤鸭不是一种风味。吃过两次北京烤鸭，都是把鸭肉和鸭皮分开，鸭肉切薄片，加黄瓜丝、葱丝一起裹在小面饼里，蘸甜面酱吃。鸭皮放在那里，似乎有些尴尬，不去吃它也不好，吃似乎就不知该如何下口。这鸭皮没有味道，咬下去一口的油。不像南京烤鸭的皮烤得有点焦，薄而且韧，连同鸭肉一起吃，是很好吃的。

那天二姐同时给我买的，还有芳婆的酒酿和小丸子。芳婆的东西在南京也很有名，只是一直没有吃过。一路小心翼翼拎回来，周末不肯好好吃饭，到了夜里饿起来，想起冰箱里还有这两样，便拿出来煮鸡蛋酒酿丸子吃。水煮开放小丸子，煮到丸子浮起来，加几大勺酒酿，再煮一小会，加糖，把鸡蛋打进去搅碎，关火，加几粒泡发的枸杞便好了。

放酒酿时，解开袋子，看见是两大块酒酿泡在酿汁里，很好闻的香气。忍不住偷偷舀了一勺酿汁喝，甜，冰凉，非常好喝。想起小时候妈妈常常做甜酒给我们吃。我们叫酒酿"甜酒"。冬天做甜酒，晚上便吃糯米饭，吃剩下的，盛出来摊在锅盖背面晾凉。把一颗灰白的酒曲丸子捣碎，铺一层饭，撒一层酒曲，再铺一层饭，撒一层酒曲。半个酒曲能做五六碗饭。乡下有卖酒曲的人，夏天挽着篮子从一个村子走到另一个村子，从人家门前经过，一边哑着嗓子喊："卖酒曲欸！卖好酒曲欸！"一块钱五个酒曲，可以用很久。妈妈并不常买，嫌人家做得不好，我们每年做甜酒的酒曲，都是问二姑奶奶要的。妈妈说二姑奶奶做的酒曲最好。年年夏天，二姑奶奶都要晒一小盆酒曲，收着自己用，也送人。有一年盛夏我见她在菜园里扯一种会结出小圆盘一样黑籽的草（长大以后才知道是鳢肠），便问她做什么，她说，要用这种草的汁做酒曲。我去二姑奶奶家讨酒曲，她就从房间门背后或者抽屉里的塑料袋里掏几个给我。因为放得久了，酒曲上常常有小虫啃过的痕迹，啃得坑坑洼洼的，如微型的河流。四个酒曲差不多便够我们用一年了。

最上面一层酒曲撒好，妈妈把米饭中间扒出一个圆洞来，里面也撒一点酒曲。她说："留着透气。"然后找一件我们早就不穿的小棉袄，把脸盆盖上，捆住。这一脸盆甜酒便等它慢慢发酵，天气很冷，白天我们把脸盆埋在被子里，夜里烧过洗脚水，就把脸盆放到锅里，把锅盖盖上，让锅洞里还残留的一点余温暖着。要过两三天，这一盆甜酒才慢慢发出淡的甜香，我们着急它有没有好，忍不住把手伸进被窝里，摸一摸脸盆，温柔的一点热。接下来我们总是忍不住掀开棉袄，看一看米饭中间的洞是不是已经有酒渗出来，偷偷用一只白瓷勺子去舀里面的酒喝。酒是暖甜。我们不敢多喝，一盆甜酒能渗出来的酒汁很少呀，怕舀得稍微多一点，回头妈妈煮甜酒就没有酒了。妈妈也知道我们偷喝，她许我们喝一点。

这时候再过一两天，就可以煮着吃了。把小棉袄拆开来，它带着旧棉袄淡淡的霉味和甜酒香气混合的气味。甜酒变得热烘烘的，里面的酒多起来。妈妈在清早煮甜酒，吩咐我们去小店里买一包糖精来。糖精包在纸壳里，一小包两毛钱。回来把水烧开，一勺一勺把甜酒舀进锅里。我们的甜酒因此是一块一块的，不像后来在外面吃的那样粒粒分明。甜酒煮开，放几粒糖精进去。这糖精的味道甜得有些假，很容易就放多了，甜酒就有些甜得发苦。我们煮甜酒都是放糖精的，平常家里很少有有糖的时候。糖都是过年过节的时候买着送礼的。

吃甜酒的早上，我们照例要品评这一次的甜酒做得好不好，甜不甜，有没有发酸。夏天做甜酒要容易许多，放在桌子上，两三天就好了，但也容易发酸。甜酒煮了一两回，还剩下一小半，这时候我们可以放心用勺子舀几勺来喝。因此这甜酒汁对我来说是极珍贵的东西。若要我说实话,加了水煮好的甜酒远没有甜酒汁好喝。但哪有那么多酒呢?有几年隔壁人家有人在上海打工,冬天回来,会带两大雪碧瓶酒酿回来。那酒酿里只有很少一点酒酿米,粒粒分明,悬浮在满瓶淡白的酒汁里。大号雪碧瓶碧绿可爱。有一年小叔叔也带了一瓶回来,他让我喝一口,太好喝了。这酒的甜味有一点冷,带着南方冬天空气的温度。但是我不好意思跟他要多一点来喝,大概大人总是觉得小孩子不该多喝酒的。我想这么多的酒酿汁是从哪里来的呢?是他们的做法和我们不一样吗?还是加了水?又是什么时候加的呢?这真是我百思而不得其解的问题。直到去苏州上大学,冬至前后在菜场看见有人卖冬酿酒,如同我小时候所见的上海酒酿一样,纯净的酒汁装在大号雪碧瓶里,我爱慕这景象,却从来没有勇气去问一下价钱,更不要说买一瓶回来喝了。

① 酒酿鸡蛋小丸子
② 妈妈做的酒酿

①
—
②

梨子罐头

年后从南京到北京，过了两天，早上起来觉得嗓子很干，喉咙都肿起来了。摸到桌子上的半杯水就喝了下去，以为没事，结果白天就咳嗽起来，第二天咳得更厉害，且有了痰。第三天便有些发烧，直待烧了两天，才慢慢不烧了。偶然和朋友说起，她说这是"北京病"，是北方空气太干燥所致，我才醒悟原来这就是所谓的"水土不服"，因为屋子里暖气太足，太燥热了。夜里开着加湿器睡觉，谁知道又冻感冒了。

从此病便缠绵不已，半月里竟发了三次烧，动辄咳吐，一身凉汗。鼻子塞得厉害，凑到阳台上的两盆水仙花上也闻不到香味。更苦的是夜里睡觉，只好用嘴呼吸，过一会便舌苔麻木，牙龈肿痛，喉咙更不得好，只有一遍一遍起来喝水，辗转反侧，终夜难眠。家里做菜口味素以咸、辣二字为诀，既病，不能食，日惟啖青菜面、鸡蛋面而已。或一碗白粥，配以一盘鸡毛菜。鸡毛菜炒出来碧绿纤细，也很好看。有时因为咳得太厉害了，家里人炖冰糖雪梨给我吃。褐皮的丰水梨削皮，顶上切出盖子般一块来，挖去梨核，置入冰糖，再盖上盖子，放碗里入水蒸。蒸好的冰糖雪梨还保持着完整梨子的模样，看去很漂亮。舀破了来吃，炖出的冰糖水滚烫，极甜。而梨子的味道软烂，竟然像极了梨子罐头。

因念小时候喜欢梨子罐头，平常却绝无吃到的可能，只有年节时买一两瓶，用以送人，或极偶尔有亲戚送一瓶来，才拿白瓷勺子舀了分吃。梨子块大而整齐，成了罐头，失却原本的清脆，变得甜软，且带一种说不出的温醺甜香。梨子吃完，罐头汁就着瓶口喝，甜而微凉，喝完了，把瓶子倒过来，承接滴下来的涓露，最后把瓶口舔一圈。空罐头瓶往往不即扔，可以放灶上，装猪油，装咸盐，或初夏的时候养栀子花，也很合适。

农村的生活之资大多是农民一双手挣出来。米是田里种的，菜只要是菜园里种的，就可以随四时仰给。养一点鸡鸭，母鸡可以下蛋，公鸡和鸭子除了家里来客杀一只招待之外，大多都逮去市场上卖掉，换一点油盐或衣布钱。"花钱"是一条禁忌的界限，但凡需要花钱才能有的，都缩减再缩减，掛酌再掛酌。在这种空气里长大，小孩子不待教育，便知道梨子罐头不在寻常可求的东西之列。虽则汉之广矣，不可泳思，江之永矣，不可方思，对梨子罐头的爱慕终究不能磨灭。若论罐头，自然不止梨子一种，还有黄桃罐头，澄黄可爱，而且很脆，不像梨子罐头那样绵软，是更名贵的一种。荔枝罐头只合于正月里送给老人，珍藏在房间的木头箱子里，等天热得人睡不好觉才开开来吃。小孩子寤寐思服的因此仍然是梨子罐头。

平时便经常盼着发烧，就可以不用上学，且有梨子罐头可吃。凭空想象，觉得真是再好不过了。却怎么也不发烧，偶尔有一点不精神，就妄想着是发烧了，欢天喜地去告诉妈妈，"妈妈，你摸摸我是不是发烧了？"妈妈伸过手来摸一下额头，不以为意地说："没有发烧，哪里发烧了。"只好快快而返。等到真的发烧那一天，早上果然被摸了额头,可以不用上学了,被大人摁在床上,大被而笼,乖乖躺着不能动。爸爸去山咀村的医生那里拿了一包药回来,叮嘱要吃。又问想吃梨子罐头吗?点一点头。等罐头拿到嘴边,才觉得松絮无味,一点也不想吃。家里很久都没有一个人,妹妹和姐姐都在上课,爸爸妈妈在田里,留下床头白纸包着的小圆白药片,一碗水,一罐咬了一口的梨子罐头。燕子在堂屋里叫一会又飞出去,有人扛着锄头从窗外走过,把后门口那一小块沙土地踩得沙沙响,然后重归于无声。时间滴沥着掉下去,沉在闷钝的头痛里,心里暗暗发誓下回再也不要生病了。直到很久以后,忘记了那昏沉的滋味,才又盼起生病来。

油焖笋

今年开春吃了三次油焖笋，显见得我好像很喜欢吃笋子一样。因为北地笋子很贵，冬笋要二十六块钱一斤，过完年慢慢便宜些，也要二十块一斤。春笋价格相同。前天我去惯常买菜的人家买了四根春笋，卖菜的老太太说要三十六块钱，我心里一惊，才意识到自己对菜的价格太没有概念了。她给我把笋装到袋子里去，一面问："你是南方人吧？"我说："是的，我是安徽人。"她笑着说："老见你买南方菜。"我感到很不好意思，赶紧拎着笋子跑走了。

其实我去年春天才第一次吃到油焖笋，大概也是在她的摊子上，看到春笋肥大而嫩，忍不住动了想吃的心，回来上网搜，最方便的就是油焖笋，遂买了回来试练。春笋去衣洗净，切去老根，切滚刀块，入水煮沸，再略煮一会，捞起来冲一遍。锅洗净下油，家里有过年带来的香肠，拿一小截切片下锅，炒至香肠变色，下春笋炒。下生抽、料酒、盐、糖，再炒一会，加小半碗开水，小火焖几分钟，再大火翻炒几下。做了两次，俨然熟练了，此后便常常做。并不是"正宗"的油焖笋做法，只不过家里有冬天妈妈腌了寄过来的香肠，焖笋的时候不添一点儿，就觉得很亏了似的。

其实我在南京时，寻常也就在学校食堂吃饭，周末回大姐家吃点好的，并不怎么"南方"，如今到了北京，却一发做起"南方人"来。那天在菜场看见有卖青菜薹的，只有两把，蓬蓬大叶，粗服乱头。

我见了却很欢喜，挑了大的那把买回来，把粗梗的皮仔细撕净了炒腊肉吃。这边菜场多有卖紫菜薹的，青菜薹却很少，我从小吃青菜薹，不由得不见了思乡之情油然而发。夏天的时候常常买茭白。北京的茭白也不怎么好，很大的块头，常常很老，根头发绿，老是浇了很多水，炒出来水咕咕的。有时买到这种不好的茭白我就很沮丧，觉得今年不能再买了，等过两天到菜场上，忘了上次的教训，一番逡巡，就又要买几根回来。

又比如笋子我小时候其实是不常吃的，因为家并不靠山，家里虽然有一片毛竹林，却在两里路外的舅舅家屋后，平常自然不大吃笋，也不会去买。安徽山上多毛竹，多杉木，但凡皖南的小山，很少没有几根毛竹的。和长在山里的人不同，我们那里只有很少一点小山坡，笋子也很珍贵。毛竹笋留着春天长毛竹卖钱，偶尔有人家挖了冬笋出来，大多上街卖掉，不舍得自己家吃。地方上也不大吃斑竹笋，以至于我以前以为褐皮的笋子是不能吃的。斑竹就那么养着，青青的也不做什么，小孩子要根漂亮竹子做钓鱼竿多还靠偷。吃得多的唯有小指粗细的"小笋"，即水竹和木竹的笋子，我总分不清它们跟苦竹笋有什么区别。小笋在山上和路边的野竹林里，乱发无主，一晚上就发好多，几天不看，就长得老高。我们好像也不大讲究，长得半人高的小笋子，还可以把上面一小截嫩笋尖拔下来做菜吃。四五月里山边的人天天去山上拔笋子，用竹篮装一篮子，回来坐在堂屋里剥笋壳。笋壳剥净了，笋子用开水燎过，切碎了用腌雪里蕻和肉丝炒。腌雪里蕻是这道菜的灵魂！雪里蕻腌了整个冬天，已经变成深褐色，没有了才腌的时候那种青梆气，变得很平和。腌雪里蕻的梗子很脆，沾了肉丝的油，炒出来油光发亮，又好看又好吃。小笋的味道比毛竹笋和斑竹笋要好，也许是因为小的缘故，它没有那么刮人，吃起来很鲜嫩。

吃不掉的笋子，焯水过后摊在竹篁上，晒成笋干，冷天烧肉很好。去年五一我和风老师夫妇去桃花潭，在街上看见附近人家都坐在门口剥笋子，近午的檐阴短短地覆在她们身上，我心里觉得非常亲近。这里离我家只有几十里路的距离了。有一户人家屋后一棵大梅树，已经绿叶成荫，梅子满枝，到了快可以泡青梅酒的时候了。我摘了一颗梅子下来吃了一口，非常酸。后来有一会我们走到一条岔路上，走到头快没有路了，路边有一家人家，我们都下车问路，等风师娘把车子在这户人家门口慢慢调过头来。这户人家的女主人就坐在门口剥小笋子，剥出来笋壳一小堆。这屋子还是当地从前的样式，三间青瓦屋，屋后一片毛竹林。风起来的时候，万千竹叶就叶叶自相拂，发出非常细的吟声。

那天家里人见我抱怨笋子价贵，就上淘宝买了四斤临安的春笋，四十三块，还包邮。我没想到如今连新鲜笋子网上都有卖的，嘲笑他贪便宜，收到后，却很好，沉沉一袋，褐色的笋皮上沾着临安竹林的泥巴，颇为新鲜。这笋子有一个很好听的名字，叫"雷笋"，大概取惊蛰后闻雷而出的意思，以标其时令。晚上我想试试这雷笋的

木竹笋与水竹笋，木竹笋实心，水竹笋空心

① 剥好的小笋子
② 焯过水的小笋子
③ 炒小笋
④ 肉丝炒腌菜薹小笋

③ ①
④ ②

味道，就又做了碗油焖笋，仔仔细细坐在台灯下吃掉。其实笋子的涩味即便焯过也不能完全去除，吃多了终究刮嗓子，对一个咳嗽未愈的人来讲，不利于病的恢复。不过不要紧，我现在是要做"南方人"。

见时新

清顾禄《清嘉录》卷四第一条"立夏见三新",云:"立夏日,家设樱桃、青梅、穤麦,供神享先,名曰'立夏见三新'。宴饮则有烧酒、酒酿、海蛳、馒头、面筋、芥菜、白笋、咸鸭蛋等品为佐。蚕豆亦于是日尝新。"又"卖时新"一条云:

"蔬果、鲜鱼诸品,应候迭出。市人担卖,四时不绝于市。而夏初尤盛,号为'卖时新'。"并引王鏊《姑苏志》及沈朝初《忆江南》词,《志》云:"三、四月卖时新,率五日而更一品,如王瓜、茄、诸色豆、诸海鲜、枇杷、杨梅迭出。后时者价下二三倍。"沈词咏苏州四时风物,中有一则写蚕豆:"苏州好,豆荚唤新蚕。花底摘来和笋嫩,僧房煮后伴茶鲜。团坐牡丹前。"牡丹花开,全是江南四月风景,普通人家的菜园蚕豆才刚开花,词里的新蚕豆的确是非常早了。

世异时移,如今新蔬上市的时间,比之从前又要早出许多。其实很多蔬菜一年四季都可以在菜摊买到,早已习焉不察,但也有一些,终究一年只此一季,只是上市时间更早些,或更长一点罢了。京中二月渐有初上市的春蔬:芦蒿,春笋,红菜薹。芦蒿掐去叶子,只留光光的梗子,装在打了孔的塑料袋里,薄薄一袋,一百五十克八块钱。买一袋回来炒干子(豆干),因为芦蒿太少,就显得干子很多,但也可聊寄相思。红菜薹粗壮,几乎家家摊子上都有,梗子用稻草系着,头上零星几朵黄花。回来掐段,用大火清油爆炒,有时太老,掀一点水焖一会，使之熟透，吃起来有微苦的滋味。菜薹渐渐歇去，春笋还有很多，从最开始的瘦长变得肥壮，即便是不会买菜的人，看见了也知道这个笋子和油同焖一定很好。

三月渐渐有蚕豆，有豌豆。蚕豆都剥好了，伶伶俜俜盛在塑料篮内，色泽鲜绿。要再过一段时间，才会有连壳卖的大蚕豆出来。蚕豆米买回来，做蚕豆炒鸡蛋或者蚕豆鸡蛋汤都很好。清炒的蚕豆有青青的气味，不喜欢吃蚕豆的人会觉得是一种豆腥气。豌豆连壳卖，只是壳都不大好，不知是不是去年冻在冰库里拿出来的。做葱油豌豆，要先熬葱油，再入豌豆炒，加水煮透，大火翻炒盛出。汪曾祺说豌豆不能久炒，否则颜色发灰，我却很喜欢这种加水煮透了的灰豌豆，粉粉的，用勺子舀着吃很好吃。也可以把豌豆和切碎的腊肉丁一起拌在米里，煮豌豆腊肉饭吃，也很好吃。

家乡这时候有莴笋，菜园中新上来，小而嫩的一根根，底下叶子剥去，露出微微鼓腹的笋身。回去用菜刀削皮，不多时便削干净，青翠如绿玉。这小莴笋无论清炒或凉拌都很好，清脆风嫩。北京莴笋是四季皆有的，个头有家乡的两个大，但无意外地总是很老，削了皮颜色发黄，削了很久，总还是有白色的老茎。最后削好，

① 炒新蚕豆
② 爸爸削好的莴笋
③ 豌豆饭

①
②
③

一半的肉也都削掉了。这莴笋吃起来容易发酸，因此在北京这几年，我已经很少吃莴笋了。

真正称得上三月时鲜的只有香椿，因其珍贵而短暂。香椿在三月头便有卖，起初七八块钱一两，渐渐便宜一点，还是两块钱一两。装在大泡沫箱子里，用几层湿透的报纸盖着。买一小把，叶子还只是很小的一绺，回来切得细碎，做香椿煎蛋吃。做香椿煎蛋的时候，整个房间里都是香椿强烈的气息。人真是奇怪的动物，小时候那么厌弃的食物，现在渐渐都变得喜欢起来。从前家里菜园里有四棵香椿树，在奶奶家屋后，贴着她房间的木头窗户长成一排。乡下多有这种树，像泡桐一样，在人不注意的时候，忽然就在角落长出一棵来。春天香椿发芽，有时爸爸就用一根竹竿，上面绑一把芒镰刀，把树顶上新发的香椿芽割下来，回来做香椿煎蛋吃。也只吃一两回，老一点就不吃了。做香椿煎蛋的早上，我要很不高兴，却又无可如何，只好在"吃一点，香椿这么好的东西！"的声音里拣一点没怎么沾到香椿的鸡蛋屑屑吃。有时候他们硬要挟一大块到我碗里，我就端着碗假装出去玩，跑到后门的墙根站着，一点一点用筷子把香椿抠掉再吃。香椿切得太细了，怎么也抠不干净，我心里恼火他们就这样浪费了我心爱的煎蛋。我觉得香椿的气味是一种难闻的农药味，闻到香椿，就想起闷热的午后，爸爸背着农药桶去田里打农药，密不透风的稻田在后面两三天里都带着农药刺激的气味。

后来不知道什么时候，就开始觉得香椿的气味也很好闻了，大概总在离开家乡，好多年没有吃过菜园里自发的香椿头以后。但真正开始吃起来，还是在外面工作，自己学着做饭以后，吃了许多从前不肯吃的东西，慢慢就也觉得好吃起来。比如丝瓜，比如苦瓜。吃这些菜的时候，偶尔会有一种错觉，觉得自己好像慢慢贴近了父母的人生，虽然我们之间已经隔着远远的距离，一年里能待在一起的时间只有半个多月。有时我给爸爸打电话，因为没有话说，要找一点话题，就跟他说晚上我做了香椿煎蛋，以为他要夸我会吃了，谁知道他讲，那个东西没吃头！家里到处都是！我忍不住觉得好笑，告诉他这里香椿很贵，二十块钱一斤。

《清嘉录》的"立夏见三新"那一则里初夏宴饮的佐食还提到面筋，这个菜如今四季都有，关于它我却有一点记忆可说。手撕面筋安徽没有，我是到南京才头一次吃到，也是妈妈做的。那时候她还在一户人家做事，学了一些南京人做的菜。这户人家开麻将档子，每天夜里都有人来通宵打麻将，早上打开门，一屋子呛人的烟气，烟头把地砖上铺的一种胶烫出很多黑洞。女主人很瘦，得过小儿麻痹症，走路要撑拐杖。她和前夫离了婚，带着儿子和现在的丈夫在一起，又生了一个儿子。她的男人长得很清秀，每天都去旁边的网吧，一待一整天。暑假里我去看妈妈，也住在那人家，住在旁边一栋楼里。夏天中午我看她做菜，经常做的一个便是青椒炒面筋，加了酱油，很有食欲的颜色。还有一个菜是虎皮青椒拌皮蛋，把青椒放到煤气灶上炕，炕得青椒外面一层皮黑皱起来。天很热。青椒皮撕掉后撕成条，拌皮蛋吃。很好吃。我正是因此开始吃皮蛋黄的。

后来我们在南京住了很多年。有一回我告诉妈妈我喜欢吃面筋，她以为是另外一种面筋，我在学校念书时，周末回去，她经常会做那个菜给我吃。把圆圆的面筋切近一厘米厚的片，入油锅煎至两面起虎皮，再加水和酱油煮透。这种面筋有一种粉灰气，我不是很爱吃，却也没再跟她说过我指的是手撕面筋。前两天在菜场看见有卖手撕面筋的，忽然想起来，就买了两根回来，撕了用青椒肉丝炒了一盘，但是没有妈妈炒的颜色好看，也许是酱油不同的缘故吧。

夏天的果子

今年吃了很多樱桃。下班回去的路上，逢到没有城管的时候，在十字路口能遇见卖荔枝、杨梅和樱桃的摊子，这种摊子上的水果比水果店里卖的要便宜一些。很久没有下雨的那些天，有一天傍晚在路口遇见卖荔枝的人。风有些火气，杨树叶团团飞转，卖荔枝的人把一筐一筐荔枝倒在三轮车板上，堆成一堆，高声叫着："十块钱三斤啊！十块钱三斤！"下班的人纷纷漠漠从斑马线上走过，我走回去，想了想又走出来，买了三斤。拎着荔枝往回走，身后卖荔枝的人还在急迫地喊："十块钱三斤啊！十块

樱桃
（摄影：宋乐天）

钱三斤！"声音几乎有些哑了，不知道为什么简直令人恻然。

还是樱桃吃得多一些，几乎是以往所有年份加起来，都不及今年一年吃的多。水果摊上那种红色的大樱桃很显目，从一开始的二十八块一斤，到现在的二十块一斤。最便宜的一次是在小摊上，遇到十三块一斤的。还有一种香蜜色黄樱桃，黄底上染红色，真如赤霞珠一般，价钱比红樱桃还要略高一些。这种樱桃的肉似乎要更柔嫩。也想念南方本土的小樱桃，水滴坠子似的，上市时乡里菜场有卖，用袋子装着，一小袋几块钱。旧时人家屋前常有这样一棵樱桃树，南京的旧小区里，樱桃和枇杷都是常见的树。五月初跟风老师夫妇在泾县查济住了两天，那时小樱桃已经熟了，有一户人家大门紧闭，院墙边一棵樱桃树伸出满头红黄果子，临水照影，不语自明。我和风老师隔河望见，唯有拊膺叹息。后来我们在泾县县城也住了一晚，旅馆前台的小姑娘坐在桌子前吃一袋樱桃，我们从她身边走过，每个人都跑去讨了两颗来吃。她说是她的亲戚拿给她的。

这种本地小樱桃口味酸甜，其实是比大樱桃的口感丰富的。但一般的审美，还是要大，要甜，所以市面上随处可见的还是大樱桃。前两天看张新颖的《此生》，里面有一篇《苹果的报复》，说现在的苹果远不如从前种类丰富了。张老师是山东招远人，在著名的苹果产地长大，他说小时候那些青皮、花皮、红玉、国光、金帅、嘎啦、青香蕉、红香蕉，都不知道哪里去了，水果摊上常见的只有红富士、蛇果几个有限的品种。他上小学的时候，有一种"烟红一号"，在世界博览会上被评为"世界第一",现在"烟红一号"也早就没有了。现在种苹果也都不让它见太阳,从小就套袋,只有最后一个星期才把袋子拿下来,让太阳给它上色。因为风吹雨打的苹果,个头、模样都长得不太一样,会有疤,有风雨的痕迹,不像在黑暗里长大的苹果,个头和模样都完美讨喜。他说我们人类从颜色、大小、甜度的角度设置标准,把好看、好吃(对于苹果商来说,就是好卖)的苹果挑选出来,推广到范围广大的不同的自然区域和国家,那些不符合标准的,就都砍掉。但那些我们自己挑出来的,看起来好看、吃起来甜美的苹果,可能正是苹果给我们的报复,因为我们千差万别的口味被它们统一了,也被它们简化了。

这种感觉我们很多人大概都有,苹果是这样,枇杷也是,很多其他东西也是。那种本地最常见的枇杷树上结的匀圆的小枇杷,味道甘酸,比水果店里卖的淡而无味的长圆形大枇杷好吃许多,但大概是容易坏,个头也小,水果店里就还是只能见到那种大枇杷,珍而重之地摆在纸盒子里。我现在也很少吃苹果,因为觉得太甜了,吃不完一个,吃完苹果还要喝茶来解甜。小时候我们那里常见一种味道酸甜的青苹果,还有一种青梨子,夏天稻子收过以后,就有人开着拖拉机来换梨子苹果。换梨子的时候多些,苹果要少些。一般是夫妻俩,男人开车,女人坐在车斗沿上,她的身下是满满一车的梨子,装在麻袋里。拖拉机开进村里,找一个合适的地方停下来,女人就从车上跳下来,手里拎着一杆星秤,一边走一边喊:"换梨子欸!一斤梨子一斤稻欸！"她从村子头喊到村子尾，又从村子尾喊到村子头，回她的车上坐着。但凡在家的小孩子，听见她的喊声，没有一个不百痒抓心的。碰到家里大人好的，听见了就自己跟小孩子说："掭十斤稻去换些梨子家来吧！"稻就堆在家里堂屋里，或门口场基上，小孩子赶紧用瓢子舀几瓢稻，背在蛇皮袋里换梨子去了。碰到家里大人小气，或不贴小孩子心的，置若罔闻，小孩子在堂屋里晃晃，房间里晃晃，对正在忙着做事的父母意味深长地凝望一回；要是还不能反应过来，妈呀，真是要急死一条小命了！

　　我的爸爸从来舍得让我们吃，何况是用稻换，又不要钱——乡下最多的就是稻，等于不要钱——只要他在家，遇到换梨子苹果的，没有哪一回不是背半蛇皮袋稻子去换十几二十斤回来的。妈妈就比较勤俭，要是我们不去开口，她就当没有听见了。换梨子的人来的下午，要是家里只有妈妈，我们就要急死了！有一回她在场基上风稻，我们去求她换梨子，她讲："前两天来的一个换梨子的，不是才换过吗？哪有每回来都要换的？"我们怏怏退回，到底不甘心，决心自己偷一点稻抬到村子口去换。刚装了小半袋，爸爸从田里回来了，看见我们的怪样子，问："你们那是在干么子？"

家乡的糠梨

我们一下子觉得丑死了。

换梨子的人在村子口遇见，彼此也要看看别人家换了多少。换得多的觉得换得少的人家小气，换得少的觉得换得多的人家浪费。高兴的只是小孩子。下午我们所有心思都只在一件事上：吃梨子。梨子装在大竹篮里，一拎回来就放在爸妈房间的床肚子底下。那下面还有家里初夏腌的咸鸭蛋，这位置显示出梨子的珍贵来。我们一下子拿两个在手上，用妈妈刨丝瓜的红刨子刨梨子吃，刨一个吃一个。转眼间两个梨子吃完了，又去摸两个。一天篮子里的梨子就要下去好多个。这是一种叫"糠梨"的青皮梨子，初生时青色，渐渐皮上长出一层疙疙瘩瘩的黄糠，到要成熟时，又逐渐光滑，成为薄薄一层黄釉。糠梨汁水饱满，甘酸兼具。我们偶尔坐三轮车去县里，过了黄元洞，路的两边一块一块梨园，里面种的都是这种糠梨。后来火葬在乡下推行起来，火葬场就建在县城到乡里的路上，四围即是梨园。乡下都传烧成的死人灰都落在梨子上了！没有人敢吃梨子，那一年也只有一辆换梨子的拖拉机到了村子上，爸爸还给我们换了几斤。

离开家乡以后，我就没有吃过糠梨了，连见也没有见到过。水果摊上常见的，是安徽的"砀山梨"，再就是一种雪梨，后来又有了更高档些的"库尔勒香梨"。有时回乡，在路边偶尔还能看见一两片梨园，不知还有无人管，去乡下换梨子的肯定是绝迹了。现在乡下小孩子好吃的东西也多，上学都要坐面包车到镇上上，并不像我们，从前上一趟街都像过节的。

夏日食瓜

一

四月底北京天气渐热,中午公司外可吃饭的地方屈指可数,也无非都是些拉面、刀削面,实在不知道吃什么的时候,常常去要一份凉皮,加一碟拍黄瓜,一个人很快吃完。拍碎的黄瓜爽脆,是夏天里很好的开胃菜,然而在家里,这个时候黄瓜恐怕都还没有开始爬藤,更不要说开花结果了。因念小时候家里一片菜园,年年春天,跟在爸爸妈妈后面看他们去菜园种菜,在春天的菜市上买来带土的新鲜菜秧子,或是自己撒上去年留的种子,等种子发芽长大,再一棵一棵移种到菜畦上去。乡下人家很少买菜,一年四季的菜蔬都靠家中菜园的产出供给,因此不同时节所种蔬菜种类繁多,而黄瓜是春天必不可少的一种。菜畦上将瓜秧分两排种下去,同时在两边给它搭架子,用长长的竹签一一插在瓜秧身边,两两相对的竹签高处搭在一起,再用布条紧紧系住,防止大风把它们刮倒。

才种下黄瓜秧子的菜畦看起来空荡荡的,低低的绿苗上高高几架竹签。大人们浇水施肥,很快瓜藤伸爬上竹架,尖梢蔓延,到初夏时候,就已经爬到竹签最高处,长成一屏密不透风的绿墙。忽然一天清早,在碧绿的掌状叶子中间,开出来星星点点明黄色的小花,雌花底下一绺弯弯的刺茸茸的小瓜。小瓜很快长大,等到能吃时候,毛刺已经差不多褪去，变得微黄而光滑。我们那里的黄瓜不同于如今城市中常见的肉多籽少多刺的翠绿色青瓜，里面有很多的籽瓤，那时我们都很喜欢吃这里面的籽，有丰富的汁水感。黄瓜摘回来洗净，常常就拿在手上生吃。那时候爸爸喝酒，最经常的下酒菜就是这样一根生黄瓜。或是切成片，加辣椒炒一炒，炒得软熟了来吃。或是和辣椒酱一同煮鱼，味道也很好。

平常我们没有零食，很多个下午我们饿了，就偷偷跑到菜园里，去黄瓜架子上偷黄瓜吃。黄瓜很好地藏在绿叶中，我们一架一架偏头仔细看，把妈妈摘菜时可能没注意到的一根长得很好的黄瓜偷偷摘下来。这样偷黄瓜时，要小心不能把家里留作种的那根黄瓜给摘了。这必然是一根非常端正的黄瓜，不歪歪扭扭，瓜纽上系一截布带，很漂亮地挂在那里。因为很久都不摘，越长越大，最后有小孩子手臂那样粗。旁边菜畦架子上，长豆角开了紫色的花，细长豆角如美人钗子一样垂着，然而不能生吃，我们对它便不感兴趣。菜园边木槿树做成的一排篱笆上，开了满头小碗一样紫红的花。我们相信摘一朵木槿花晚上吃饭就要把碗打掉的，因此也不敢碰它，只偷一根黄瓜，在小水塘里洗一洗，飞快地跑到什么角落，把它吃掉了。周作人《鲁迅的故家》

① 找黄瓜
② 本地黄瓜

①
──
②

里有一篇《菜蔬》，也提到这种生吃黄瓜的乐趣："小孩得了大人的默许，进园里去可以挑长成得刚好的黄瓜，摘下来用青草擦去小刺，当场现吃，乡下的黄瓜色淡刺多，与北方的浓青厚皮的不同，现摘了吃味道更是特别。"

慢慢菜园里也有菜瓜可吃。我们菜园里种菜瓜的年份少，记得那时外婆家的菜园里，年年有一小块地种菜瓜。一种青皮菜瓜，长条如圆棒，有竖条沟纹，淡绿色瓜身上点缀深翠花纹，看起来是一种绿色的花瓜。这菜瓜吃起来没有味道，因此只能做菜，摘回来洗净，切成半圆的薄片，加一点盐拌一拌，挤去水分，再加香油、蒜泥拌匀来吃，也还是没有什么味道。只是吃起来脆脆的，在暑热渐盛的夏天，也是一道菜。大人们喜欢拌菜瓜，是那时我完全无法理解的一件事，看见妈妈今天又去外婆家摘了两条菜瓜回来拌，便要感觉失落。那时我们所爱的，是菜园里通常和菜瓜种在一起然而熟得较晚一些的香瓜。约巴掌大的椭圆形，腹上有棱，成熟后金黄。香瓜的味道要甜得多！因此多得小孩子喜欢，我们那时却不知为何总不如菜瓜种得多，大概原因也正在于其甜，是更接近于"零食"的东西，而不像菜瓜一样是"菜"的属性吧。乡下人行事原本一切从生活实际出发的。

因此我们偶尔得到吃香瓜的机会，总感到十分珍贵。菜园地头摘得一两只，洗净切瓣，先啜去包裹着瓜籽的瓜瓤，再把籽吐掉。因这瓜瓤里富含糖分，往往比瓜肉本身还更甜一些。因此当我到城市以后，第一次和人一起吃哈密瓜，看见别人用刀把甜蜜的瓜瓤直接去掉时，心里的惊讶与可惜可知。高畑勋的动画片《辉夜姬物语》里，有辉夜姬和她喜欢的玩伴一同躲在草丛里分食从人家瓜田里偷来的香瓜的场景。把瓜剖开，先用手把瓜瓤掏出来吃掉，再吐掉瓜籽。四围蝉声热闹，鸭跖草蓝色的小花开在草丛中。看了使人感觉十分亲近和怀念，与小时候我们吃香瓜的样子完全相同。自从上大学离开家后，不食香瓜也已十多年，夏天在城中水果摊上有时也能见到黄色的甜瓜卖，只是不能确定是不是就是小时候所吃的香瓜，因此也很少买来吃。北京城中水果摊上入夏后更常见的是一种绿色甜瓜，小巧圆拙，售价几块钱一斤。这绿色的小瓜切开来瓜肉也青翠如绿玉，十分好看，瓜籽细小，可以直接吃下去。瓜肉甜，软，是很好吃的。

二

一天黄昏时去买南瓜，是来北京这几年里第一次买。卖菜女人切的时候把南瓜翻过来，我才发现南瓜下面黑了一大块，心里一惊，说："这南瓜坏了啊！"女人眼疾手快，赶紧切下去，一面喊："不要紧的！我给你把这坏的切掉！"不由分说给我切了一大圈。我心里终究有点不舒服，拖了一天，才不甚情愿地做起来。太大一圈，一半切片炒，一片切块放饭锅上蒸。切的时候闻到了南瓜的香气，一种很甜的清香，这气味极熟悉，使我记起小时候在家时，自己是特别喜欢吃南瓜的。南瓜有固定种的地方,年年在菜园靠近奶奶家猪笼屋的地方种一排,冬瓜种在和它平齐的几米远的菜园坝子旁。南瓜秧子和冬瓜秧子都是春天时从街上买来,那时它们圆圆的第一、第二片子叶还未脱落,都带着厚厚的油质感,摸起来十分好玩。很快手掌状的真叶迅速长大,长出长藤,没有几时就爬上屋檐,爬上坝子,爬满猪笼屋的半边瓦,铺实菜园的一边埂坝。

夏天的早上,天还没有热起来,空气中带着后半夜露水的湿凉,菜园里瓜花都开开了,南瓜花、冬瓜花、黄瓜花、苦瓜花。瓠子花在夜间开放,薄而多皱的白色花瓣,这时还没有关上,小孩子就以为它也是白天开的。黄瓜花和苦瓜花都很小,黄黄的不起眼,但因为黄瓜结了可以到菜园里偷来生吃,我们就都爱黄瓜花远胜于苦瓜花。菜园进门处的一架苦瓜,难免很寂寞了。爱吃苦瓜的只有家里大人们,苦瓜摘下来,剖成两半,抠掉中心淡青的籽粒,切成薄片,加盐略腌出水,菜籽油锅里炒熟,黄昏时就是爸爸很好的下酒菜。那时候我完全不能想象,这么苦味的东西,怎么竟然还有人喜欢吃呢?爸爸有时候逗我们,夹一片起来硬要我们吃:"吃吃看!好吃的!不苦的!"我们怀着一点无

① 北京初夏常见的绿色甜瓜

② 一个普通的菜园，里面有黄瓜架子、瓠子架子、豆角架子

①
②

法完全熄灭的好奇心，把嘴张过去，最后却总是只嚼了一下，就"啊呜啊呜"吐掉了。爸爸看我们上了当，忍不住在旁边哈哈大笑起来。这实在是太气人了！那时候我想象不到，有一天我也会长成为可以欣赏苦瓜之味的大人。

一年里我们唯一对苦瓜感到有兴趣的时候，是时节慢慢入秋以后。结在架子上没来得及吃退的苦瓜，开始渐渐黄熟，青绿色多疙瘩的皮肉变作橙黄，等到黄得更厉害一点，橙黄变作橙红，苦瓜就熟透了。这时候它往往撑不住，整个皮肉都爆裂开来，卷起来，露出里面已变作鲜红的籽粒——鲜红的是包裹在种子外面的一层假种皮，因为熟透了，这时候看起来黏糊糊的。我们把籽粒挖到嘴里，用舌头抿上面那层假种皮来吃，有一股淡淡的甜味，还有一点生苦瓜的青腥气。那时候我们可以吃的东西很少，因此也不嫌弃，只是觉得有意思罢了。苦瓜黄到这样的程度，大人们也不吃了，留下来的都是我们小孩子的，我们天天看着，这一条今朝可以摘下来吃了吧？迫不及待摘下来，半吃半玩，狼藉地耗费掉了。长大后我到南京读书，夏天地铁站出口可以看见卖莲蓬与金铃子的婆婆。金铃子鼓鼓如小棒槌，如熟透的苦瓜一样橙红可爱，我一见有如逢故人的欢喜，知道它必是和我们小时候的吃法一样，是挖出中间的籽粒，吃外面红红的一层皮了。

南瓜花比冬瓜花好看，开时花瓣微微向里卷曲起来，显得有些尖尖的，又带一点腌得很好的咸鸭蛋黄的颜色。雌瓜花下一个圆圆的小南瓜。慢慢长大，南瓜藤又蔓延了一些，从猪笼屋爬上菜园门，在菜园的门框下，也悬了一个南瓜。我们有时陪妈妈去菜园里摘菜，总喜欢站在屋檐下数屋瓦上有几个南瓜，一个两个，三个四个，数到七八头十个，心里满是欢喜，为得今年有许多南瓜可以吃了。绿南瓜从夏天就吃起，切丝清炒，切一点青辣椒来配。大一点的南瓜就留着长成老南瓜。这南瓜睡在菜园地的叶荫里，睡在猪笼屋上，我们进出菜园，都要看一眼，南瓜大而好看。九月里南瓜逐渐变黄变硬，身上的疙瘩鼓起来，最后蒙上薄薄一层白霜。这样的老南瓜形如磨盘，是那时候我最爱的。摘回来放在堂屋里，没事去摸一摸，吃饭时有时就坐在南瓜上。老南瓜的做法是切片，加猪油清炒，或者更简单，切成大块，煮饭时等饭锅开了，放在饭锅头上蒸熟。因为足够老，南瓜的水分失得很多，吃起来很粉很甜。再就是冬天做南瓜粑粑，南瓜蒸熟捣烂，和米粉一起揉成团，搓圆压扁，油锅里煎熟来吃。妈妈做的南瓜粑粑十分好吃，逢到她做南瓜粑粑的日子，是我非常高兴的节日了，只可惜这样的机会总是很少，大多数时候，还是只是蒸熟了吃。

冬瓜有时候只种在塘埂上，因为容易长，也长出一大堆。小时候我对冬瓜总没有什么感情，大概因为它的味道很淡，还很不好熟的样子。有时候大人为了蒙蔽小孩子，把冬瓜切成方块，上面划上井字，加了重重的酱油烹熟，乍一看像红烧肉一样。我们兴奋地搛一筷子，结果发现只是硬硬的冬瓜，心里简直讨厌极了，连吃也不要吃。但等冬瓜熟了，在粗粝的叶片下看见它稳稳躺在那里，青色瓜皮上白白一层薄霜，却还有一层扎手的毛，好像可远观而不可亵玩焉的样子，也有点兴奋。一面心里可惜着，想着长得那么大，要是结的是西瓜，那可就太好了。

前年十一回家，田里稻都黄了，外婆在门口大坝子上栽了一排南瓜，那时候都已经熟了，摘了一小堆堆在堂屋拐里，外婆讲，种了把猪吃。家里只有她和外公两个人，也吃不退。这真是小时候想象不到的奢侈！坝埂上南瓜藤仍青青在攀，下昼晚爸爸去掐了一捧藤尖回来炒着吃，这样的吃法，小时候好像也没有过的。

① 南瓜花下一个圆圆的小南瓜
② 妈妈做的南瓜粑粑

夏日食物

很热的天气里,在家里读一点周作人写吃的东西,勾起种种对家乡吃食的记忆。《儿童杂事诗》中《夏日食物》,其二诗云:

夕阳在树时加酉,泼水庭前作晚凉。

板桌移来先吃饭,中间虾壳笋头汤。

这样的夏日光景,直至二十世纪八九十年代,生长在江南地区乡下的小孩子多半都还不会陌生。在我小的时候,皖南乡下夏天晚饭时分的场景,和周作人诗里所写的数十近百年前他的童年时代也并无大的差别。黄昏时预备吃饭,村人便把家里的大台子或小台子(我们称桌子为"台子")从堂屋、灶屋搬到场基上,围上板凳,一家人在门口就着天光吃饭。有时候家里人少,或是为了简便,连桌子也不搬,只用两条大板凳拼在一起,上面放着简单的饭菜,人坐在小板凳或凉床上,俯身吃饭。这场景在近年乡下已不多见,因为那时候大部分人家都没有电风扇,在外面吃饭,多少可以乘凉,不像屋子里那样闷热,天还未黑时,蚊子也还不曾汹涌起来,可以稍为安定地吃一餐饭。晚饭后便接着在外面纳凉,走到别人家门口谈天,人人手上一把扇子,兼以扇风和打蚊子之用。家里没有凉床的人家,有时连大台子都不搬回去,夜里男人蜷在台子之上,对付着睡一夜,清早露水把身子打湿了,爬起来扛着锄头到田里去看水稻。

虾壳笋头汤是周作人念念不忘的故乡食物之一,在文章中屡屡写到。《鲁迅的故家》里《蒸煮》一篇介绍汤的做法:"大虾挤虾仁后与干菜少许,老笋头蒸汤,内中无甚可吃,可是汤却颇好,这种虾壳笋头汤大概在别处也是少见的。"《瓜豆集》中《怀东京》一篇,写到自己有兴味的家乡朴素食物,"我所想吃的如奢侈一点还是白鲞汤一类,其次是鳖鱼鲞汤,还有一种用挤了虾仁的大虾壳,砸碎了的鞭笋的老头(老头者近根的硬的部分,如甘蔗老头等),再加干菜而蒸成的不知名叫什么的汤。"就连说干菜汤的好,也要说"我对于干菜有点不大恭维,但是酷热天气,用简单的干菜淘饭也是极好,决不亚于虾壳笋头汤的。"(《饭后随笔·腌菜》)可见虾壳笋头汤在他心中的地位了。

我因为这夏日所吃的虾壳笋头汤,记起我们皖南一隅夏天里另一种也在饭锅内蒸熟了吃的汤——其实并没有多少汤水,但在有地方特点和苦素方面大概与之接近,即是蒸臭腌菜和烂萝卜。大青菜与整颗白萝卜,深秋时入缸腌制,上压重石,到冬天掏出,与腌豆角诸物一同切碎,入锅用菜籽油跳(炒)了来吃,或是与豆腐、五花肉同炒,移进白铁锅子里,用炉子炖得滚烫地吃。吃不完的腌菜,经冬复历春,到夏天已烂成灰黑色,舀在大蓝边碗里,淹一点腌菜汁,再挖一大勺猪油上去,煮饭时等锅开了,放在饭锅头上蒸熟。这臭烂腌菜与烂萝卜通常都分开蒸,蒸熟后其质地真的是一个"烂"字,腌菜与萝卜都烂到呈丝絮状,可以用筷子轻易地夹起几缕来吃。至于味道,不消说是很重,外地的人大约很难消受,就是本地的小孩子,往往也不耐烦这样苦素的食物,但在酷热的盛暑,对嗜食之人来说是一道开胃的菜。腌菜汁浇在饭上,便很有味,平常劳苦的人家,桌上有一碗烂腌菜或烂萝卜，也能下去两碗饭。

与之相似的有蒸酱豆子，晒干的黄豆煮熟，沥干后放在竹匾内，上盖着干净稻草，使其发霉。等豆子上的毛由白色转为微黑，就"霉"好了。加白酒、盐拌匀，收进坛子里，过一向便可以吃。吃时舀几大瓷勺豆子出来，撒一点切碎的青红辣椒，加一点水，饭锅上蒸熟。端出来时趁滚热的，再在上面搲一勺猪油化开。这一碗蒸霉酱豆子，也是从前没菜时节下饭的好菜。

周作人说绍兴的饭菜，"因为三餐煮饭的关系，在做菜的方法上也发生了特别的情形，这便是偏重在蒸，方言叫作燠，这与用蒸笼去蒸的方法不同，只是在饭锅内搁在饭架上去，等到生米成为熟饭，它也一起的熟了。"(《鲁迅的故家·饭菜》)其实这方法在三餐都吃米饭的地方大概都很常见，我们地方也是如此。平常炒菜做饭都在一个锅里，冬天饭煮好时，菜都已冷，因此等饭锅开了，只消再把炒好的菜层层架回锅里，可以再热一遍；夏天炎热，一些菜在饭锅上蒸熟，可以使人少受一些灶火烘烤之苦。他所说的"饭架"，从前我们那里也很常见，是将毛竹枝削成直尺长的平薄条，大约六七根架在一起，再用细细的竹篾编牢。这竹架形制很美，窄条间形成三角形的洞，铺在饭锅上，饭

① 蒸霉酱豆子

② 蒸茄子

①
—
②

碗垛便置于三角形之间，可以稳稳放住，而不易倾倒。我小时候见人家用，心里总觉得羡慕，因为自己家没有，总是直接将菜碗放在撇了莹汤之后的饭上，吃饭时端出来，碗底总粘着一圈饭粒，饭上也留下一个圆圆的碗垛形状，显得破坏一锅饭的完整而不好看了。

夏天这时候我们常吃的一个蒸菜是蒸茄子。家里茄子常见两种，一种深紫色长茄子（自然没有如今城市里菜摊上卖的粗大），一种青白色椭圆形肥茄子。茄子肯长，又正是结的时候，大人们拎着篮子去菜园里摘，常常能摘小半篮回来。长茄子多加辣椒烧，青白的椭圆茄子，则多切成几瓣，也是装在大蓝边碗里，放在饭锅头上蒸熟。饭好时端出来，趁热加猪油、盐、碎蒜、味精诸调料，就用锅铲的圆木头把子捣碎，拌匀而食。这样蒸熟捣烂的茄子样子并不好看，那时我并不喜欢。颜色只是熟茄子一味的惨白，调味又只有猪油与盐，这样平淡的滋味，难怪要受到小孩子的嫌弃了。麦子说他们湖南乡下，小时候家里蒸熟了茄子，会用腌菜水来泡，那样的想必有滋味，如我们是连腌菜水的佐料也没有了。但前几日想起来，不知怎地忽然觉得恐怕也是很好吃的吧，菜摊上买了淡紫色的细长茄子，洗净切段，电饭锅里蒸熟，待晾凉后撕成细丝。屋里并无猪油，也不吃蒜，于是随便用一点生抽、醋、盐拌匀淋上去，再泼一点烧热了的葱油。待一切弄好了，坐下来尝一口，的确不是小时候的味道，吃了一点便放下了。这些东西大概还需得什么时候回乡去，用家里最普通的方法来做，大概才能吃出一些成长以后于记忆中增添的旧时滋味吧。

加菜

有一天晚上和朋友胡子在QQ（社交软件）上聊天。他说等一下，我要出去买鸭霸王。说得我一下子馋起来。想起从前妹妹在长沙念大学时，有一年暑假我去看她。因为刚拿了奖学金，显得很有钱的样子。白天太热了，我们不出门，天黑了才出来。长沙的夜里还是很热，大学门口路灯昏黄，到处是穿着拖鞋和短裤、裙子的学生。我们啪嗒啪嗒走到校门口去买鸭架子吃。我是到了长沙才知道原来有鸭架子这样一种东西，其实是鸭子的两根锁骨，交搭在一起，非常辣，很好吃。鸭架子卤得通红，我们常常买十个回来，用手掰着吃。

人大约是长成大人以后，才会对这些骨头骨脑的东西感兴趣。比如鸭架子啊，鸭脖子啊，鸡爪子啊，一点点肉啃半天，啃出一点难忘的滋味来。以前在家的时候，家里杀鸡杀鸭，加油盐、酱油、蒜粒烧成两大碗，端到大台子上，第一个夹到我们碗里的必然是两只腿，然后妈妈拣鸡鸭身上好一点的肉再分给我们。鸡脖子、鸡头这种难啃的东西是她的，爸爸则只要两只鸡爪子下酒。鸭身上骨头骨脑的地方更多，因此烧鸭不如烧鸡的晚上那样受我们欢迎。是从什么时候起觉得越是骨头多的地方越好吃了呢？大概也是生活不缺肉吃以后。慢慢地往后，吃肉这件事就变成有一点肉意思一下就可以了。虽然大块吃肉也是喜欢的，但更喜欢切得薄薄的，太大块的东西，便有些克化不动，心里的负担也重。

后来胡子说他买了一根鸭脖子、一个鸭架子，还有两块兰花干子。他拍了兰花干子的照片发给我看，干子两面都斜斜地切了花刀，拉起来长长的。我想起我人生的某一阶段，大约是读高中的时候，非常热爱兰花干子。不知为什么，我记忆中有兰花干子的时候，总是在夏天。放暑假的日子里，我们从学校回到家里，村子里的小店不知什么时候开了一个卖卤菜的摊子，卖些兰花干子、卤牛肉、卤猪头肉。兰花干子金黄，装在一只大袋子中，浸满了汁，非常地香。大概是因为炸过，干子变得很疏松，看起来比普通的豆腐干要大。大约是两毛或两毛五分钱一块。因为还有点贵，平常不大有机会吃，只有家里有钱或者来了人，才到小店里买五块十块回来当下酒菜。装在袋子里，再淋一瓢汁。路上我拎着这一袋兰花干子，心里充满了幸福感。

回来以后，干子其实大部分都给我们吃了，爸每次只吃一块。他吃酒吃菜很省，半天也不动一筷子，搛到他碗里也不吃。也不能多吃，家里小的都馋得无赖。他喝白酒，有时候冬天喝酒只要一盘炒黄豆。秋天老黄豆收回来，在门口晒干了，用连枷打碎豆荚，把黄豆筛筛收起来。冬天用盐炒一炒，就是一盘很好的下酒菜。要小孩子说，那有什么意思呢？白酒那么烈，炒熟的

辣椒炒臭干子

黄豆也非常硬，只是有一点粉香。但是他们喜欢喝酒的人，只要有点咸味就就，就可以了。王小妮的《方圆四十里》里，写一个人喝酒，就的是炒石子。把石子在粗盐里炒一炒，炒得滚烫的，有些盐气。他就一面喝酒，一面舔石子上的盐，喝到眼珠都不会动了。

有时候和兰花干子一起买的是一种兰花豆。把蚕豆用水泡发了，用剪刀剪一个口子，再用油炸得酥酥的，上面撒一层盐。这种豆子爸爸也在家里试着做过，终不及店里的酥咸。这种兰花豆小店里常跟兰花干子放在一起卖，不像兰花干子那样不下饭，是更合适的下酒菜。但我还是更喜欢兰花干子，在初中念书时，中午打菜，有的人家会卖兰花干子，浸在一个大脸盆里。这干子卖得要便宜一点，没有卤菜摊子上卖的好吃，中午我便常常去买一块。

自己家平日经常吃的，是香干和臭干。安徽的豆腐干有名，香干薄褐，我们那里喜欢把它片成片，炒大蒜叶子、炒木耳、炒肉片都很好吃。臭干子则在外面我没有见过。很多人知道街上小摊子炸的臭豆腐，以为臭豆腐就是臭干子，实际上是两种不同的东西，好比豆腐和豆腐干的差别一样。臭干和香干一样大小，也是四四方方的，它的颜色是一种黛蓝，现在想起来，蓝得很好看，像蓝墨水的颜色。掰开来里面是白的。每天早上卖豆腐干子的人挑着桶和筐子来卖，桶里装着清水，浸着切成一块一块四四方方的白豆腐，筐子那头里并排放着香干和臭干，香干几百块，臭干要少一点。我小的时候，很喜欢卖干子的人来的早上，有时候我们正好在吃早饭，就拿一个碗出去，买十块香干子，再买五块臭干子。香干留着中午炒菜吃，臭干子直接拿来擗一块到碗上面，蘸秋天做的红辣椒酱吃。有水芹的季节，乡下也常常用臭干来炒水芹吃，有一股特别的香味。里面加一点肉片，一般只有办酒席的时候才有。平常就还是直接吃，吃早饭的时候加一片，做一个简单的加菜，对口味并不怎么讲究。

到了高中，我才晓得臭干还可以炸来吃。那时候我们在学校住校，一个星期才回去一次，学校在县城中心，门口临着大街。晚上街上好多炸东西的小摊子，天要黑了，炸东西的车子就陆续推出来，一口油锅，摊子上放着要炸的东西：削过花刀的火腿肠、鸡柳、糍粑，还有臭干子。臭干子两块一串串在竹签子上，有人要就丢到油锅里炸。炸到干子浑身都鼓起小泡来，有点麻麻癞癞的，天蓝色都变成一种蓝黑色。再捞出来沥一沥油，拓他们自己做的辣椒酱吃。炸干子有一种非常鼓舞人的香味。那时候我和妹妹想减肥，就不吃晚饭，跑到外面炸干子或者糍粑吃。五毛钱一串，也不贵。每个人炸两串吃，一面吃一面辣椒酱就从干子上掉下来，用手虚虚地护着，不让它滴到衣服上。炸好的臭干子外皮脆韧，里面滚烫，非常柔软。我们一边吃一边往学校走，去上晚自习，天的颜色就在这时候蓝下去了，星星亮起来。后来我读周作人的文章，看他写周德和的炸干子，"辣酱辣，麻油炸，红酱搽，辣酱拓，周德和格五香油炸豆腐干"，就想起自己的高中生活来。自从高中毕业离开县城，十几年来我就再也没有吃过炸臭干子了，见也没有见过。

冰棒

　　晚上看见有人发"绿色心情"的照片，想起关于吃冷饮的旧事。不过二十来年，如今想来竟已有恍然隔世之感。我们小的时候，大约八十年代末九十年代初，冷饮在乡下出现不久，称为"冰棒"，卖的也只有冰棒一种。

那时候冰箱还没有出现，或者只是还未传到我们乡下也未可知，卖冰棒的都用一只长方形小箱子。箱子用木头做成，四壁用许多圆钉钉着厚厚一层保温层，上面用一方小棉被盖着。卖冰棒的骑一辆黑色男式自行车，很大，很重，小孩子轻易骑不动。冰棒箱子就捆在这大自行车的后座。他在下课的时候骑到小学校里来，把车停到一二年级的教室后面，偷偷地卖一个课间。因为有时候学校老师看见他，会把他撵走。这个时候我们就非常讨厌老师，我们喜欢看卖冰棒的男人，喜欢看他后座上绑得很紧的冰棒箱子，它看起来很热，和夏天的气氛有一种格格不入。卖冰棒的箱子为什么要用棉被盖着也许是我们学到的第一个物理知识。有时候他来得早，我们还没有下课，他就把脚踏车支在教室短短的后荫檐下，等我们下课。这时候他离我们很近，我们都有些坐立不安起来，后排的男生忍不住把头扭

冰棒

（摄影：胡子）

过去一直朝窗子外望——也许这就是为什么老师要赶他走的原因吧。

下课了，卖冰棒的男人周围或远或近围满了人。从一年级的到五年级的，好多只是看。冰棒一毛钱一根，我们大多身上连一分钱都没有。偶尔弄到五分钱，上学的时候就赶紧送到小店，买一包酸梅粉，或者一块老虎糖（一种外面裹满白芝麻的三角麦芽糖）吃掉了。买冰棒的人因此显得很绰气。也许是他的老子娘今天高兴，或者是昨天家里卖了鸭毛，赏了他一毛钱。他拿着这一毛钱在众目睽睽之下走到卖冰棒的跟前，看着卖冰棒的从箱子里拿出一根水红色的冰棒交到他手里。冰棒纸是有点透明的油纸，上面印着大大的"冰棒"二字。他买了冰棒，就赶紧躲到墙拐或者屋子后头去吃。他如果敢把这根冰棒拿到教室门口，就有至少三四双眼睛在盯到他。都是一个班上玩得好的人，你怎么好意思一个人捧着根冰棒吃呢？怎么也要一个人舔一口，把一根冰棒在太阳下舔得淋淋漓漓的才行。要是许每个人咬一口的话，那就是真感情了！买冰棒的人心痛得要命，一手举着冰棒，一手掩护，把冰棒递到同学嘴边，一边叮嘱："少吃一些哦！就许咬一小口哦！"那个馋痨鬼哪里肯放过这样的机会，"啊呜！"一口，冰棒就少了一截。为这样一口，两个人吵起来，一个追着另一个打的时候也是有的。这种冰棒的棍子很细，是竹子削成的，很适合用来玩一种"挑棍子"的游戏。有的小孩子会到操场上捡别人吃完扔掉的冰棒棍子，洗干净集成一把，也是很宝贝的东西。

有一两年李妙的奶奶可以在学校里卖冰棒。她就住在学校后门外边，大概和老师们很熟。除了冰棒以外，也卖一点糖、瓜子。李妙和她的奶奶住在一起，我们才念一年级，她下了课就跑到她奶奶那里去玩。我们都很眼红，她每天都可以有一根冰棒吃。我们心里暗暗发下鸿愿，要是长大了自己家也能开小店就好了！有时候我们也跑过去围着看，她奶奶问我们上课有没有认真听老师讲，我们家李妙才到学校来，你们在一块要好好地玩，不要吵嘴打架！她的小儿子是个开拖拉机的。那时候村子里拖拉机还不多，拖拉机开得很慢，柴油机的声音隔着一里路就能听见。捣蛋的男生上下学的路上遇见了，必要偷偷地爬，猴儿似的挂在车斗后面，想少走一截路。被司机看见了，一顿好骂。我们因此觉得李妙的叔叔脾气好大。夏天，草木疯长，大雨连天，山上的红土被泡得像发糕一样胀起来，连空气都是雨水浸染后的暗绿色。李妙奶奶的小儿子开拖拉机死掉了。一整天他们偷偷传着消息，听讲下坡的时候车子翻了，连颈子都轧断了！开得那么慢的拖拉机也能轧死人，我们都想不到。此后我关于李妙奶奶的印象就淡下去，好像隐没在一张画里一样没有了。她大概从此就没有再在学校里出现过。

有一种冰棒两毛钱一根，比一毛钱的要大、扁，冰棒棍子也是后来常见的扁扁的。这种冰棒是伴随着冰柜在乡下的出现而出现的。卖冰棒的木头箱子很少见了。物价也在涨。到我们上初中的时候，我们喜欢吃一种叫"冰宝露"的东西。两毛钱一袋甜水，水蜜桃味的，青苹果味的，都是拿甜蜜素、色素和水兑出来的，在零下十几度的冰柜里冻成一团冰坨。六七月份天热得着火，我们走十几里路上学，放学路上第一件事就是在校门口买一个这样的冰坨子，捉在手上，把塑料袋子咬一个洞，把冰坨挤一个角出来慢慢嗍。冰坨有一点像桃子或者苹果的甜味，因为非常硬，它化得很慢，到最后里面的色素都被我们嗍出来了，只剩一块小小的、透明的冰块。袋子上"冰宝露"几个字被磨得模糊起来，花花绿绿的色粉湿漉漉地沾在手掌心上。

还有一种"双响棒"，模样和现在的"碎碎冰"很像，一根两节，像双节棍一般，可以从中间掰断，一人一截。下课时我和妹妹常常买一根两个人吃。"双响棒"比"冰宝露"好吃，有一种黏糊的沙冰感，也不像"冰宝露"甜得那样假，只是太容易吃完了，让人不舍。那时候我们最珍贵的一种冷饮，叫"紫雪糕"，里面是乳白色的牛奶雪糕，外面裹一层黑黑的巧克力薄壳。那时候我们还没有见过牛奶，巧克力也只有隔壁小飞子在上海打工的阿姨每年过年回来，给小飞子和他的妹妹带一大袋巧克力蛋和金币巧克力回来。有时有酒心巧克力，小小的酒瓶模样，里面灌一点点酒。巧克力的包装都金光灿烂，每年她要捧一捧，到我家来给我们。她长得很漂亮，声音有些沙沙的，后来去了日本。现在我看见老包装的巧克力蛋照片，都觉得温暖而亲近。所以这种牛奶巧克力味的"紫雪糕"是我们对冷饮想象的极限，就好像白壳子"红塔山"是大人对"好烟"想象的极限一般。因为一根要七毛钱，平常也买不起，总得很特殊的日子，才能兴高采烈地吃一回。吃的时候，外面的巧克力壳一咬破很容易落下来，我们用手护着，一点一点，把所有的碎屑都舔到嘴里去。

　　后来对冷饮的热切便淡下来。大概人长大以后，对甜味的嗜求自然慢慢变淡了。高中的时候虽然也爱吃，但那时家里已不那么困难，吃一根冷饮就不像小时候那么难忘。读大学时暑假总是在南京，在大姐家过。西瓜四毛五一斤，我们一买买好几个，每天切一个冰着吃，非常凉眼。住处菜场附近有好几家冷饮批发店，夏天晚上大姐常常带我们去买冷饮。她受了大姐夫影响，喜欢吃赤豆冰棒。我们一买买一堆，八毛钱一根，回来坐在地板上把冰棒纸拆开来，看看哪根红豆多点就先吃哪根。还有一种马头牌冰砖，蓝白色纸包着方方正正一块，奶味很浓，非常香甜。到读研究生，爸爸在南京开了一个很小的杂货店，每个周末我都去给他看店。夏天也有一个冰柜摆摆，卖一点冷饮。我终于实现小孩子时的愿望，只可惜对冷饮的兴趣已经消失得差不多了。只有没事的时候喜欢趴在冰柜门上看看，偶尔拿一根一块钱的"奶提子"或者"绿色心情"吃着玩，因为不那么甜。

　　我吃冷饮吃得最多的一次是六七年前，一口气吃了五六根"绿色心情"。绿豆沙的冰棒里我觉得属"绿色心情"最好吃，豆沙很细很松。那时也是暮春夏初，天气刚刚热起来，我从前的男友和我是高中同学，有一回我们一同回乡，他听我说了这番高论，就跑去村子里的小店，把那里八九根"绿色心情"都买了来。我就坐在他家屋后的小坡上一根接一根吃。新发的水竹笋抽出枝叶来,野蔷薇花开到落。斜对面一户人家的破屋前摆了十几只蜂箱,蜜蜂和养蜂人都不见。一个卖发糕的女人骑着自行车过去,她轻轻喊:"卖发糕欸!"一只布谷鸟在竹林里四声四声地叫。后来我再也没有吃过那么多冷饮,我想以后大概也很少会了。现在一个夏天我都想不起来吃冷饮,前几天同事的丈夫来接她下班,给我们一人买了一块鬼脸雪糕。这也是一种很怀旧的雪糕了,我谢过他,一边往回走一边吃。数着吃了几口,想想会发胖,就停住了。真是乏味的人生啊!我一边走一边想,却还是忍住了,把雪糕捏回家,放进了冰箱里。

龙虾与泥鳅

小龙虾的流行似乎是从七八年前就开始的，而把做好的小龙虾打包成外卖，通过网站和各种App（手机应用程序）卖到吃客手中，似乎又是今年夏天格外流行的事。架不住朋友圈里动不动有人发的龙虾美食图，有一天我终于也点了一份。一两个小时后，一只长盒送到手里，感觉还十分温热。打开来，里面整整齐齐码了十几只通红的小龙虾，看起来不坏，然而剥了一只，感觉远没有从前在家里妈妈烧的龙虾入味，又勉强吃了几只，便意兴阑珊地放下了。

小龙虾在我家乡直称为"龙虾"，没有"小"字，因为这已经是我们平常生活里所能看到的最大的虾了，实在不能认为是"小"。我们地方离长江尚远，也没有湖泊，平常能吃到的虾，多是一种小河虾，淡青颜色，捞出水面很快就死掉了，两根纤细的夹子柔软地垂下来，看起来使人怜惜。青虾灵活，平常打小鱼的网很难打到，夏天的傍晚，偶尔有养鱼塘的人扛着撑虾子的网来撑虾子。这个网用一根毛竹做成，毛竹粗的那头钉上一个十字架，下面张一张三角形的绿色尼龙网兜。撑虾子的人走到塘边，用力把竹篙向塘心撑去，撑到竹杪，再一点一点拖回来。塘水静静涌起一圈一圈同心的波纹。网兜提出水面，水滴淋淋落下来，撑虾子的人把网兜放到塘埂上，弯腰查看，里面有扯断的深绿水草、零星的小螺蛳、几条小鳑鲏，还有几只形体秀美的青虾，在水草间一弓一弓地勾着它们的足。撑虾子的人把虾捡到鱼笼子里,我们在一边看着,觉得很羡慕了,因为我们家里没有这种撑网,撑虾子这样难得的事没有我们的份了。我们平常只有偶尔去河滩边玩水,在夏天落得浅浅的河水和河底黑白或赭红的石子间,有近于透明的虾米游,我们伸手去拢,虾米细小的身子在水里一弹,倏一下弹得老远。

龙虾是在很久以后,在某一年夏天忽然出现的。也许是一九九九年,或二〇〇〇年。这一年的前一年夏天江淮地区发过一次大水,塘埂边的田全被淹掉,我们不懂忧虑,把裤子卷到大腿,笑嘻嘻地手挽手去塘边积水深的地方踏水玩。第二年夏天,村子里的池塘和水沟里就忽然出现了龙虾的身影。一天下午爸爸照例出去打鱼(作为一个农民,他对养鱼这件事有着极大的热情和兴趣,承包了村里的三口鱼塘,最多那年承包了五口),回来的时候,打了满满一包龙虾。我们把家里的洗澡盆放下来,龙虾整整有一澡盆那么多,一只只都很大,看起来非常威武,像古装剧里身着甲胄的士兵,在盆里爬来爬去,两只大钳子不耐烦地磕着澡盆的壁,发出喊喊喳喳的声音。我惊奇得不得了,心想,果然配得上那个"龙"字!爸爸说这些龙虾应该是去年发大水从别的地方带过来的。我们不胜欢欣,因

烧龙虾

为龙虾的夹子看起来危险，我们可以以此为借口推卸刷虾子的任务，而到了晚上，桌子上就有一大盆辣椒烧出来的龙虾可以吃了。不像小鱼，打回来还要我们一条一条掐去肠肚，清理干净。记忆里龙虾好吃，虾肉饱满有弹性，吸足了龙虾汤的味道，又鲜又辣。烧龙虾与毛豆烧鸡骨、烧尖头鱼（秋刀鱼）一样，是记忆里夏天最好的晚饭。

那个夏天和接下来的几个夏天，爸爸就经常出去赶龙虾回来给我们吃，直到我们高中毕业，离开家去外地上大学。到后来连爸爸也出去打工，家乡的龙虾就再也没有吃过了。除了龙虾之外，我们小的时候，爸爸经常赶回来给我们吃的还有泥鳅。赶小鱼要去干净的水塘，赶泥鳅要去村里的水沟和家里菜园后面那块小小的死水塘。这块水塘平常我们用来浇菜，水面上涨满密密麻麻碧绿的浮萍，爸爸去赶泥鳅，手里举着绿色的赶网（一种有底、蒙了三面、只留正面空着把鱼赶进去的网），一脚踩下去，咕嘟咕嘟，气泡从水底冒出来，鼓上水面。水几乎要淹到他的腰，他把网沉沉按下去，用一根细竹竿做成的三角形的赶棍"笃笃笃"在水里赶一圈，把泥鳅赶到网里去。泥鳅很多，每一次网提起来，总有几条到十几条在里面。爸爸赶泥鳅的时候，我们要在岸上站着，给他拎鱼笼子，看他一瓢子抄起泥鳅，挥到岸上，我们就赶紧跑过去把泥鳅捡起来。泥鳅的身上有一层黏液，非常地滑，捡起来很不容易。不过这时候泥鳅拼命挣扎，把身上滚满灰尘和细小的石砂，反而变得不滑，容易捉起来了。

打回的泥鳅不马上吃，先用盆养一两天。盆里舀上清水，滴几滴菜油，让泥鳅把肚子里的脏东西吐出来。吃泥鳅的时候在春天，油菜花开的时候，这时候天常常还有些冷，以至于我在回忆起来时，常常以为是冬天。我们吃泥鳅的做法常常是清炖，或加豆腐同炖。泥鳅炖得很烂，吃的时候天已经黑了，大门关上，炉子上水雾腾腾。大人们教我们怎样干净地吃泥鳅，只留下一条干干净净的泥鳅骨头：用筷子把泥鳅头夹住，牙齿顺着泥鳅身子往下捋，一条泥鳅肉就都落进嘴里了。加豆腐同炖的泥鳅，因为受不了逐渐增高的温度，往往会钻到豆腐里去，把豆腐钻烂，吃起来就会很嫩——隔了很多年打电话给妈妈确认泥鳅的做法时，妈妈这样说。听起来也是很残忍的事啊——这是属于童年和少年的记忆，不知道是从哪一年起，也说不上什么原因，我就不再吃泥鳅了。

粉丝星人

入秋时候,舒行从楠溪江给我寄来几束粉干。这是永嘉地方的特产,细细干干的,很像面条的米粉版,只是要韧结得多。我下班回来做饭,常常切半棵包菜,把粉干煮熟剪碎,再炒两只鸡蛋,把这几样都丢进油锅里,加一点盐和生抽炒出来吃。这样炒出来的粉干非常香,我很喜欢,每次都要忍不住炒一大碗。有一天吃的时候,忽然忍不住笑起来,因为意识到自己是一个"粉丝星人",一切和"粉"有关的食物,我几乎都喜欢。

首先最喜欢的自然还是粉丝。我从小爱吃粉丝,而在家乡,吃粉丝似乎是专属冬天的活动。这大约因为红薯(我们称为"山芋")秋天才收获,由做粉丝的人家淘澄出粉,然后做成粉丝来卖了。初冬时节村子里常有卖粉丝人的担子经过,成捆粉丝堆在圆竹箩里,大人们在门口看见了,就买一两捆,收到灶屋橱柜顶上。我们吃粉丝只有一种吃法,就是炖炉子的时候,放在里面烫着吃。等到寒冬腊月,天气清肃,清早起来田里一片霜,门口水塘也结了薄薄一层冰。这时候白天也特别短,到了下午三四点,就有一种萧瑟的暮气从地平线上升起来,一种苍冷的灰蓝,把人逼得不得不

冬天爸爸妈妈到北京来，特意为我带来的粉丝

早早退到屋子里，也还是冷。乡下多高房大屋，家具又少，四处空荡荡的，冻得人无处藏身，唯有早早吃了饭烫了脚躲到床上是正路。我们吃猪油，这时候假如炒了菜，往往吃了不一会，菜就渐渐冷下去，猪油凝固的白色冻上来，就能冷到这种程度。我们吃菜因此常常要炖炉子，粗糙的红泥双耳小火炉，家家都有一两只，从街上买回来，炒菜烧饭的时候，从锅洞里搛一点红红的炭枝到炉子里，再加一点黑炭，用一把破扇子把炭扇着，腌菜豆腐或萝卜烧肉在锅里略炒一下，端进白铁锅里，架到炉子上慢慢炖一会，就可以吃晚饭了。炖炉子里往往会加一点油渣进去，没有油渣，就舀一大勺猪油，这样的炉子吃起来有油气，才更好吃一些。

有了炖炉子，晚饭就可以从从容容地吃，炉子扑出茫茫的白气，我们一边吃，一边把一点蔬菜放进去烫。香菜，茼蒿，大白菜，菜园里有的，拔一点回来洗干净，一边吃一边夹到炉子锅里烫熟了吃。这时候必不可少的还有粉丝，开水里浸软了，下到有猪油的锅子里烫熟，吃起来真是太好吃了。有粉丝烫的晚上，我都不要吃饭，要吃粉丝吃饱。因为这个缘故，家里泡粉丝的任务往往就落到我身上。而我因为馋，每次都恨不得多泡一点，一包粉丝很快烫完，然后只好等什么时候卖粉丝的人再挑着担子来，或父母什么时候去街上想起来再买一点。但这希望终究是渺茫，每一年的正月，就都在我对粉丝的怀念中过去了。

除却粉丝，我所深爱的还有米面。也可谓之南方的地产，是籼米和糯米做成的。米泡透了，磨成水浆，薄薄倒在长方形的模具里蒸熟，然后一张张揭下来披在竹篙上晾凉，再切成宽条晒干。我们附近的花园村有一户人家做米面，年年秋天我去四阿姨家玩时，总要经过他家门口，看见晾在竹篙子上一架一架未切的米面，觉得很好看。不仅因为有风吹过，也因为米面好吃，是我喜欢的东西了。煮米面最简单的方法是用清水和猪油煮透，味道已很香浓，有时候也加一点白菜鸡蛋进去，就更丰富一点。虽然说到底，米面只是极其平淡朴素的乡间食物，但在我们童年和少年时候，也已颇为难得，不像粉丝那样可以常吃，大概因为更贵一点的缘故，因此能吃到米面的那一天，也总是格外高兴。

等到上了大学，妹妹在长沙读书，临近暑假时我去看她，吃的第一顿是"常德津市米粉"。在学校后面的小街上，和汤和粉的一碗，再要一个虎皮鸡蛋——就是把卤好的鸡蛋煎得表皮微微发皱，吃起来有油香气。我这才晓得原来我们的米面和湖南的米粉是差不多的东西，不过他们的种类更为丰富，分为"圆粉"和"扁粉"两种，扁粉和我们的米面一样，圆粉是圆溜溜的。就我吃起来，还是扁粉更入味一些。长沙人喜欢吃粉，常常嗦米粉当早饭，街上卖粉的小摊店随处可见。有一年夏天我在长沙待了半个月，楼下三四家粉店，每天早晨我都跑到其中一家去吃。夏天天热，卖米粉的人在门口空地上摆几张桌子，只有一张桌子上撑了遮阳伞。吃早饭的人去了，有遮阳伞的那一桌早被人占去，就挑一张还有半边在楼房阴影里的桌子坐下，要一碗猪肉扁粉。米粉在制作时已经蒸过一次，因此是熟的，只在肉汤里滚一滚，捞出来，倒进碗里，舀一点汤，再擩一大筷木耳炒肉末到上面，就端到吃粉人的面前。我们舀一点桌子上放的炒好的腌豇豆和剁辣椒进去拌拌，素不相识的人对面坐着，就各自开动了！我们若是有日本那样的吃饭礼仪，这时候心里也一定全是跃跃欲试。这一家的木耳丝很脆，吃起来口感很好，因为喜欢吃，我在长沙时，每天都是怀着"明天早上醒了就可以去吃米粉了！"的欢喜入睡的。

后来我才知道，因为吃得多，湖南的米粉都是湿的，很少像我们那样晒干了保存。夏天时麦子的爸妈来北京玩，带了在益阳买的湿米粉和家里养的鸡，过来的头天中午，几人一同煮米粉吃。鸡块下锅加油盐、辣椒、生抽略炒，加开水与啤酒同炖，炖好的鸡汤里，把湿米粉放进去烫一烫，便捞出来吃。这一锅米粉非常好吃，因为炒过，鸡汤并不清，滋味十分浓厚。所以直到现在，想起这碗米粉，我就忍不住要对他说："去淘宝买点湿米粉回来我们下米粉吃吧！"

与湖南的米粉同为一类的，其实还有桂林的米线。北京街上多有"桂林米线"的招牌，其特色是酸笋与酸豆角。但不知是原料不好还是煮得过头，这些店里的米线往往过于烂熟，乃至于烂断，失了嚼头，慢慢地就也不喜欢吃了，觉得仍是小时候在家和后来在湖南吃到的好吃。这两年在北京遇到的另一种觉得不错的粉是柳州螺蛳粉。螺蛳粉是圆粉，汤汁用螺蛳煮出来，因此有一股特殊的螺蛳味，不喜欢的人也可谓之为臭。我第一次吃螺蛳粉时，因为坐了很久公交，被汽车熏得反胃，闻着螺蛳粉的气味，只吃了一点便放下了。隔了一段时间之后，有一天忽然怀念起来，这次再去，果然就完全接受了。大约是因为用干米粉煮成，螺蛳粉不易煮得过头，吃起来总还是劲道，使人满意。公司附近有一家螺蛳粉店颇有名气，工作日的中午去吃，往往要等位，且多女性，因为一碗螺蛳粉里的配菜往往是很丰富的。除了青菜（北京的店里往往是两三片烫熟的莜麦菜）外，还有榨菜碎、炸花生和腐竹。腐竹片经油炸过，脆而薄，在热汤里浸软，吃起来香而柔韧。也有卤好的鸭爪，一对一份，盛在小碗里，卤得酥烂。螺蛳粉店都有一个共同特点，即走着走着，忽然闻到那种特殊的味道，就知道附近有螺蛳粉卖了。但大概也因为味重，像我这样不从小吃惯的人，连吃两顿，便觉得胃里滞重，这时候还是觉得在平和的汤水里煮熟的米粉，更能日日相对而不厌了。

炒栗子与烤红薯

人真是一种奇怪的季节性的动物，整个夏天里，想吃的都是冰饮料和冰西瓜这样的食物，每一样都恨不得是刚从冰箱里拿出来，带着新鲜的沁人心脾的凉气。然而只是秋风刚刚吹起，在长袖衣服外再加一件薄外套，人就已经不由自主想吃热乎乎的东西了。非常迅速地怀念起炒栗子与烤红薯的味道，在寒冷空气里诱人的暖香气。

栗子是那种每年在秋冬以外的季节并不记得去吃、也并不怎么想吃，然而一到了秋寒时节，就觉得一定要吃上一两回的东西。小时候在乡下，年年秋天所吃的，是我们自己上山打来的茅栗子。小小的、宛如小指头大小的野生的茅栗子，生在离村子十来里路的矮山坡上，小孩子们在一个晴天的清早，一同挎着竹篮，篮里放着剪子，到山上去。见到一人多高的茅栗树，就把树上结的青青的刺球给剪下来，扔在篮子里。有的茅栗球已经很熟了，豁开十字形的口子，露出里面褐色的带着光泽的茅栗。这样敞开内涵的栗子，要比青色的更令我们感到欢喜。一开始我们总有些馋，打得了一些，就在山坡上坐下，鞋子尖踩住半颗栗子球，用剪子先剥几颗来吃。

在山上打大半天茅栗子，可以得小半篮。这小半篮茅栗拎回去，是接下来一两天里我们的宝藏。黄昏时小孩子都在门口剥栗子，把所有茅栗的刺壳都剥掉，只留下里面青色或褐色的栗子。我们娴熟于这事务，即使不用剪子，也可以很容易地用手剥出一颗刺球里的茅栗来。其要诀不过是在剥之前先用布鞋底在茅栗球上搓几下,把中间那一圈刺搓塌下去,再用手剥,就不会被刺到了。茅栗子全剥好,一点点装在荷包里生吃,有清鲜的甜味。剩下的大半,在锅里用清水煮熟。煮熟的茅栗粉糯糯,用力咬破栗子外那一层皮,栗子肉在唇齿间化开,最后只剩下两瓣咬得扁扁黑黑的皮。有煮茅栗可吃的日子十分甜蜜,无论去哪里,口袋里总可以有一把小栗子,随时摸几颗出来吃。这样幸福的日子必然也不能长久,到第二天,最多第三天,即使最舍不得吃的小孩子,家里的茅栗子也便吃完了。再吃茅栗便要等到明年再上山,因此每一年有茅栗子可吃的日子,都十分珍贵。

　　板栗在本地少有,我们少有机会能吃到。偶尔吃到的时候,都是泾县山里的亲戚带来小半袋子。板栗子生吃比起茅栗,又要更有一番风味,因为其大,又是那样金黄,吃起来甜津津。然而多还是红烧了来吃,和家里养的鸡一起,变作一碗板栗子烧鸡。那时自然也是喜欢,板栗沾了鸡的油味,烧得熟透了,吃起来粉坨坨地好吃。炒栗子是到城市上学以后才吃到,在那之前,我并不知道栗子还可以炒来吃。在城市里炒栗子是太容易见到了,卖的季节也并不限于秋天,这样吃得才多了起来。

　　比起加了糖的、吃起来粘手的糖炒栗子,更喜欢普通的炒栗子,可以吃出板栗原本的甜味。从前下班的路上,街角有一家店卖现炒栗子,门口小纸板上用红笔写字,"燕山栗子,十元一斤",以示其

① 炒栗子
② 在冰箱里放了很久的生板栗，吃起来有风干栗子的鲜甜

①
—
②

烤红薯

品质。我不懂栗子的来处,只是逢到不坐车走回去的日子,经过时也总忍不住为那刚出炉的香气吸引,称一斤带回去,边走边吃。圆滚滚的小板栗,还带着滚热的气息,把土黄的纸袋也烫得软帖起来,手指伸进去,有突如其来的安慰的暖意。很爱这样的时刻,仿佛光阴未被辜负。有时办公室里也有同事买了栗子,通常是去有名的某家栗子店排队买得,每人桌上分得几颗,下午饿时剥来吃掉,有绵长的甘香。因为少,这样的栗子也令人觉得十分珍惜。

红薯在我们地方称为"山芋",从小我有那样一种印象,总觉得它是长在红土的山坡上的。我们村子没有这种红土,家里因此少种,年年所吃的,只住在山边的阿姨家收获之后送来的半篮一篮。我们地方吃红薯的办法也是简单,尚未收获时,掐了红薯梗子,撕去外皮,掐成一截一截的,和辣椒一起清炒来吃,有清脆的意趣。等到红薯成熟,就挖出来堆在家里,某一天有工夫,于是洗一大篮子,小的整个,大的切半,放到锅里加水烀熟了来吃。这样的吃法似乎有些呆气,是乡下人的做法,因为也并不是为了饱肚子,只仿佛是一年终于闲下来之后,犒劳自己的一种方式。平常要吃,也并不煮那么多,拿一个两个洗净削皮,切成厚片,煮饭的时候,等到饭锅开了,贴到饭锅里面,贴成一圈,等到饭熟,红薯也便熟了。吃饭前后搭一搭嘴,这样的吃法也还是近于零食。

小孩子有时候因为好奇,把细长一点的山芋扔在锅洞里,压在柴火下面烧着吃,是我们吃过的最初版本的烤红薯。然而这要趁家里烧柴火时才能施行,又要不被大人嫌碍事,把山芋夹出来丢到一边去。我们的行动因此常是失败,烤出来的多半是一个半生不熟的山芋,既不能生吃,又远没有到熟的程度,不甘心地掰开来啃一口,味道十分奇怪,最后只有怏怏地扔掉。烤红薯自然还是城市里大街上烤红薯的摊子上卖的漂亮,两头尖、中间滚胖的红薯,在炉子里不知烤了多久,被炭火烤出诱人的破口焦痕。卖红薯人戴着手套,炉子里东捏捏,西摸摸,把烤得猫软了的红薯拿出来,放在炉子上面,排成一圈,等待经过的人来买。每每经过这样的摊子,都忍不住爱慕它的好看和香气。虽然这时我已经有了烤箱,可以回家自己烤出好吃的红薯,然而也还是愿意在瑟瑟的寒风里,买一个这样胖大的烤红薯,一边走路,一边掰开来滚烫地吃啊。

辑三

与君同拔蒲

大雨后

1999年夏,我中考结束,准备去上高中。这之前我转到隔壁乡一所中学复读,是第二次参加中考,所想考中的目标,是县城的重点高中。只有考上这所高中,才有上大学的希望,而那时我的估分比它历年的录取分数高不了多少,因此心里非常忧愁,在分数出来之前,每天都担忧着。天却一直下雨,人不得出门,每天在屋子里坐着,心里更觉烦闷。偶尔雨停,我爬上家里两层楼的平顶上看一看四处。田畈里稻禾碧绿,被雨水淋得湿湿漉漉,笼罩着一层水雾,沉重的积雨云停留在远处青蓝山顶上,呈现巨大的灰蓝。雨时时又下起来,村里人偶尔来门口说话,讲几句电视里看来的新闻,长江边好些地方在发大水,雨要是再不停,我们这里过两天怕是也要发水了!

我的忧愁还有别的来自,即是班上我所喜欢的男生,自从放假后就再也没有音信了。乡下学生住得分散,相互间离几十里路也很正常,而那时安装了电话的人家还是极少数,一个村子最多有一两家。我们家因为爸爸爱好面子,装了一部电话,但那个男生家没有。因此在考试前,我们就约好等成绩出来后第二天,他会和班上另一个同学一起到我家来找我和妹妹玩。终于等到成绩出来那天,一大早班主任给我们打电话,告诉我们我和妹妹都考上了重点高中,两个考了一模一样的分数!我们心里的快乐不必赘言,总之我便开始一心一意等着第二天他们来找我们玩。到了第二天半上午,人却还没有影子，我在家门口等着，时不时到村口去一趟，是没有来，还是不晓得地方，走过了呢？还是出了什么事？没有来怎么不到人家借个电话打给我呢？

心不在焉吃了中饭，下午爸爸妈妈出门去，家里只有我和妹妹。这一天下断续的小雨，我又等了一会，终于下定决心要到那个男生家里去看一看。他的家在哪个方向，我是知道的。在学校时每个周末我们回家，有时会挤上一辆公交车，他总是在澄桥的马路边下车，走进那里一条两边竹林遮蔽的土路。只是那条土路通到什么地方，在哪里又是他的家，我就不知道了。翻开毕业纪念册里他写的那页，家庭地址上写着"澄桥村瓦屋组20号"，我暗暗记在心里，然后跟妹妹说，我想到他家去看一下，看看他们为什么没有来。

于是我撑着一把伞，独自走上去找他家的路。沿着连结田畈间各处村子的大路，走过山咀村，走过李家村，穿过一片没有人家的田畈，再走完一段长长的土路，终于到了平时他下车的澄桥路口。这条土路所在我们称为"湖南街"，大概是很多年前曾有湖南人迁徙到这里聚居。雨暂住了，竹林遮盖下的土路走起来暗暗的，高处竹叶尖上凝着雨水，隔一小会，就有一滴轻轻"嗒"一下滴下来。我犹豫不决又有点害怕地往前走着，仿

① 竹林
② 稻禾

①
—
②

佛走了很久之后，不知道自己到了哪里，还是没有碰到一个人。路的两边偶尔有人家，然而一直隔着一道长着杂木的深沟和成片竹林，且都背对着土路。在这样潮湿的雨天，穿过林子，把鞋子全沾上泥巴，衣服也全都打湿，绕到人家门口去看或者问，要那样做实在是太没有勇气了。

这时候背后传来有人走路的声音，我回过头一看，原来是一个中年男人，正从后面超过我走上来。我停下来，等他走得近了，便鼓起勇气问："伯伯，你晓得澄桥的瓦屋在哪吗？"

他停下来，说："瓦屋？这一块就是瓦屋，你要到哪家去？"

"我到我同学家去玩，但不晓得他家到底在哪——你晓得秦宝峰家在哪吗？"

"没听讲过，你晓得他爸爸的名字吗？"

"……不晓得，只晓得姓秦。"

"那到哪去找哦，这一大块全部都是姓秦的人家！"

然后他就恢复了很快的步子，超过我往前走了。

我只好又接着往前走了一段，感觉自己在这条土路上已走了很深很久，不知道是不是已经走过了他家，竹林间的路却好像还没有尽头的时候，只是一味朝更深幽的地方延伸下去。就在我沮丧地准备回头时，忽然听见旁边竹林里有女人喊：

"小姑娘，小姑娘，你是那个找姓秦的人家的吧？他家就在这哎！"

旁边有其他人说话的声音，我从前面一条小路绕进竹林，走到那栋刷着白色石灰的楼房旁边，纷扰了一会，终于明白原来是先前那个男人经过时帮我问了一下，正好问到了同学的婶婶，她就住在他家隔壁，因此在屋边候我经过。这时候她已经把他奶奶叫了过来，后者正站在坡下另一户门口的场基上，招呼我下去。于是我穿过坡上一片菜园，带着两脚厚厚的黄泥跳了下去。

同学却不在家。他奶奶说，他和他妹妹一起去他三姑姑家了。我心里不免失望，原来却不是生病，而是去了自己姑姑家。又觉得不好意思，便要回去。然而眼前的奶奶却太客气了，一再地要我留下来等一会，说他过不了多久就会回来，晚上就留在这吃晚饭。这原是乡下待客的常道，我想着见到他就可以问清为什么他没有去，犹豫了一下，就答应留下来等一会。她把我带到楼上他妹妹的房间，让我到床上躺一会歇一下，然后就走出去了。

在床沿上端坐了一会，到底走了很久的路，很快我便觉得疲倦，于是将上半身俯卧到床上，想稍稍闭一闭眼睛。过了一会，听见门开的声响，大概是他奶奶又进来了，我不好意思立刻坐起来，索性继续装睡着了，只听见她把一个窸窣作响的东西放在我手边，又走了出去。等她下去后，我坐起来看，原来是一小袋剪好了口子的麦片，大概是给我吃的。那时候麦片在乡下还是很稀罕的东西，逢年过节时晚辈买两袋送给长辈，是很拿得出手的礼品。我吃过一两回，都是用水冲了喝，像这样干吃的倒没有过。剪开的麦片闻起来香喷喷的，我想，就吃一口看看味道是什么样的，倒了一小口在嘴巴里，结果就把那一小袋都吃完了。

又等了很久，中间我两次说要走，都被他奶奶强留下来。黄昏时候，同学终于和他妹妹一起回来了，看见我在他家里，大吃一惊，转而欢喜，要我留下来吃饭，晚上就在他家住，明天再回。我问他为什么今天没有去我家，他说，本来另一个同学应该昨天晚上到他家来住，今天好跟他一起去的，但是他没有来，所以今天他也不好意思一个人到我家去了。

"那怎么不到有电话的人家借一下电话打给我呢？害我等你们好久，还以为你们是不是走错路了。"

"有电话的那家人家在河对面，这两天发水，过不去了。"

这时候我也知道已经回不去。天色太晚，我一个人不敢再走二三十里路回家。倘若要他送我，送到家已是夜里，又不能让他在我家留宿，势必还要让他再走二三十里路回来。

"别担心，你妹妹肯定跟你爸妈讲你到我家来玩了！"

于是我留下来一起吃晚饭。家里大人只有爷爷奶奶，他父母到城市里打工去了。他用湖南话和爷爷奶奶说话，我听了十分惊讶，之前从未听他讲过自己家是从湖南迁过来的。他在那时个子已经很高，性格十分爽快。他的妹妹比他小三岁，个子也很高，微微有一点胖，也很可爱。吃饭时他先是起身去端了第二碗饭，一边说："唉，今朝没什么胃口,就吃两碗饭。"过了一会,他妹妹也起来去端饭,说:"今朝我也没什么胃口,也就吃两碗饭。"我心里觉得好笑,胃口不好还要吃两碗饭,那胃口好的时候要吃几碗啊!

晚上我就和他妹妹一起睡。一夜大雨,起来雨住了,云压得低低的,空气中到处是潮湿的水汽。长日无事,我们几个一起坐在房间里说话。我和他妹妹靠在床上,他坐在我们对面,拿起桌上一张已经没用了的卷子,卷成一个圆筒,贴在眼睛上,一只眼睛睁一只眼睛闭着,这样对我们看着。过了一会,又把圆筒拉成一个长长的喇叭形,然后轻轻地用它一下一下打我的手背。

"你再在我家多玩一天吧!你好不容易来一趟,我昨晚到家都那么晚了,也没玩一小下!明朝吃过中饭我就送你家去!"

我犹豫不决起来。其实是很想多待一天的,只是怕爸爸妈妈生气,回去要讨骂。这时他妹妹和奶奶也在一边劝了起来,我想了想说:

"那你下午带我到你们村子里有电话的人家打个电话吧,我要跟我爸爸妈妈讲一下,怕他们着急。"

他答应了下来,到了下午,却说昨天就去看过了,河过不去的。

我不肯放弃,于是他带我穿过门前几条被雨水浸得黏滑的田埂,走到田畈间一条河边,指给我看:"你看,我讲过了吧,河里水涨满了,人根本过不去的。"

这时河水几乎已与岸边齐平,翻滚着向前流去,泛出隐隐的黑蓝。

"是真过不去啊。"

"当然是真过不去,要是能过得去我肯定会带你过去的。"

"要不我还是下午就回去吧,我出来两天了没打电话回去,我爸妈会担心的。"

"不要回去——就多玩半天了,明朝就回去了。我家妹妹也喜欢你,想跟你多玩一会。你走的时候你家妹妹晓得,她肯定跟他们讲了你是到同学家去玩了,他们不会担心的。"

这一番犹豫最后又是情感战胜了理智,加上之前我已经答应了多留一天,这会儿要走便觉得不好意思,于是仍留了下来。然而心里终究难安,到后竟觉得闷闷地起来。又过了一晚,到了第二天,我几乎是急着立刻要回去了,却还是被押着吃过了中饭才走。同学送我到澄桥的路口,这段路这回再走,却不觉得特别遥远,感觉并没有走太久,就已经到了路口。大概第一次走时,那种惴惴不安的寻找过程,大大延伸了我对这段路有多长的心理感觉吧。

在路口和他告别,一路快走着回去。想到回去挨骂是不可避免,说不定还要讨打,心里就很惙惙,然而也只能把步子走得更快一点,好到家的时间能早一点儿,也许受罚的程度就轻一些。终于到家时已是下午三四点,妈妈在灶屋里准备烧饭,看见我回来,蓦地又惊又喜道:

"你总算晓得回来了!你爸爸以为你丢了,出去找你去了!你等他晚上回来收拾你吧!"

妹妹在堂屋里,看见我回来,赶紧把我拉过去。我这才知道原来第一天晚上我没回来时,爸爸问妹妹我去了哪里,妹妹果不其然说我大概是到同学家去了,然而怕被爸爸知道我喜欢那个男生的事,也不知道他家的地址,于是说了另外那个说要来的同学所在的村子,因为那里还有我关系最要好的一个女同学。爸爸恐怕我走了河边的路,这样发大水的日子,会被河水冲走,第二天便去那里找我,然而那村子在遥远的山里面,离我们家总有五六十里路远,妹妹又只知道一个村名,并不清楚具体的大队,因此他没找到就回来了。这天一大早爸爸又重新出发去那里找我,到现在还没有回来。

妹妹说:"你还是赶紧到楼上房间里躲一会吧!我觉得爸爸回来肯定要打你!"

于是我赶紧上楼去,害怕等爸爸回来时在他面前碍眼。过了一会,妹妹又拿一个苹果上来给我,说:"我觉得晚上爸爸肯定会罚你不许吃饭,你还是先偷偷吃个苹果垫下肚子吧!"

没过多久,爸爸回来了。我从楼上窗户边往下看,看见他手上捏着一把长柄雨伞,很疲惫地走着,夕阳照在他身上,把他照得黄黄的。妈妈也已经看见了他,站在灶屋边喊:"家来着!家来着!没事了!"

他顿时振奋起来,大步走到门前,说:"啊?回来啦?在哪儿?"

妈妈说:"在楼上躲着哩。"

我以为他要上来打我,或是喝令我下去,然而都没有,只是静静的没有声音。过了几天以后,我才知道,爸爸那天找遍了我在那个村子的几个同学，得到的都是我没有到他们家去玩的答案，以为我必定是在去的路上被水淹了。回来路上经过一个水塘，看见水塘里一只红凉鞋，以为那是我的鞋子，捞了好久，也没有人的影子，最后只好失魂落魄地回来。那天晚上，爸爸终究是没有打我，也没有不许我吃晚饭，甚至都没有问一声我到底去了哪儿——就像什么也没有发生过，只有我提心吊胆地在愧疚中勉强吃过了晚饭。

慢行火车

第一次看见火车是小学四年级，和妹妹一起跟着妈妈去南京看那时刚刚开始在医院实习的大姐。是坐汽车，经过芜湖火车站附近，看见了长长的、长长的火车。这火车是拖煤的，车上一节一节的全是黑煤，还不曾见过坐人的模样。到自己终于有机会坐火车，已是上大学入学报道的时候，却又不远，只是从南京到苏州罢了。那时大姐已在南京成家，我便从她家出发，由妈妈陪着，带着她煮的茶叶蛋，坐在火车的小桌前剥着分食。这时动车还未出现，毋论高铁，沪宁杭线上的火车，多是一种红皮火车，从南京到苏州要五小时。第二年便有了当时最好的特快车，车票是T字开头，干净整洁，车窗边沿垂下白纱窗。从苏州到南京的时间缩为三小时，票价三十三块。接下来的三年里，我在这条线上来回坐过许多次。

大四时恋爱，开始领教漫长的长途车的滋味。男朋友在长沙，那时从苏州到长沙隔日有一趟车，是从无锡开往鹰潭的慢车，从苏州到长沙要二十二个小时，而火车似乎是固定性晚点，每到长沙，会晚点两小时，因此花在车上的时间，正是一天一夜。学生坐不起卧铺，来去都是硬座。在能买到票的第一时间奔去火车站，惴惴地从买票人的长流之末排到窗口，祈祷着今次的票能有个座位。终于从脸色冰冷的售票员手中买得那一张红色车票，喜形于色，告诉那边："买到票了！有座！"

终于上火车那天，背了换洗衣服和要看的书，几桶泡面，一两个水果，早早去火车站排队。检完票，还要在站台等十几分钟，火车才吐着长长的白汽进站。这时也顾不得矜持，挤在混乱而勇进的人群里，半是挤半是被后面的人推，一头扎进车厢。先上的人纷纷找自己的座位，抢着把箱子和各色行李塞满行李架和座位底下每一个空处。总有那么一两个人的箱子或包特别笨重，将后面的人堵成一线，等他终于安顿好了，才得通过。火车缓缓开出一段，车厢里才渐渐现出各安其处的秩序，各人吃的东西拿出来，放在靠窗才有的一面小桌上。男人女人脱了鞋坐着，很快有人吃东西，一样接一样地吃，带了扑克的人不甘寂寞，把扑克拿出来问旁边的人要不要打。相对而坐的姑娘小伙子开始搭话，各自说起到哪里去。没有座位的人很多，车厢连接处挤满了，几乎每一排座位边也都站着一两个，他们把自己的东西塞好，就扶着座位靠背站着，用一种非常茫然的神气看着旁边坐着的人。

卖零食饮料的车子来了第一遭，穿蓝色制服的售货员一边奋勇推车，一边喊："让一让啊让一让！啤酒饮料矿泉水，花生桶面八宝粥！"这推车上，放着四块钱一瓶的矿泉水，八块钱一桶的"康帅傅"，站着的人纷纷侧过身子，贴着座位让她过去。少有人买她的东西，她就这样一路磕磕绊绊从第一节车厢推到最后一节，再从头推过来。卖啤酒饮料的人走后，推销袜子的列车员来了。"来自五湖四海的朋友们！今天我给大家推荐一款穿不破撕不烂烧不坏的神奇纳米袜！

我们这种神奇的纳米袜,采用了现在最先进的纳米技术,不管我怎么撕,不管我怎么扯,它都不会坏!"他扯着一只袜子,问一个抽烟的人借打火机,很矜持地点这袜子。"大家看!我们这种神奇的纳米袜,连火也烧不着,穿到脚上,吸汗又透气,结实又耐穿。朋友们!我们这个神奇纳米袜,原价五十块一双,今天在火车上,我们铁道部门给各位朋友们特殊优惠,只要十块钱,就能买两双。只要十块钱,就能买两双!各位兄弟姐妹不要错过!便宜大优惠!"有男人伸长颈子看,最后掏出十块钱,买了两双袜子。

到吃饭的时候,餐车推着盒饭过来,十块、十五块一份的,一盒饭,搭几片白菜、几块胡萝卜、几根肉丝。多数人掏出方便面去泡,配着家里带来的东西吃。方便面的香味盈满整个车厢,实际并不好吃,因为水是温的,泡再久都没法把面泡开。也有些人不带多少吃的,大多是单行的青年男子,瘦、黑、精力充沛,手里只握一瓶矿泉水。每到吃饭时间,迅速吃一碗方便面,然后收拾干净,继续看火车前行。

窗外山田一程一程,过了安徽,又入江西,有时会有玩铅笔的骗子上车。两三人或三四人,行的很原始的把戏,拿一红一蓝两支铅笔,让人猜他手上的纸条绑在哪支铅笔上。开始照例没有人理,只一两个与他造势的人在喝彩,渐渐看热闹的多起来,总有那么一两个蠢蠢欲动起来,直到把钱送到他们手上,这时才觉得上当,火车上人单力薄,却也不敢如何。这骗子在车上只待大概一小时光景,等到下一站,就匆匆下车,消失在滚滚人群里了。

上车的人越来越多，站的人也挤到只能勉强插得下脚。天渐渐黑下来，人慢慢都站不住，都要往下滑。但凡能找得到一角地的，都用报纸垫一垫，或什么垫的也没有，就那么直接往地上一坐。或者谄笑着，对身边坐的人说，"挤一挤"，往座椅一角搭下小半边屁股。被挤的那个人带着嫌弃的眼神看他，往里面挪一点，他就又赶紧把屁股往上挪一分。有的人起身去接热水泡面，或是去上厕所，站他旁边的那一个，就赶紧趁机坐一会。这一会有时要半小时，因为要在堵满整个过道的歪歪倒倒的人头与人脚中踩出一条路，实在不容易。

　　坐的人也觉得身上坐着疼，两条小腿不知不觉间浮肿起来。过了晚上九十点，人止不住地委靡，打扑克的停了牌，说话的人也沉默下去，靠窗的就着窗或小桌子睡了，醒来两条手臂都是麻的。这还算好。坐在中间的人侧过身子，也只能勉强趴到桌子，靠过道坐的人则只能靠着椅背睡。慢慢地睡着了，头猛地往下一栽，人吓了一跳，摸摸一边发麻的颈子，往另一边一靠，又模糊过去了。半天又是头猛地往下一栽，如此反复。在这样困顿疲惫的空气里，唯有卖零食饮料的车子仍旧英勇无畏地推过来，"让一让啊让一让！啤酒饮料矿泉水，花生桶面八宝粥！"她的身后跟着一溜要去上厕所的人。这一车多是来往打工的人，早都善于忍耐，那坐在地上睡得迷迷糊糊的人爬起来，提起一只脚。等车子一过去，马上又坐下去，重新睡起来。

每到一站,便给那边发短信,告诉到哪里哪里了,窗外如何如何。到十一点多,那边将去睡觉,很为我的受苦抱歉,却也无可奈何。列车在深夜到达上饶,到如今途中只有这一站记得清楚,因为会有几个男女在站台上卖鸡腿。黑夜中车窗外忽然有人大喊:"上饶鸡腿!五块一个!香喷喷热乎乎的鸡腿,五块一个!"少有人不为之振奋的。很多人下车,或者把钱从车窗里递出去,换回两只烤鸡腿。我却从未买过,其实也只是怕去人堆里问,并非对鸡腿完全不感兴趣。好些年后我遇见一个上饶人,第一反应是跟他说:"上饶的鸡腿很有名啊。"他说:"什么?"我哑然失笑,不是每个上饶人都曾在深夜到过他们的站台吧。

　　过了上饶,车厢里短暂的热闹和清醒过后,很快又混沌下去。子夜沉沉,车窗外一片黑,偶尔经过县镇的灯火,在远远地方成一线闪烁。靠窗的人捏一捏胳膊,重新占据小桌,靠着座位而睡的也再次闭上眼睛,坐在地上的人双手拢住膝盖,把头埋到臂弯里。人睡得很浅好像又很深。只有深夜下车的人不敢睡,眸子炯炯。睡在他对面的人,不晓得他究竟是什么时候下车的。

　　快五点时,天空渐渐由深蓝转为青白,遥处田畈上有白色水雾。太阳红红地出来,起初只是像一个未煮的咸鸭蛋黄,带一点水润光泽。车厢慢慢苏醒,人站起来,腿已经肿得很厉害了。一起回家的中年夫妇,女人身上盖着丈夫脱下的蓝色中山装,还未醒来。起来早的拿了牙刷毛巾,在水龙头最后一点涓滴宝露下刷一下牙,洗一把脸。

有时走到水龙头前一看，才发现已经没有水了，洗手台上歪歪倒倒睡着两个人。很快整个车厢醒来，太阳光照进窗户，人都有些喜气洋洋的，为的这一趟苦快熬到头了。昨日谈熟的姑娘和小伙子重又聊起来，彼此在下车前找一个机会交换手机号码。吃早饭，一边吃一边看外面潮湿的晨气。那边发短信来，说着中午来接，问想吃什么？想了半天，也没有什么吃的胃口。卖零食饮料的又过去三回，卖袜子的拎着半篮袜子，开始降价促销，十块变成十块钱三双了。等火车终于一亭一亭到达长沙，已是中午，大批人涌下站台，车厢里终于一下子空起来。接的人在出站口等，手里拿着一个汉堡，一杯冰红茶。因为等得久了，冰红茶里的冰已逐渐融化，杯壁上凝满了水珠。

　　回去时又是另一番光景。大着胆子混了一星期，乃至半个月，要看的书都没有碰，心知逃的课已经太多，不能不回去了，却又起了别的糊涂心思，想着他能和我一起回去，这样岂不是能多待一个星期吗！自己也知道荒唐，不懂事，等对方无奈地解释还有实验要做，还有课要上，最重要的，两个人都没有钱，哪里能陪我一起挨过回程这漫漫的一日一夜呢？却又不管，把所有离别的情绪都变成无名的恼怒发到这可怜的人身上。而回去从长沙售出的票只有站票，我只能像来时那些站着的人一样，觑着身边有谁到站下车，就赶紧跑去把那位子坐了。这样的机会在前半程原本就难得，我赌了气，更不会去争位子。那位买了站台票，把我送上车，千叮咛万嘱咐，上车以后要问问周围的人到哪站下，找个站近的人身边等着啊！我心里哀矜，只是不理。等到车厢里站定，那人还在车厢外站着不走；等火车缓缓开动，竟至跟着跑起来，眼泪到这时终于忍不住。车窗一闪而过，很快把人抛在身后，好久终于收了眼泪，只是沉默地站着。这一站往往是八到十个小时，脚实在痛了，便提起一只来，轮流单脚站着，以此得一点休息。夜里终于占得一座，把鞋子脱了，蜷在一角，疲倦地睡去了。但这回程火车也有一个好处，便是越往后人越少，到最后两三站，有的车厢简直可以一个人横倒在三人的座位上睡了。

　　第一次坐卧铺已是工作后。冬天和同事一起从南京到深圳出差，没有直达车，只好先坐到广州，再由公司开车来接。卧铺自然是比坐票要舒服多了，我个子小，睡狭窄的架子床也很有余地。看着铺着白被单的上下铺，有逸于常规的快乐，像小时候出去春游。去时正值智齿发炎，夜里疼得睡不着，在早早关了灯的黑暗车厢里，独自坐到靠窗的小桌前看遥处灯火。许久躺下，明显地感觉到车子向床所在的一边倾侧，车轮碾过铁轨，规律的格橐声通过铁架床传入耳中，黑暗中异样清晰，使人感觉奇异。

　　第二天到达深圳，棉袄一下子换成长袖衬衫。街上榕荫翳翳，树干上拖下长长的气根，而更引人注目的是洋紫荆，往往是在什么路口，忽然一转，便看见前面蓬然一树紫花，簌簌如飞鸟。二十二三岁的年纪，即便是一个月一千二百块的工资，也并不觉得十分忧愁。这是个芯片代理公司，鼓励所有员工都去做营销，我们正是来学习如何"做业务"的。偶尔有一个潮汕同事带着我们去见客户，教我们如何"谈单"。中午我们一起去吃八块钱一碗的鱼丸米线，他好心而又矛盾，很不屑地看着我们这两个远道而来的女同事，说在他家乡女人都不能上桌吃饭。

我们和深圳的两个同事住一个屋子，原有的床不够，在客厅里临时搭一张小床给我睡。害怕长胖，每天晚上我只吃半只柚子，由此练就了一手剥柚子的本领，可以把柚子瓣剥得很干净。我看一本从南京图书馆借来的很旧的、厚厚的《废名作品集》，柚子香气极清，有时候就沾到书页上。我看得很慢，常常躲在书和被子后面与人打很长时间的电话。慢慢就连深圳的天也冷起来，商场里挂出薄棉袄，到处都是"铃儿响叮当"的圣诞乐。直到旧历年底，我们才坐同一趟卧铺回去，时辰正与来时相反。第二天清早醒来，车子正入安徽，是茫茫隆冬的景象了，田里收割净尽，落着薄薄的霜气，远处田埂上几排水杉，叶子红得如同铁锈。有妇人走来田间菜园割菜，我见那田边稻草堆中间插一根木棍，和我们乡稻草堆的形制不同，起了一点微薄的怀乡心思。我对卧铺的印象至今很好，大约便因为我寥寥可数的几次坐卧铺的路程，都经过皖赣的遥山远水吧。

到后来便是干净整洁的动车、高铁。动车才出现时，样子做得很大，每个座位发一瓶"冰山矿泉水"，穿红色制服、戴紫色小帽的乘务员在车厢前自我介绍，"很高兴为大家服务"。渐渐都脱了形。只有人的变化真切，起初是厌烦有人搭话，一上车便塞上耳机，慢慢坐车的人也都不说话了，坐定了就掏出平板电脑看电影，或是刷手机，实在没有信号时只好发发呆，看一看窗外，趴着睡一会，挣扎着醒来三秒，又睡过去。如今常常从北京到南京，四个小时的车程，竟也开始觉得漫长，唯有坐在窗边时，可以稍觉宽慰。看着窗外一望无涯的麦地或玉米地，一点一点变成起伏的山田与水塘，才终于放下心来，知道是要到了。

青春照相馆

二〇一五年十月初的时候,因为婚事而回家去。爸爸在家大兴土木,将所有房间都粉刷了一遍,又盖了两间新房间,而后由二姐买回新的床与窗帘。仲秋时节气温怡人,连续的阴雨过后,第三天下午,太阳出来了。带着明亮而强烈的光线,从种满已经黄熟还未收割的单晚稻和已经灌满米浆、垂下青青稻穗的双晚稻的田畈上投射而下。田埂上半人一人高的荒草,连同散布在远处田畈间的人家的楼房,楼房后圆锥形的水杉树影,都在这样的光线中带上一种逐渐走向成熟的青蓝色彩。微凉而干燥的风从阳光中穿过,使人感到微微温热的舒适与惆怅。在这样的秋天下午,我和妹妹在楼上从前用来堆放杂物的房间翻到了被扔在一只旧塑料箩筐里的一包旧物——大学第一、第二年感情尚未冷却的高中同学写来的旧信,高三毕业的夏天让同学写满一本的毕业纪念册,还有一些零散遗漏的旧照片。上一回翻到它们至少也是两三年前,于是我们又一次兴致勃勃翻了起来,妹妹找到一张被裁成半截的照片,举到我面前说:"看,石延平,你的照片!"

我接过一看,是一张初中二年级暑假时拍的照片。照片上我穿浅蓝色无袖连衣裙,剪着那些年我一直保持着的"郭富城头",站在乡里唯一一所照相馆的室内布景前,手肘搭着一根石膏白的三角柱子,柱面上摆一盆各色玫瑰与一枝百合混杂而成的塑料假花,高处与我齐平。背景布上是青蓝色高山流水,山上一两棵松树,旁边用朱笔写着：

　　山高水长流

　　仙鹤传佳音

　　这张照片我记得清楚，那年暑假，有天在家不记得为什么爸爸用竹丝子抽了我的小腿，妈妈为了哄我，带我到街上给我拍了这张照片。那个夏天且不知道为什么脚脖子上生了疮，连着蚊子留下的红肿，被我抓到冒脓流血，连为了拍照而特意穿上的短丝袜，也被凝固的血珠粘在腿上，撕脱不得。后来某一天，出于虚荣心，我便把照片的下半截给裁掉了。

　　对于乡下长大的小孩子而言，从前拍照的记忆，珍重明亮如同深水中透射的阳光。因为拍照的机会难得，每一次拍照的经历都分外难忘。留存在记忆里我幼年时期唯一的照片，是三岁时和双胞胎妹妹一起在照相馆拍的一张三寸大小的合影。我们手牵手站在一起，穿着一样的衣裳，另一只手各执一把塑料花，照相的人临时挂在我们脖子上用作装饰的项链，因为太长了，几乎垂到我们腿上。这张照片直到我们念小学时才被从大柜末屉中无意间翻出来，黑白胶卷洗去塑料花的鲜艳，而给照片带上柔和亲切的光影，对那时的我们来说，未尝不是一件珍贵的宝贝。然而在很长一段时间，我们都没有"珍惜的东西应当小心保存"的概念，这张照片此后在说不上是些什么时候，在我们眼前又出现过几次，之后便无声无息消失在了我们杂乱无章的生活之流中。

一九九七年夏

念小学时，仅有的几张照片都是学校老师所拍。地方偏僻的小学，隆重到要借到相机拍照留念的日子，除了一年一度的学生毕业照，就只有偶尔认真排演过的儿童节表演了。二年级时儿童节唱歌，五年级的数学老师给我和妹妹各拍了一张照片，那时我们正站在晒得人睁不开眼的太阳下的操场上，竭力为大家歌唱《我的祖国》。不知为何，他没有给我们拍合照，而是灵机一动，折了一枝花坛里正在开的蔷薇，举到镜头前，以免露出我们身后偌大一个黄土操场上只有唯一一棵细小的雪松的事实，给我们一人拍了一张。这是直到开头所说的那张照片之前我唯一的一张单人照（然而在高一那年，也消失在一本借给同学的那时我很喜欢的拙劣的抒情散文书里）。其他的时候，偶尔有照可拍的机会里，我们这样的双胞胎在别人眼里总该是要拍合照。五年级的学生拍毕业照时，其他年级的学生若愿意，也可以在五年级拍完之后，相机里胶卷还没用完时，让老师在学校后面山上的小竹林或花坛边给自己拍一张，回头发照片时补交上胶卷和冲洗的钱便可以。每当这种时候，总会有一大群学生站在两边看热闹，洗出来的相片上，两边总站着不小心照进去的成排看热闹的人。但拍照的人其实没有几个，没有钱是其次，最重要的大概还是不好意思出现在镜头前吧。

像这样的照片,我们有过两张。一张是三年级时,和妹妹在学校小竹林边,穿着阿姨刚刚给我们织成的黄毛衣的合影。这毛衣我只穿过一次,洗了一水之后,夜里妈妈将它挂在门口竹篙上晾着,便被人牵走了,我因此念念不忘。还有一张,则是四年级时——当时五年级的毕业照已经拍过了,老师看见我们站在那里,喊:"石延平、石延安,过来我来给你们拍张照!"我们又小心又开心,跑到花坛上并肩站着,青松已比我们高出许出。多年以后,当我们再看这张照片,除开身上那两件刚从裁缝店做好、布满各色心形图案的衬衫,仍然带着簇新的僵硬感之外,我们身后的青蓝色雪松、远处老师的办公室前用油漆的红笔写着"走向世界"的蓝色告示牌、半空中飘扬的国旗,连同办公室屋顶上青灰的瓦片和平直的屋脊后露出的绿色的树,都在时间流逝中显出旧的光调来。那个"走向世界"的告示牌,原先旁边还画着一张简陋的世界地图,后来色块逐渐剥落,我们以一种近于"老师痴了"的眼光看待,世界于我们何其广大而遥远?而如今看来,竟像是命运无意间的指示牌。

家里多有姐姐们小学、初中的毕业照,因为大家初三都复读了一两年,初中的毕业照又尤其多。有时候,大姐毕业时所穿的靛青色中山服,隔了一年,又出现在二姐照毕业照的身上。从小学三年级开始,我已经研究起毕业照要怎样照才好看了,有一天三姐拿一张她的毕业照,指着上面一个扎两条长辫子的女同学说:"你看她蹲在第一排的时候，不像其他人那样两只手都搭在膝盖上，而是一只手撑住下巴，还是这样看起来最好看哦？"我很是赞同，待到自己拍小学毕业照，便迫不及待实践起来。穿发下来没有多久的校服，白色短袖衬衫，蓝色半裙，男生的是白色短袖衬衫，蓝色短裤。没有穿校服的同学也并未受到呵责，就这样我们参差不齐站在校门口红土的小山坡前拍了照。照片一带回家，我的心机立刻被三姐识破，她哈哈大笑，此后我就再也没有用这个姿势拍过照了。喜欢的男孩子站在最后排，露出小小半个肩膀一个头。整个暑假我常常拿出来看，后来不晓得是多久以后，有一天不知道为什么，我把他的脸用黑墨水笔涂成一个黑黑的椭圆。这张照片从此以后就在我的记忆里消失了踪影，再也不晓得去了哪里。

　　初中毕业的时候，还是去乡里唯一的这家照相馆，照两张给同学的照片。这一天我穿一件二姐从芜湖带回来的青绿格子短袖衬衫，配细格子黑灰长裤。衬衫有着透明熠熠的水晶扣子，是那时我很喜欢的，要和妹妹轮流才有得穿。也许是暮春时感染人的天，这一天照相馆的人没有再让我站到布景前面，而是带我穿过阴暗的屋子，走到楼房后面的庭院。一小片死水塘——发绿的池水上，一棵歪倒的香樟树几乎是平行在水面上伸出主干，到几米外逐渐拗直，向上空长去。水面上鼓泡泡浮着周围人扔的各色塑料袋。那人要我走到树干上去，大概看出我的犹豫之心，鼓励道："好多人都喜欢到那去拍呢，拍出来好看得很！"我只好小心翼翼走上去。几天之后，当拿到照

小学四年级时

片时,发现的确很好看:香樟树撑出丰润鲜明的绿荫,碧水在相纸上滤去了现实的肮脏,显得干净清洁,至于垃圾袋,一个也没有拍进去——那是我第一次意识到照片可以如此违背现实而将其美化,感觉十分震惊。因为觉得是欺骗,这张照片我最终也没有给同学。

拍完这张,照相的人又让我站到院子里一个大水泥花坛边去。花坛里种些菊花,这时节只有绿叶。他让我坐到花坛沿上,我坐下来,他却不满意,吩咐我把一条腿抬起来,摆到花坛沿上,见我不能领悟,干脆直接过来把我脚搬上去,然后叫我一只手搭到腿膝盖上,一只手撑在身子后面。直到是他满意的样子了,才拍下来。那时候我剪短发,走在街上被后面骑自行车的人拍肩膀,"小伙子,让一让",就这样眯着眼,像一个秀气的、不耐烦的男孩儿,在花坛上摆出照相的人所指导的"女性的"、柔和的姿态。倘若懂得多年以后明白的道理,那时我就会知道拒绝。这时候我们地方又流行给照片压上花花绿绿的塑料膜,虽然我在离开前跟照相馆的人说了照片不要压膜,最后拿到时,还是失望地发现被压上了。膜的角落是几朵红花,几片绿叶,再印上粗圆的彩色"难忘友情""祝福"字样,把照片四角遮得严严实实。我没有办法,只好拿剪刀把相片剪成小小的圆饼，只剩下中间一个我，就这样送给了同学。

然而交换照片的风气，真正是到高三才热烈起来。写毕业纪念册也到了这时候，才成为郑重的告别仪式。离学校不远穿城而过的泗桥河边的金凤书店，于满屋的教辅、资料、练习册中间，第一届新概念作文大赛的获奖作品选格外受我们喜欢。有钱的同学买得一册，全班但凡对写作文有一点兴趣的同学都要传看，然后争相模仿，各自在周记本上写下一些不伦不类模仿的片段。关系很好的喜欢唱歌踢球的男同学，下课时总喜欢把球衣帽子套到头上，塞上耳机偷偷听Jay的《范特西》，那时候班上其他的我们都还不知道这个叫周杰伦的人。是这样满怀忧愁与热诚的年纪，因为对必然从此转折的未来充满了美好期待和置诸心腹未曾明言的爱恋，而告别得格外小心而漫长。离高考还有一个多月，毕业纪念册已经传写起来，每个下课的中午和晚上，常常能在教室外看到匆匆交换纪念册的人。只要稍微熟悉一点点，就应当交换一张照片，为此大部分同学专门去照相馆照了相片，洗出几十份以便奉赠。傻瓜照相机在县城也不再是非常稀罕的事物，有同学家里有或借到了，便相约一起在校园里或是去县城里那时刚刚建造好还未正式开放的第一个广场上拍照。我和妹妹先是去照相馆拍了照，后来有一天，宿舍有人借来了一台傻瓜相机，我们又一起到广场上又拍了一遍，在那里还遇到了另外一拨拍照的同学。

也是因为嫌卖的毕业纪念册太花哨难看，那时妹妹想了一个很好的主意。我们在二中附近的文具店各买了一本厚厚的蓝色软壳笔记本，准备把这笔记本用来给关系较好的同学写毕业留言，并且要问他们每个人要一张照片，贴到他们的留言后面。至于那些关系一般，或是只同学了一年就分班了的，就买几扎信纸来分送给人写，这样还可以节约时间，不用像本子那样一定要等前面一个写完了后面的人才能写。留言本的前面，贴上了那时我们借了相机精心所拍的没对上焦的学校花草的照片。这样一本本子，怀着珍而重之的心情拿出来，然而心里不可告人的秘密，是想等到最后拿给偷偷喜欢的人去写，这样其他人就不会看到——而且已经有那么多人写，那么多人贴了照片，即便不开口提出来，理所当然地，也可以得到一张喜欢的人的照片吧——然而等啊等，每一天在每一个不引人注意的瞬间，悄悄侧过头去看那模糊的面孔，终于没有勇气当着同学的面公然把本子递过去，更没有勇气趁班上只有两个人的时候，去说什么"麻烦请你给我留言"之类的话。青春的纪念册里最后贴满了普通同学的照片，而那个偷偷喜欢的人，终究是没有留下任何照片，也没有一句临别的告白。

清明

一

清明前两日回家去,坐下午三点的高铁,这趟车因为直接经停我们镇,车厢中听到许多操乡音的人。

回去前北京正是烟景的盛春,花开得迅疾而凌乱,自山桃、杏花、玉兰至丁香、榆叶梅、海棠、晚樱,前后不过一周多时间,而春光倏忽已过半。查预报,南方却将是连天多雨的天气,因此往包里多放了一把雨伞,就踏上回去的列车了。一路南下,都还是艳晴天下,无尽的方正的麦田,从刚刚返青渐到翠绿一片,田埂间点缀着浅淡着色的杨树。偶尔麦地间忽地一个圆圆的坟堆,旁边傍一株青柳,在平坦得几乎无意外的田野里,醒人眼目。临近清明,有的坟堆上已堆上了一圈红绿纸钱。过巢湖时天已全黑,车窗上不知什么时候打上薄薄一层雨丝,知道是已进入雨的区域了。二姐来接我,提早了二十分钟便到,QQ(通讯软件)上跟我说:"爸爸去出站口接你了。"顿时觉得受宠若惊。上一次爸爸来接我应该还是我们念小学的时候,是哪一天下雨,他来学校接过我和妹妹。我说:"让他在车里先坐一会啊,这么早去那儿站着等二十分钟干吗。"二姐却说:"他已经去了。"

下了站台,外面在下小雨,没有意料,人竟然被空气里的水汽呛得咳嗽了一下。久居北方不见雨水的人啊。出了闸口,果然看见爸爸在外面站着,赶紧跑过去,笑嘻嘻说"爸爸你怎么也跑过来了"。

他抓了我的手便走,一面说:"被罚款啰。"原来刚刚在等我的时候,他已经跟车站的人攀谈出一条消息,停在火车站在等接人的车,虽没有人告知不能停,实际已拍照预备年底罚款了。是才新出没几天的规定,还没人知道。拎了东西上车,拐上回家的路,车窗外一片白茫,仿佛起了很大的雾,而不是雨似的。爸爸说:"这是小雾漉雨。"过新义大桥,路边人家种的成带的油菜花,在车灯下闪烁而过。很快到家门口,二姐对爸爸说:"爸爸,你先下去把网拿一下好吧,我把车停到场基上。"这才知道爸爸养了一堆的鸡和鸭,为了怕鸭跑到屋后去,把屋子边都拉上了绿色的网。

进屋时雨还小,家里地面上一层返潮的水珠。灶屋地上几只蛇皮袋下面盖着发好了芽的稻种,爸爸今年要在家种田,这些稻种是要撒到田里去的。妈妈说:"热点什么东西给你吃吧?有青菜肉圆子汤,五花肉烧笋。"我说:"吃青菜汤吧。"于是热了青菜汤,妈妈又想起来说:"我晓得有样东西你肯定喜欢吃。"一面让三姐把大台子上剩的一盘腌菜梗子炒肉丝端过来。是爸爸春天在家腌的青菜梗子,比寻常腌雪里蕻的梗子要更饱脆多汁,吃起来果然很好吃。一会,我竟然一个人把一整盘腌菜都吃光了。

夜里睡在房间里,听见外面热闹的数声部重叠的蛙鸣和断断续续的几滴雨声,以为雨下得很小了,然而凌晨睡不着,起来去灶屋烧水,听见屋顶上碴砼的水打在瓦上的声音,才知道雨是很大的。过了一会,天上竟打起雷来,响几声,歇一会又响几声。蛙鸣声渐弱,直至消失不闻。天发白时终于睡去，外面屋角鸭子嘎嘎了一阵过后声音消失了，大概被放去了塘里。模糊里听见爸爸和村里人聊天，说今天不管怎样都要把稻种撒到田里去，田里水放半天了，还放不下去。起来梳洗过后，站到门前场基上，看见昨夜回来没有看到的田畈的样子：微雨还在落，水塘而外，水田里也全是水，远望如水镜，好像到处都是水塘一样。水田间偶尔一两块种了油菜花的田，还在开着。人家种在田边的一块菜园地里，豌豆开了白色的花。有人扛着整田的木制刀耙从塘埂上过，三坝子的对面有人在用机器耕田，传来咯哒咯哒的声音。这也是要做好了田撒稻种的。这些年乡下都不再像我们小时候那样特意做一小块秧田了，早稻都直接把发好芽的稻种撒进田里（单晚和双晚稻则多用秧模培秧，秧苗壮后再抛到田里），省去插秧一节，因为收割时也有收割机开来，不像从前要一棵棵割稻了。爸爸说直播的水稻产量还更高一些，只是不如插出来的秧那样整齐好看。

　　妈妈煮一种银丝细面给我们当早饭，爸爸去村子里人家借了大秤回来，把稻种用畚箕撮到蛇皮袋里，再用一根大棍子穿过秤绳，让姐姐跟他作对手，把三袋稻种的重量都称一过。我用手机计算器帮他加，一百二十四斤，早稻共六亩田，每亩田大概撒二十二斤多一点。算算每块田的大小，把稻种重新分装过，我说："爸爸，今年恐怕又要多雨的，昨天回来在网上看到新闻说今年厄尔尼诺现象又很严重，厄尔尼诺现象就是有很多雨，像去年一样下雨下个不停。"爸爸说："我晓得，现在气候还有正常的时候啊！"

过了好一会，爸爸却还不去田里，让我们查天气预报。今天雨，明天阴，后天和大后天又是雨。我们劝他要不明天撒，他说今天必须撒了，不然稻种恐怕要坏，"但雨这么大，这稻种怎么撒得下去！"忽然雷又打起来，雨下得更大了些。思量再三，爸爸说下午先把门口的一块大田撒了，剩下的明天再撒。

等田放水的时间里，他撑一把伞去田边看，过很久回来一趟，变戏法一样从口袋里掏出几条鲫鱼来扔进地上的澡盆里，再过一会回来，又掏出几条鱼扔进去——因为水田边就是水塘，田角的水直接放到塘里去，塘里吸水的鱼上溯到田里，他就顺手把吸水处的鱼捉回来了。家里小孩子见到鱼，十分兴奋，围在澡盆边看，吃午饭时妈妈便烧了一碗。吃完饭我到房间床上坐着，听见妈妈在外面吃了一惊说："那哪个在我家田里干么事？在逮鱼？那是赵黑蛋家儿子吧？"声音未落，只听见爸爸把筷子一扔，人已到了场基上，远远对着田里的人大喝一声："那田里不能逮鱼！你在田里那么一踩，我等下怎么撒稻种！"过了一会，大概田里的人讪讪地上来了，只有爸爸还在生气。我问三姐为什么，三姐说："孬子吧，田里踩得尽是脚印子，等下稻种不就撒进去了吗？"

午后田间水已渐渐放尽，远远看去露出灰色的泥面。爸爸从田里回来，我问他怎么还不撒稻种，他说："撒不了了，起风了。"仔细看前面一小块水塘，果然起了均匀的縠皱，我不禁疑惑："这么点风也要紧吗？"爸爸说："主要还是雨——雨又下大了，一会又刮风，又下雨,稻种撒下去风把水一吹,稻种全部吹到一起去了。那田里土又搞得不平,水一放才看得出来底下全是窝啵凼,我下午还要把田整一遍才能撒。"家里没有耕田的机器,这几亩田原是前几天爸爸请人来做的,"就是请人家搞,大机器搞不匀,今天水一放才看出来的。还有他们刚逮鱼踩的脚印子,也要去荡平了。"我问他请人家搞田多少钱一亩,他说:"价钱不一样,有的要一百,有的一百二,我没问。"

过了会爸爸在门口脱胶鞋,赤脚穿拖鞋。我说你干什么,不冷吗?他说,我下田啊,冷什么?而我已冷得穿了姐姐的外套,犹觉春寒恻恻。我说:"不能穿胶鞋下去吗?"他说:"那哪行,那不踩得全是洞吗?我打赤脚踩的泥巴眼小些。"一面把裤脚卷到膝盖高处,就这样扛着刀耙到田里去了。过了很久我在门口遥遥看见他站在田埂上,用力用刀耙把离田埂不远的泥面捣成更细腻平整的。家里事情忙完,妈妈拎了些鸭蛋,和三姐一起去坝子上外婆家,顺便去舅母家拿舅母送我们的梅干菜,一面嘱咐我在家看小孩子。过了一会,愈发觉得冷,人在床上坐不住,不由自主要滑到被窝里去,却又睡不着,只是呆看手机。等了两个小时,妈妈和三姐终于回来了,头发被雨水打得湿漉漉的,拎

起来门口水田
灌满白水

一大篮做粑粑的蒿子（五月艾）。我见了不禁欢喜，说："你们已经把蒿子掐回来了吗？掐了这么多！"妈妈说："哪里是，就上面那一把，回来塘埂上掐的，底下是梅干菜和家奶奶菜园里掐的茼蒿。"拿筲箕篮子来一装，果然只有小小的一篮。恐怕不够做粑粑用的，妈妈和三姐拿了伞和剪刀，又去村子另外一边塘埂上去找。又过了好久，终于回来了，却只有连篮子底都盖不满的一点野艾蒿和几根鼠曲草。我惊讶怎么才这么一些，三姐说："找不到啊！童家坟山那边恐怕多一些，妈妈不敢去，我们就在三坝埂上找了一圈，也没看到。"我问："为什么掐不到？按讲现在没什么人掐蒿子，应该到处都是才对啊。"妈妈说："你以为现在的田埂跟以前的田埂一样，以前的田埂人走得多多，踩得多平，草多短，现在的田埂上全是几尺深的荒草，蒿子根本不长。以前村子里多少人家噢，现在荒得你能走过去啊，连塘埂都塌得不成样子，走起来生怕摔倒了。童家坟山那么远，现在哪还敢去啊。"

下午妈妈和三姐便在灶屋做粑粑。三姐烧火，妈妈在灶上把蒿子洗净切碎，和肥腊肉丁一起加进粉里揣拌均匀，再一一搓成圆形，压成饼状，到锅里两面煎黄。等粑粑全部煎完，再一一排贴到锅壁上，加一点冷水，盖上锅盖煟一会，使之熟透。我们喜欢吃有厚厚的壳的，外面脆硬，而里面熟软，吃起来很好吃。因为三姐想吃糖馅的，我想吃腌菜馅的，于是又包了几个带馅的。带馅的粑粑都是白皮，里面包着白糖和腌菜。做完粑粑已是黄昏，爸爸从田里回来，被催着去洗了澡。晚上，因为怕装在袋子里闷烧掉了，那几袋发芽的稻种就又被倒了出来，摊在灶屋和堂屋的地上，上面仍盖上一层薄膜。

二

夜里觉得太冷，把房间里收着的一床棉絮解开来盖在被子上，才终于暖和起来，慢慢睡着了。清晨照例被鸭子声吵醒，这一回清醒一些，听见爸爸喊"鸭哎，鸭哎"，把它们引到塘里去，大概今早的鸭蛋已经下过了。想到今天要尽早去泾县的山里给爷爷上坟，于是便即起来。夜里蛙鸣又鼓噪起来，此时门口的水泥地面已被风吹干，露出灰白的颜色。一个醒定的阴天。

七点半出发。爷爷的坟在泾县孤峰的云泊湖，我还是念三年级或四年级的时候，和妹妹一起跟着爸爸去过一趟。我们走去十分遥远，清晨出发，等走过大路，穿过田畈，爬过山坡，走到云泊湖时已过中午。那时的记忆也已十分模糊，只记得坟旁林子里的映山红过人头高，我们曾掐了映山红的花来插在爷爷的坟头。今天是二姐开车，走几年前修好的水泥路，自然要快得多了。从小孤山开到林场，林间传来零星的鞭炮声，天色黯黯地，旧年的竹林倒映在水塘中，山间杉木暗沉的深绿和新发树芽的柔绿参差其中。点缀的是人家屋后或田间一两块仍在开黄花的油菜田。偶尔有对面开来、大约也是去上坟的汽车，还有迎面骑来的摩托车，男人戴黑色头盔，车把手前插两根挑纸幡用的细竹枝。

在花园里的一个小店前，我们停了车，爸爸进去买纸钱。等了

粑粑

① 妈妈做的蒿子粑粑
② 雨中山矾

①
—
②

一会还不见出来,我便踱进去看看。还是从前旧小店的样式,如同我们上小学时那样,大约已开了很多年。进去一只大木柜,里面再两排架子,上面零星地摆些本地的大曲、香烟、营养快线、水电开关、方便面之类的东西。一个瘦瘦的头发已经花白的男人站在柜台后面,柜台上已经摆了一个几十响的方形爆竹、一盘长条鞭炮、几刀三六裱纸、几沓冥币,还有小时候清明必有的最朴素的白纸钱——素纸绞成几条长长的连钱,中间用一小片红纸束住,挂在细竹竿端头,插在坟头路边。这纸钱卖得便宜,只三毛钱一束,是地方上最常见的纸钱。一共四十四块五毛钱,爸爸说那五毛钱不要找了,店主却不答应,最后商得的结果是在那一堆东西上再加一束白纸钱。这店主大概与爸爸年轻时即相识,把东西给我们装好后,一面还送出来。我们上了车,他在车窗外问爸爸今年多大了,爸爸说:"六十三。"他比着手说:"我比你大七岁,我今年七十整的。"又道了别,车才开走了。

往泾县开去,山渐渐多起来,一重一重,山坡边缘的竹林,倾斜着覆向下面的田边。青烟从青紫相交的杂木林中缓缓飘出散开。在杂木林的边角,映山红的红色时时一闪而过。此外是山矾白色的花,在青绿的林中十分醒目。小时候上山，我们称之为"野桂花"，因为有辛烈的香气，常常掐了来玩。山与路之间的田地，一路过去几乎都种着烟叶，这是与我们那里很不同的地方。一行一行细细的烟叶地上覆着薄膜，因为膜下水汽的蒸腾，薄膜都鼓得很高，新生的绿色烟叶从薄膜上剪出的洞里堪堪冒出头来。车开到云泊湖的路边停了下来，拿出后备厢的东西，我们便沿着路边一条土路，走到旁边一座山里去。山边蓬蘽许多，此外有夏天无和新生的蕨蕨禾子。映山红与山矾开在一处，红白相映。一路许多的坟，大多就在离路几米远的坡脚上，讲究或境况好的人家，坟多已修成水泥的，并在坟前修了水泥搭步通到路边，方便自家扫墓。一块杉木被砍了的向阳的山坡上，几个女人在林下掐蕨蕨禾子，每人拎一只大篮子。继续向里走，忽然山坳中一带狭长的水，山的碧色倒入其中，远远见一树山矾杂处其中，很静的意味。一棵花已经开过的桃树，叶子青青，也倒映到水里面。爸爸停下来，拿镰刀去砍旁边坡上的竹子，我这才意识到，原来爷爷的坟就在这里面。

爸爸先砍了一会野竹子，尔后把刀交给姐夫砍，自己在路边一点一点把纸钱打成薄薄的扇形，再堆在一处。怕火把山烧着，纸钱要在下面路边烧掉，不能拿到坟前去烧。砍了好一会，坟前一小片野竹终于砍净，留了四根下来，余下都抱到塘边扔掉。留下的那四根，又用砍刀几下削净枝叶，二姐把白色纸幡一条一条系到上面。小孩子们吵着要上去玩，于是被小心抱上去，由大人教着在坟前磕了头，一起把纸幡插到坟边，再被小心递下来。最后上去的是爸爸，他并不磕头，只把剩下最后一支纸幡插到坟边，便从坡上下来，在路边把纸钱点着。怕小孩子被鞭炮声吓着，我们先回头，只留下爸爸一个人在后面照应纸钱的火和放鞭炮。来时看见掐蕨禾的女人，这时三姐便也在路边找起来，一会儿竟也掐了一小把。映山红的花枝浸满雨水，在山坡上秾丽地垂坠下来，想像小时候那样掐一抱回去养，却舍不得，勉强掐了两枝，一枝给小孩子，一枝给自己，擎在手里玩。这时才发现山里的紫藤也开花了，淡紫色的花在坟前。我们走得很远了，身后才传来爆竹的声音。又等了好一会，才看见爸爸从后面赶来，手里却拿着一大把比我们刚刚掐的长得多的肥嫩的蕨蕨禾子和一把映山红。我问他在哪里掐得这么大的，他说："就你们刚才走的路啊，你们看不见。"

　　回程鞭炮声渐浓，上坟的人渐渐多起来。因为来时大园村的一段对面总有汽车来，避让不易，回去就从几字岭一边绕过去。这一小段风景比来时更好，山峦秀丽，山间油菜花田因为气温较低，仍在盛开中。经过一段山路，路边一个小女孩，穿绿棉袄，套紫花棉外罩，扎两个小辫子，手里举一束盛开的映山红，和骑摩托车的家人站在路边，在鞭炮飘散的声响与青烟中看车行过。这样的场景，令人一见难忘。回到花园里，爸爸要去挖一点笋子给我们带走，车在四阿姨家门口停了下来。上一回我们到这里时是过年，年过完后，四阿姨一家也就离开家到上海做事去了，如今门窗紧闭。爸爸给四姨父打了一个电话，便拿出锄头到屋后毛竹林中挖笋。竹林里却没有多少笋子，爸爸说大概是去年笋子太多了，今年是笋子的"小年"。天气也太冷，往年这时候，山上的小野笋

① 绿水上一树山矾
② 映山红

①
—
②

子也已经发得到处都是，今年却还没有见到。挖了四五只，我们说就够了罢，爸爸却不肯，说："到别的人家再去挖一点吧。"又掏出手机，给住在这个村的另一个熟人打电话。知道那人在家里，我和三姐便跟在他后面去。爸爸嘱咐道："到了人家要晓得喊人。"我们问喊什么，他说："喊伯伯。"那人家在山坡上，我们穿过几块田，刚走到通往场基的小道上，一条白色土狗在场基上冲我们叫起来。等爸爸从口袋里掏出烟来散给主人和在他家门口闲谈的邻居，我和三姐也已经站到场基上时，狗叫声还不停。我转过身去看门口一棵大枫香树新发出的叶子，那狗却吓得一跳，往后退了几步，不再叫了。

　　主人笑着跟爸爸打招呼："你们要是再晚来十几分钟，我就到泾县我儿子家去了。我现在在泾县帮儿子看孙女儿，家里已经不常住了。"爸爸说："那不好意思，我就不多讲了——"主人便起身进堂屋，拿一把锄头出来，几人一道去屋边的毛竹林里挖笋。首先挖的是一根长得很端正的笋子，土面上只冒出十多厘米的一截，看起来并不大，等人用锄头把旁边的土往下一挖，竟然现出下面足有二十厘米长的底部。于是主人一面慢慢把笋旁的土挖净，一面小心试着把笋子从根部截断。试了几下不行，爸爸说："你这小锄头不行，要换大锄头。"他说："换了回头你给我洗哎？"爸爸说："那当然给你洗。"于是又换了大锄头，果然很爽利地截断了。刚挖出来的毛竹笋躺在地上，竹衣的棕色闪闪发亮。一面接着挖，一面说着些现在毛竹不值钱的话。"毛竹十五块钱一担，还没人要！""十五块钱一斤他还要估堆，恐怕实际就十二块钱一担。我不如当柴火烧！柴火还值几十块钱一担。"

挖了一会，挖了两棵大的，两棵小的，主人说去塘那边的林子里再挖一点。以为很远，原来却就在屋子另一边，下来便是个浅浅的圆塘，枫杨新发的绿叶倾映水面，塘边的路边，烧纸的人留了一堆纸灰，两三根竹签子挑的白纸幡随风轻斜。经过屋子门口时，主人指指堂屋里说："我孙女儿早上给我打电话，跟我讲：'爷爷，你帮我带点花来。'——你看那是我早上到山上掐的花，我等下就要走了。"我仔细往堂屋里一看，果然门口一辆摩托车，后座边露出一大束盛开的映山红花。爸爸问："你人不在家待，你狗怎么办？""狗托人来喂。"

在池塘边竹林里又挖了一根，我们便谢过准备回家。等爸爸去水塘边洗锄头的时间，我们和主人攀谈起来。他说儿子在泾县开了家小批发店，他就过去在泾县帮儿子接送孙女儿上学放学。自己在家里还种十几亩田，每到星期五晚上就回来，星期一早上再过去。星期一早上儿子送货，就自己带女儿上学。我们说："那也好，现在种田不像以前那么辛苦要人力，周末回来田里也还看得过来。""今年又添了个孙子，正月初一生的，省了六万块钱。"我说："那蛮好的""是蛮好的，怀的时候政策还没下来噢！还要罚钱。生的时候就不要交了，人家都讲运气好。"

到得家来，看见村子里的杨来发正好在场基上，送了四根莴笋来。爸爸今年种的田里（包括还没有开耕的单晚稻田），有七亩田就是他家的。爸爸看见他便说："哦！正好讲把钱给你！"嘱咐我去房里数两千八百块钱出来，一亩田租金四百块，七亩正是两千八。杨来发在门口跟二姐说："我这三块田，许多人都要种哦，三块田就七亩，田大，好做。我想想还是给你家爸，一是放心，二是这田正好在你家门口，你家爸也好照应些。"二姐笑着谢了他。付完钱，爸爸便把稻种装在一只蓝色大脸盆里，去门前大田里撒稻种了。一把稻种撒五六下，撒得匀匀细细的，直到我们喊他回来吃中饭。吃饭时一只燕子喊喊喳喳飞进屋里，在屋中间的电线上停留一下，又忙不迭飞出去了。这屋子在我们小时候还是瓦房时，年年有燕子来做窝。后来瓦房拆了盖成楼房，燕子们也还是继续来，直到我们都离开家后，有几年奶奶住在我们家，捣过几次窝后，燕子才不再来了。爸爸说这大概是老燕子又回来找窝了，不过这屋子去年夏天刚粉刷过，现在想做窝恐怕不好做。我说，燕子要进来做窝就给它做吧。马上有人说燕子在家里做窝家里脏，爸爸说，脏也不怎么脏，就地下那一小块，垫个东西就行了。"去年腊月里有一只燕子，肯定是没走掉的，在阶檐上筑了一个窝，后来大冷的时候不见了，恐怕是冻死了。那么大的雪天，找不到吃的。"吃过饭，爸爸继续下田撒稻种，我们在家收拾东西，把山上带回来的一把映山红，插在水杯里，放在他房间的板凳上。下午我们走时，站在门口跟他喊："爸爸！我们走了！"他只是在田里把手挥了一下，就又接着撒稻种去了。

① 一棵大笋
② 竹林间的白纸幡

①
②

二三三

房间里的映山红

大水记

在城市里打了几年不自由的工以后,因为收入微薄,今年爸爸决定重操旧业,自己回家种田。我们都在外地工作,妈妈在大姐家带孩子,留在家里的,只有爸爸一个人。清明时我们回家,正值多雨天气,连日淫霖不止,田畈里做好的秧田被雨水浸满,一道一道的田埂间,只是白茫茫发光的水,连同田畈间满满的水塘,远望去都好像全是水塘一样。稻种在水塘里浸了一天一夜,已经发好芽,却因为雨和风没有办法撒到田里去,爸爸只好将它们从塘里捞出来,摊开在厨房的地上透气,上面用几只蛇皮袋盖住。稻芽越发越长,我忧心忡忡用手机帮他查天气预报,却还是接连的雨,想起之前在电视上看到的新闻,于是告诉他今年是厄尔尼诺现象的第二年,可能会大水。

那时我的话只是为了提醒爸爸,不曾想到了六月,电视和网络上真的铺天盖地报起南方大雨的新闻。心里害怕家里已经发了大水,又想到雨这么下,今年的水稻肯定要减产,不禁为爸爸感到忧虑。打电话回去,知道雨并没有淹到家里,才放下心来。等到七月初,情势急转直下,有一天傍晚在朋友圈里看见有人说隔壁的宣城发水了,我正在生病,不敢让他知道,于是急急让姐姐打电话回去给爸爸,让他注意安全。电话却没有人接,打到邻居家,说上午看见爸爸,出去抗洪刚刚才回来,现在应该在家做饭。这才确认水已经涨到我们那里了。当天晚上和第二天,高中同学群里便为各种洪水与抗洪的新闻和视频所刷屏,贯穿县城而过的漳河，水位已几乎涨满，而有些地势低的小区，一楼已全为水所淹没了。地势较低的圩区乡下，陆续有好几处破圩，连天漫地的黄水之间，隐约可见青色坝埂。断裂处露出新鲜的黄土，滚滚黄滔便从这破口处汹涌而出，吞没坝埂外连片水田与零星人家。

不禁想起小时候家里发水的事情。我们那里称发洪水为"发大水"，这大约是一种古已有之的说法，周作人《苦茶庵打油诗》里，有一首也是如此称呼，诗曰："野老生涯是种园，闲衔烟管立黄昏。豆花未落瓜生蔓，怅望山南大水云。"并自注云："夏中南方赤云弥漫，主有水患，称曰大水云。"其实从小的时候，发水在我们那里便是常有的事情，区别只是水的大小不同而已。农事少有恰恰当当风调雨顺的年头，年年总是在多雨与干旱之间摇摆煎熬，播时望晴，长时盼雨，于老天的恩赐下努力挣一份饭吃。

我至今仍记得少年时夏天久不下雨，稻田里泥土干得皲裂，稻叶的边缘也发黄皱缩起来。黄昏火热，天边时不时闪过红红的电闪的影子，这是不会下雨的"红闪"，大人们一边打着扇子从村里走过，一边相互愁言愁语："老天老不下雨，这怎么办哦！"干旱最厉害的那一年，邻村绝望的农人一把大火将自家干枯的稻田烧掉，也的确是烧掉了——就干到这样的程度。这事情从古也便如此，清代顾禄的《清嘉录》，是记录吴地风土民俗的著作，里面与时节有关的谚语，往往是以某日的雨晴风霜来占卜未来的水旱与农田的丰歉，显示出农人对生产的郑重与忧惧，正如周作人的诗里黄昏中立在瓜棚架下

"怅望山南大水云"的野老一样。

我们那里离长江颇有一段距离，而已接近皖南重重的山区，地势在省内已经算得较高，因此不像圩区那样容易受洪涝的灾害。村子里多水塘，方圆十几里内大大小小的水塘有九个。其中较大的，大坝子与新坝子相连，二坝子、三坝子与四坝子相连，地势一个比一个低，水出了四坝子，就由小沟流向村外的河里，最终注入贯穿整个县城的漳河。前后村子的田也就紧紧围绕这些水塘分布，平常水稻灌溉所需的水，都从塘里直接抽来，因此遇到发水的年份，只要水塘泛滥，稻田也一定随之淹没。

记忆里水格外大的年份有两次，一次大约是九十年代初，我们读小学的时候，有一年梅雨时发了大水，把门口的田全淹了。水虽然还不至于淹到家里，但也已漫到场基上，我们年龄尚小，不懂得大人的忧虑，只是觉得好玩，平常何曾见到水漫到这么高的地方呢！三四个小孩子一起，笑嘻嘻把裤脚卷到大腿，彼此手挽着手，到塘边水深的地方踏水玩，感到水奇妙的浮力，愈发觉得有趣。浑黄的水里时不时漂来上游流落的东西，树枝、木头、木盆，诸如此类。三坝子旁边的一块大田，叔叔那一年种了西瓜，这时也全都被水淹没，

美丽的稻子,除人的劳作外,也仰望风调雨顺

有的瓜被水冲断了瓜藤，漂浮到水里，我们用树棍捞来一个，磕碎开来吃。西瓜离成熟还早，只有一点隐约的水红。用手抠一点来吃，几乎没味道，于是又索然地抛开了。

到第二三天，水逐渐退去，这时候的世界才显得不如发水时那样好玩，只留下一层厚厚的污浊的泥与被水淹坏的各种作物在太阳暴晒下难闻的气息。这一年秋天村子里似乎还收到了一批从远方运来的捐赠的旧衣服，家家户户排队到大队部领取。我们也是笑嘻嘻的，并不当回事。即使是在乡下人看来，那些衣服也有些过于破烂，不是太大，就是太多的洞，穿不上身。也许有好的衣服的，只是轮不到普通村民罢了。记得我们家分到的有两条旧裤子，一件破了的毛线衣，还有件浅绿色薄毛线背心，那年冬天没有衣服穿的时候，我把这件背心夹在棉袄里面，也穿了很久。

第二次记忆深刻的发水便是一九九八年。这一年我们已读初中，在学校住校，水忽然发起来时，回家路上必须经过的那一条河上的水泥桥，一夜之间被大水冲断，我们不得回家，隔了好几天，等水位稍退以后，才试着回家去。到了桥边，才发现桥最中间的桥柱被冲倒，倒成了一个歪歪斜斜的"V"字形。水尚未完全退去，人不敢从桥上过，就有一个老头子撑一只破船，在河两边渡人。一边摇桨，坐船的人就在旁边一面拿一只塑料瓢，把船底破洞的地方涌进来的水舀出去。

这样的日子也没有多久，水退之后，人人都传就要修新的大桥了，过了很久，桥却还没有修的样子，来往的人没有办法，就又重新在断成V字的桥上走起来。年轻的中学生胆子最大，骑着自行车上下学，即使到了桥边也不下车，任由自行车笔直地冲到V字的谷底，再奋力踩上来，从中获得一种冒险的快感。大约一年多以后，新的桥才终于开始修建，等到我们初中毕业，才终于修好了。记忆里这是一座很大的桥，直到前几年我回家去，坐在乡里的出租车上，不过几秒钟，就从这座已变得灰扑扑的旧桥上过去了。桥下流水不及从前十分之一，从前人们聚集洗衣取水的地方，退成长满杂草的浅浅的河滩。不知谁人在桥下养一群白鸭子，把水搅得痴浑，我心里几乎是惊讶而痛惜，想不到竟已枯涸成这个样子。

两天过后，给爸爸打了电话，说家里水已经发过了，今年塘里养的鱼全跑光了。说着说着笑起来："跑光了那怎么办呢，随它去吧。"然而还是舍不得，过了一会又想起来说："鱼跑了他们用电瓶打起来一条，有二十几斤重。"鱼既然跑光了，水塘边的几块田，想必也全都淹过，今年上半年的收成可谓全部覆没。然而即便如此，也只能笑一笑，接下来该做什么做什么。幸而如今我们已全部成人，不再像小时候完全仰仗着他们的两双手和门前这几块田吃饭，人才能稍得从容了。这一天小雨，爸爸又重新去到田里，把冲坏的塘埂重新筑起来，把水闸张网，接连在水里泡了几天，讲话鼻子都不通了，然而让他夜里睡觉盖被子，还是被断然拒绝了。明天他还要下水，继续搞一天没有搞完的塘埂，修理被水泡坏的稻田——这便是今年大水的日子里，属于爸爸个人的、在新闻中微不足道的农事生活的哀乐。

乡下的生灵

一

星期五的下午三点，去小学接上姐姐家刚放学的小朋友们，再开车到安徽家的时候，已经是黄昏了。

爸爸从田畈里回来，我正在灶屋里喝水，喊了一声："爸啊。"

他说："嗯。"

他的身上不干净，因此也不抱小宝，很快又去田畈里搞什么去了。我走到门口水塘边看，水田里早稻秧已经长出来，还不到一拃长。远处西天上太阳正落下去，很大，很圆，红红的如一个腌得很好的咸鸭蛋黄。几只白鹭鸟拍拍翅膀，向着太阳的方向飞过去。这场景和陶渊明的"山气日夕佳，飞鸟相与还"是如此相像，我拿出手机来想拍一张照，可是只是一瞬间，太阳已经落到山影里去了，少了一小块，不再是个完满的圆，白鹭鸟也飞散了。犹豫之间，太阳很快落得更多，以肉眼可见的速度迅速变小，最后我只拍到了一张勉强可以看到一小块太阳的照片。长长的丝带一样的晚霞染上来，淡紫、柔红、粉黄，其上是天空的蓝色。新月如弯钩，像是忽然跳出来的，在门前某一年自发的杨树和香椿树上亮起来了。

青嘉一个人站在小水池和三坝子之间的塘埂上，我喊她，她也不理。我只好跟在后面追过去。大姐和大姐夫要趁五一假期在南京搬家，我硬要把他们女儿带回安徽，少不得要照顾好的。我问她："你怎么不高兴啦？"

"是因为刚刚回来的时候，嘉译（二姐儿子）从车子天窗里把头伸出去看风景，你让他坐下来给你看一下他也不肯生气了吗？"

小姑娘轻轻点一下头。

"他确实不应该，平常你做什么，他叫你让他一下的时候你都让他了。不要生气了，明天阿姨带你去那一条路上散步好不好？我们把那段路重新走一遍，走路会比坐在车上看的时候感觉更加鲜明。"

于是她不生气了，我们一起走到眼前三坝子的塘埂上去，看爸

黄昏时新月出现

爸今年在这一条长而宽的塘埂上所种的菜。去年种的有黄瓜（长了郁郁葱葱一架子）、辣椒、秋葵、空心菜、香瓜、蒜苗诸物，今年这时候却还太早了，绝大多数菜还只是很小的菜秧子。有的只是两片椭圆的子叶，使人认不出是什么。认得的是茄子、辣椒、大豆，蒜苗已经长老，碧绿的挤挤挨挨一片，抽出了蒜薹。零星的豌豆开着白花，蚕豆结了荚。塘埂上不知道什么时候，爸爸居然种了四棵玉兰，这时候叶子都很绿了。

晚饭的时候我说："爸爸我看你塘埂上种了蚕豆，明天让妈妈打些蚕豆汤给我吃，我好多年没有吃过蚕豆汤了。"

爸爸说："蚕豆还没上来。"妈妈说："你要吃蚕豆汤不容易吗，明天让姐姐开车到街上买些蚕豆回来就是了。"

"爸爸，延安让你种的棉花呢？"

"棉花我在小孤山小店买的籽，一粒没出。还要再买种去。"

"那不肯定是假的，那小店卖的东西有几样是真的！"

"假的倒未必，就是恐怕是陈的，一粒都没出！明朝到峨岭买籽去。"

我心里想着，居然还肯再买籽，也是对延安很好了！

姐姐说："爸爸讲他今年种了西瓜！"

"西瓜我怎么没看到？"

爸爸说："你再往前面走一点就看到了，我种得十几棵。"

"西瓜那我也吃不到了。"

"吃不到,吃的时候发照片给你看。"

想想爸爸不会用手机发照片,西瓜照片恐怕只有等姐姐回来吃的时候发了。

因为是回来的第一个晚上,家里人多,小孩子们又吵闹,总很有些兵荒马乱的味道。这栋我们小学五年级时建起来的两层水泥楼房,用的是地方上当时流行的空心水泥砖,冬天不保温,夏天不隔热,没有一点隔音效果,扩音效果倒是很好,因此整个家里无论什么时候,总是很容易就乱哄哄的。直到晚饭过后,妈妈把各家的床铺铺好,姐姐们也先后领着自己家的小孩子洗过澡,把似乎永不疲倦的男孩子们赶到各自房间睡觉,整个屋子才安静下来。窗外夜声慢慢浸透上来,作为底色的是青蛙的鼓噪和隐约的一些虫鸣。大概是去年清明,我回来住过两晚,那时候惊异于深夜青蛙鸣声的浩大——太多年没有在春天时候回过家乡,以至于忘记了青蛙是在什么时候开始叫的,以为只有夏天的晚上才会有蛙鸣了。有去年的认知打底,今年再听到就很镇定,只是今年的蛙声比去年清明时所听到的要少得多,完全没有那样的澎湃,不知道是不是因为时节不同。

在蛙鸣的底色上,一只不知道什么鸟一直在叫。稍殊曼丽的三音节,一只或是一种,时近时远,不歇地一声连一声。手上的小孩子这时候睡着了,我不敢动弹,只把手机伸到房间的空气中录下一点模糊的声音。是什么鸟,在这样的夜里也不睡觉呢?关了灯之后,连自己也睡不着了,只静静躺着,听那声音在窗外田畈上不辞劳苦地叫着。凌晨一两点时，另一种单音节的鸟声出现了，和之前鸟鸣一起，两相起伏。听着听着，不知道什么时候睡着了。

二

第二天清晨六点半宝宝即起。半梦半醒间搂着他想再睡一会，也只是徒劳。听见外面爸妈劳动的声音，后来外婆说话的声音也传来，知道她从坝子上自己家下来了，就干脆起来。出来看见外婆在门口场基上帮忙剥小笋子，原来是爸爸早上到家里一块荒着的低田里拔了一大蛇皮袋水竹笋子。我跑进房间找出相机来给外婆和小笋子拍照，一边拍一边把小笋子从蛇皮袋里掏出来。掏着掏着，发现里面还有一把野水芹菜，大概也是爸爸从什么地方掐回来的。

外婆剥笋子，用的是地方常见的剥小笋子的方法：先把笋衣尖头揉一揉，揉软了，分成两半，一半在食指上绞住，把小笋子绕着食指转几圈，一半笋衣就剥下来了。另一半再依样剥下。这样剥小笋子的方法很快。有一年我在北京，在淘宝上买了几斤小笋子，也是这样剥，然而教了几遍，麦子也学不会，最后还是我一个人剥。小笋子的壳有许多，一篮笋子会剥出一大堆壳，要像毛竹笋那样一片片地剥，不知道要剥多久，实际也很难剥出了。这时节水竹笋已经有一些老，剥出来颜色碧绿，要把底下老的一截掐去。有的已经显出要发出枝叶的芽头了。外婆说现在还没出来的是木竹笋子，再过个把星期，木竹笋子就要全都出来了。

笋子很多，感觉外婆几乎剥了一上午，才把这一袋都剥完。有时候我也坐下来剥几根，但总是很快就走了。妈妈在不停忙碌——无论在哪里都是如此——早晨一起来，就把昨天家里十多个人换洗的衣服用手搓干净，再放到洗衣机里漂洗脱水。让她直接丢到洗衣机里洗，也不知道说过多少遍了，总不肯相信的，因为洗衣机没有她手洗得干净。衣服洗完，不知道又从大柜哪里翻出去年冬天大姐一家回来换洗的棉袄，又是一番清洗。其后便是准备午饭，听见她给外公打电话："大大，中午下来吃饭哎！有好东西！"外婆把笋子剥好后，妈妈在灶上烧水，分锅把所有笋子都用开水燎一遍，这样笋子才好放进冰箱保存，不至于见风就老。中午就先炒了两盘腌雪里蕻和肉丝炒小笋子。

就在妈妈忙中饭忙得乱七八糟时，她忽然一醒神说："哦豁！忘记给你爸爸送水去了！你爸爸早上到田里拂肥料，讲那个杯子太小了，不好带水，就没带水，喊我等下给他送过去的。要死，这都中午了！"

我说："那怎么办呢？要不我现在给他送过去？"

妈妈说："那要不你送去？他马上恐怕也要家来吃饭了。这杯水你拿到他那里不全泼了啊？"

"你当我几岁啊——"

站到场基上看，爸爸远远在三坝子对面的田里，正是从前家里的"一亩二"那儿。想起从前春天和夏天他在田里我也常常给他送水过去的,盛夏时偶尔孝心发了,还会切半个西瓜,用筷子把籽剔了,切成小块,用碟子装着,上面盖一块干净毛巾送到田里去。这样的事情,也已经很多年没有做过了。因此就端着灶上妈妈泡的那一杯葛根水,很小心往塘埂上走。青嘉见我要到公公那里去,便要跟着我一起去,接着是嘉译,最后就变成了我们三个一起去。

这些年塘埂上无人放牛,加上不再像以前,种田的人每个秧季都会细心修补,已经被野竹子、杨柳和人种的菜侵得很细,人走在上面,很容易走不稳。为了不让水泼出来,我只能很慢地走。塘埂上野蔷薇花开了,微热的风吹过塘面,起着温柔的、顺滑的縠皱。再往前走一点,在三坝子的闸口边,萍蓬的花也开了,矮矮地矗出水面,黄色花瓣表面有一层油质,看起来很挺括,像一朵微型的单瓣荷花。前年秋天在这里的塘埂上,我看见许多入侵的加拿大一枝黄花,长得一人多高,十分粗壮。大前年时其实我就已经看见它们,那时候还没有那么多,因此心里十分忧虑。这一回没有看见,心里窃喜,然而再仔细观察,就发现它们只是还没有长得很高,还是蒿子一样的状态罢了。

我让小孩子们隔着塘远远地喊:"公公!公公!"于是他们起劲地喊起来,爸爸听见了,把手挥挥:"家去!不要来了!我拂完得了!马上家去了!"喊了好几遍,我们也不理,只管往他那里去。这时候三姐家的小孩子发现我们到了田里,也一定要来玩,急得拉着他妈妈的手,要把他送过来。最后我们终于走到田边,爸爸走在田埂上,一手捉畚箕,一手捉着复合肥往田里撒,直到把畚箕里剩下的一点肥料撒完了,才接过我递过去的水,一口气喝干了,只剩下里面一小撮葛根片,再把杯子还给我,让我们先回去,说他还剩最后一点肥料要撒。"那还叫我不要送水过来!"我心里想着。

嘉译不肯走,要和公公一起撒肥料,我便带了青嘉先回去。回去塘埂上遇到最后赶来的三姐家的小孩子,折返了一起往回走。看见一片白茅的茅针,心里窃喜,拔一根剥出来看,里面的白芯终究是老了,开始呈现干絮一样的状态。说不上是哪一种的酸模在塘边长了很多,结出扁扁的种子,还是青青的。等我们走到家,才觉得太阳实在是有点大了,晒得人头发发烫。

回来后三姐在厨房剥一盆鸡蛋,一面剥一面说:"妈吔,没煮熟。"我凑过去看,才发现原来是一盆活珠子,肯定是妈妈从南京买了带回来孝敬外公的,也就是她电话里所说的"好东西"了。小的时候,家里养的小鸡常常是由抱窝的母鸡孵来。鸡蛋孵了一些天,某天夜里妈妈总会把那些焐得热乎乎的蛋从母鸡肚子下摸出来,在煤油灯前面照有没有出小鸡。没有出小鸡或者半途停止发育的蛋就是"旺蛋",第二天用水打湿的纸严严裹了,埋在灶锅底下,烧饭的时候烘熟,等纸烧得黑黑的,剥出来吃,有一股焦香。小时候我们喜欢吃"旺蛋"下板结的一块像蛋黄一样的东西,爸爸吃旺蛋,必要把这个分给我们。后来我不再吃这些,在南京的那些年,却常常于黄昏时看见路边的活珠子摊子，一只煤球炉上大白铁锅里煮活珠子，另一只大平底锅里倒油，煎煮熟后剥出的蜷曲的雏形小鸡。旁边放几只塑料小凳，要吃的人就坐下来，围在一张小桌或另一张凳子上，用椒盐蘸这煎好的活珠子吃。无疑问的，这不像我们小时候那样意外不能出小鸡的旺蛋，而就是孵化中的小鸡，且根据不同人的喜食偏好，分成全蛋、半鸡半蛋、全鸡几种。爸爸、外公、舅舅都喜欢吃活珠子，我不能理解这种嗜好，此时也无法直视那剥出来的还带着一点血水的小鸡，只好把头转过去。好在因为这锅蛋没有煮熟，中午就没有端上桌。

三

黄昏时二姐开车去高铁站接妹妹，她从上海坐汽车回来。高铁站离家十来里路，我让二姐把我带上，半路上把我放下来拍照。小孩子们自然也都要跟着去，况且昨天答应了青嘉要带她重走这段路。最后去的是我、麦子、阿宝、青嘉、嘉译，过了从前小学校的山坡下，开过林家村子，在通往田湖的大路上，二姐把我们放了下来。此时光线温柔明亮，远处田畈间一块突出的菜地上，有人在已经结籽的油菜丛中忙碌。从前我们从峨岭初中放学，从大路上走到这里，就下到田畈里走小路回家，但现在田埂荒芜，从前走的那些曲曲拐拐的路早已走不通也看不出了。此刻远望，可以看见我们村子以及极远处青蓝色山的剪影，是从小到大所看惯、形状极熟了的。这些年新修的318国道上的杨树迅速长高,站在我家门口远望,一部分山已被遮住,但这几座青蓝的山还可以看到。今天天气极晴,山影因此十分清晰,我想起来很多年其实都没有在远处拍过自己的村子——大概是嫌水泥楼房们都很不好看——于是停下来拍了一张。

路的另一边不远处是林家村的竹林和人家,高铁的高架桥修在田畈之间,向泾县方向延伸,巨大的桥墩呈现略略的青白。如今来看,也觉得它们蛮好看的。大概是受吉卜力动画片的影响以及乡下少有这样巨大的事物,看见了便有一种奇异感。大路两边到人家的水田之间的空地,这些年也逐渐种上了菜,这时节很多没有拔去的香菜长得半人高,开出细碎白花,凑出伞形科植物独有的花序。茼蒿开出黄色的菊科的花,青嘉忙着把它们掐下来,加上路边泥胡菜毛茸茸的紫色小花,凑在一起做成一个小小花束。嘉译抽了一根路边长得高高的苦竹笋,拿在手里这里打一下,那里打一下,或是到处疯跑。路上隔一会就有一辆汽车飞快地开过去——不知道我们这个破地方为什么会有这么多汽车——叫他躲到路边,不要乱跑,他总不肯听话。再往前走一点,谁家春天撒下的大豆,秧苗挤在一起,长出真叶,还没有来得及分栽。有人在路边水田中撒肥料,所穿衣服与戴的草帽,远看都和稍稍年轻时候的爸爸十分相像。我想给他拍一张照,又害怕被他发现,匆匆举起相机按了一下,就赶紧跑了。

刚走到林家村的坡子下面,二姐已经开车带着妹妹回来了。嘉译上车和他妈妈一起回去，妹妹则下来跟我们一起走。林家村的人家屋边山坡上的新毛竹笋，已经长得很高，竹箨往下掉落，露出下半截青青的竹子来。路边水泥砖的园墙外面，月季花正开着，络石匍匐在水泥砖上，开着五瓣的仿佛会旋转一样的白色花，有微弱的香气。从前和爸爸妈妈相熟、我们还在他家吃过好几天结婚酒饭（那时他们请了爸爸妈妈去帮忙烧饭）、如今也没有人住的人家屋后的空地上，许多蓬蘽结出朱红的果子。蓬蘽似乎也是这几年忽然在我们乡下出现的，我们小的时候，其实是一棵也没有，从来没有见过。我们一路走一路摘，都给青嘉捧在手上，我已经不大敢像小时候那样摘了果子就吃（山莓除外，蓬蘽实在是离地太近了），准备回家洗了再吃，结果没等到家，所有的果子就已经都被他们吃完了。

  走到小学校下面，一棵金樱子在高处开着白花。我说想去小学看看，大家便沿着金樱子下的岔路往上去。这里通往小学的后门，从前我们上学时常走，这些年过去，大概因为旁边还有人住，这条路没有完全荒废，只是草长得更深一些，树的阴翳变得更大一些，也变得更为岑寂了而已。路边一只坟，长满春天的嫩蕨，夕阳返照着，坟头上清明时插上去的白纸钱，还未完全被雨水浸烂。上一次来小学校还是二〇〇八年——不能细想几乎是要十年前了，暴雪之年的新春，大雪将校园正中唯一一棵雪松压断，屋檐上的积雪还未融尽，湿淋淋地将屋檐下的水沟滴得几乎要漫满。那时候走的也是这条路,只是冬天一切荒芜,不像今天,走到后门往里一看,心里几乎是哑地一声。二十多年未见小学校的春天,想不到此时是这样的春草青青。

一、二年级教室后面的一大片空地,从前并不拿它做什么,只是空着,小孩子下课来玩,如今长满蒿草、悬钩子与杂树,只中间一线人走的路,通往深处。也有许多的蓬蘽,小孩子蹲下来寻找最红的果子,小心翼翼放在手心。水杉树长得很高了,斑茅不知在哪一年长出,高扬到教室窗户。窗户高头的绿色雨棚,不知是哪一年装上去的,如今也已经完全烂断,只剩下半截了。

隔着一、二年级的教室,听见里面有人斩菜的声音,转到教室正面一看,果然从前是老师办公室的那排房子前,有一个女人在盆里正斩着什么。小学校在我们上高中以后,因为上学的人渐少,先是一、二年级取消,过后没有几年,三、四、五年级也取消了,学生全部要挤面包车到乡中心的完全小学上课。从前的老师们,有一两个到乡里小学接着教书,剩下的不知道都做了什么,有的还继续在校园里住着,一直到今天。我们远远看着,猜这斩菜的人大概是从前哪个老师的妻子,不好意思多待,只匆匆扫几眼,便往外走去。比起2008年的时候,这里是明显又荒芜了一些,教室前面从前很小的香樟树,如今更为高大,经年的落叶掉在瓦上,没有人清理,积了厚厚一层。而那时刚刚倒下的雪松,如今已不见痕迹,曾经是它的花坛的地方,如今插了一圈棍子,外面围上

① 远望村子,右手边白屋即是
② 林家村的竹林

①
—
②

① 路边的香菜花与茼蒿花
② 蓬蘽

①
—
②

绿网和废弃的条幅，大概是变成了养鸡养鸭的地方。三、四、五年级教室面前的空地，从前来时还非常光整，现在也已经长满荒草，不好走进去了。从前是老师办公室的那排房子，现在已变为住房，屋檐前竹篙上晾着衣裳，一辆电瓶车停在前面。假如不是从前的老师一直在这里住着，想必早已会变成人完全走不进的地方吧。

　　走到大门口，和妹妹两人并排站着，在这里合了影。也是第一次在这牌楼前合影吧，我们毕业的时候，这个校门似乎还没有建起来。这一回仔细看，发现这"峨岭乡新义小学"几个字，似乎就是从前小学的校长王老师所写的。如今连我们这个乡其实也不存在，早在好些年前，就并到隔壁的三里乡，统称为三里镇了。从校门前坡子下到下面的大路，临走时回头看，黄昏光线温柔，照在校园中香樟树及屋后竹林上，竟有一种不切实际的生机与蓊郁。

　　刚下到大路上，竟然看到从前的数学老师兼副校长，带着一条几个月的小土狗，正要回到学校去。我们惊讶地喊："付老师！"打过招呼，付老师有点为难地说："就认得人，想不起来你们名字了。"我们说："石延平、石延安。"又随口说了几句现在在哪里，他的女儿也在上海上班，诸如此类的话，然后便有点不知道再说些什么了。我记得二年级的儿童节和五年级的毕业班会时他给我们拍的照片，是儿时珍贵的记忆，然而这些他也不会知道。于是蹲下来和小狗打一会招呼。小土狗圆墩墩，肥腿肥脚可爱至极，第一次见我们，十分想亲近，然而又有点怕的样子，身体侧着，几乎要贴到地了，一面靠近来蹭我们，一面做出随时可以逃去的神情。我们把手里蓬蘽丢一颗给它吃，它吃了，再给第二颗，却就不吃了。老师很快和我们告别，消失在坡上竹林里，小狗却还舍不得走，围在我们身边打滚。害怕它走丢，我们说："小狗，回去吧！"林子里传来老师喊小狗的声音，又过了一会，小狗才也跑上去，消失在竹林里。大路上太阳愈发金黄，路边葛藤遍地，新生的触手在空气中为阳光映照，发出毛茸茸的光。一开始进小学时掐下的一小束金樱子、络石和蕨叶的花束，很快金樱子的花瓣就落得只剩下最后一瓣。

四

那日黄昏从学校回来时，看见小孤山的路边有一大丛野蔷薇，开得很好。然而那时太阳已经收敛，照不到花上，因此第二天早上我们又一起去看那丛花。在村子口曾家的门前，看见常华子在洗他的车，他的小孩子被放在学步车里，正开心地在场基上滑来滑去。这个小孩子平常在乡下和爷爷奶奶一起生活，逢年节时爸爸妈妈才回来，大概也是很寂寞的。如今村子上这样的小孩子其实也不多了，大多数的年轻人，如我的表弟，就是让阿姨和姨父到上海去给他们带孩子。"学步车好像对小孩子学走路并不好啊。"这样想着，然而也并不走进他家园墙里说一句话，这些年和从前村子里一起长大的小孩子，总已有了说不清的隔阂似的，不好意思开口了。

① 春草青青,一片荒芜
② 一、二年级教室旁有人斩菜

①
②

① 从前老师的办公室
② 校门

①
——
②

他家屋边的小池塘旁也长了一大丛蓬，也有野蔷薇，开红的白的花。折了一枝发枝的野竹笋，将竹叶芯抽去，折了野蔷薇的花插进去，给姐姐家的小孩子玩。从前我们常玩这游戏，仿佛竹子开了花似的。这一丛野蔷薇上却生了很多蚜虫，只好掐两朵插一下意思一下算了。白鹭鸟远远振翅过去，又在水田中落下，后来我在一块空水田里看见许多鸟的足迹，猜想那也是白鹭们所留下的了。大路两边长满野草，鼠曲草开着黄色米粒般的花，泽珍珠菜的花平常看起来平淡无奇，然而在清晨阳光的照射下，白得近乎透明，仿佛玻璃般饱含着光的色彩。此外是阿拉伯婆婆纳、野老鹳草、附地菜、泥胡菜、黄鹌菜，还有说不上名字的雀麦一类的东西。三姐的小孩推着婴儿车——那本是好几年前二姐存在家里的，三姐早上推出来想给我用——因为记得这车是他妈妈推出来的，因此不许我碰，全程都在用心推着这辆空车，并把田边的野花逐一掐来，插进车后面的口袋中以作装饰，忙得头发被汗浸得湿漉漉的也毫不放弃。走至昨日那丛蔷薇而返。在蔷薇花旁，一棵苦楝树也开花了。

　　回去之后，一直到后来进厨房洗东西，才发现青嘉把早上掐的花束养在一个玻璃杯里，放在了水池边的灶台上。那时阳光照在花和玻璃杯上，实在有一种通透的美丽，使得那一天的厨房也变得有一点不一样了起来。妈妈也并不因为这是小孩子的玩意或把戏，就把那一束花丢掉或嫌挡事拿走，也是很珍贵的。

　　这一天可月从宣城来看我和妹妹，带来了今年第一个西瓜。我们很开心地立刻把它剖来分吃。水龙头的水流过西瓜,看起来是很夏天的场景了,是枝裕和的《步履不停》里有过这样的镜头,使人难忘。这一天的午饭我所记得的有辣椒炒臭干子和蒸酱豆子、蚕豆汤之类。辣椒炒臭干子是这几年我回乡最喜欢的菜之一,只是这次回去,往往大家在吃饭时我在喂小宝吃饭或给他做辅食,等到我终于去吃饭时,大家已经差不多吃完,只剩下爸爸还在很慢地喝酒,而辣椒炒臭干子,连着两次都毫无意外地被吃完了!头一天吃饭前我还偷偷用手捡了两根起来吃,这天没来得及偷吃,只拍了一张照,最后就一口没吃到。

午饭时,燕子在堂屋里飞来飞去,爸爸说起今年燕子又飞回来的事。很小的时候,家里堂屋里就有一窝燕子,那时燕子来得准,乡下的人家也多,大门整天开着,燕子来做窝,觉得是喜兴的事,因此都是欢迎的。后来家里建了楼房,燕子仍然回来,接着筑了好几年。再后来爸爸也去城市打工,门关起来,燕子才不来了。有一两年,燕子把窝筑在楼上的屋檐下面。爸爸在南京时,有几年奶奶和堂弟住在我家,燕子也曾回堂屋做过窝,但是奶奶嫌它们脏,几次拿竹竿把窝捣掉,那以后很多年,就没有燕子再回过这个屋子了。

爸爸说平常他把大门关着,那天门没有关,中午回来看见两个燕子在堂屋里飞来飞去,拿扁担去撵,也撵不走,于是想,"那就给你们留下来吧"。想到小孩子们回来,有燕子看,也是很好的。于是燕子在堂屋墙壁上唯一一个依托之处,日光灯的灯管上筑了一个窝。这时候已经在窝里下蛋,开始孵小燕子了。这么多年,家里由土墙瓦屋换成水泥楼房,又重新粉刷过,不知道筑窝的燕子换了几遍,它们选择的地方竟然还是同一处(从前没有日光灯管,燕子的窝筑得稍微高一点,但也在这面墙的这一处),也使我感到惊奇。

我问爸爸为什么一开始要撵燕子,他说现在农村人家平常一概把门关着,嫌燕子在墙上屙屎脏,不给燕子进来,和以前不一样了。我听了心里很难过。可怜的燕子,在城市里自然是找不到可以筑巢的家了,在乡下也找不到的话,那就太悲惨了。真希望农村的人能像以前一样,欢迎燕子到自己家来筑窝啊。

又说起堂屋夏天没有电扇的事。从前吊在堂屋天花板正中的吊扇,前年粉刷的时候取了下来,后来就再也没装上去了,只预留了两截电线在那里。大家商量着要不要把吊扇重新装上去,还是就用落地扇算了。我说:"有一年夏天家里吊扇打死了一只燕子,爸爸你还记得吗?"

他大概是没有听到,没有回我。那一年家里只有爸爸、我和延安,吊扇开着,燕子飞回窝的时候大概是离吊扇太近,被风吸住了,最后被吊扇叶子打死了。我记得燕子红红的伤口,也记得那时候爸爸也很懊悔的。

① 掐回的野花
② 燕巢与燕子

①
—
②

我说:"就用落地扇吧!"

也没有人理我,不过好在后来大家都决定用落地扇算了,不要再麻烦装吊扇了。

过了一会,爸爸又说明天要把塘里的鸭子都杀了。

"为什么要把鸭子都杀了?"

"它们不在家里下蛋,都在塘里下蛋。那塘水那么深,我哪里捡得到!都杀了算了!"

"那就不要鸭蛋好了……"

更没有人理我了。

中午的菜里其实也有一只鸭子,是早上杀的——想起早上一起来就去散步的原因之一就是想躲避家里杀鸭子的场景。这些年大概我也有些奇怪了吧,回家后爸爸妈妈杀鸡杀鸭,我几乎总是一口不吃,妹妹也是如此。去年夏天回来,爸爸常常到田里笼了黄鳝,回来烧给我们吃,我也一口不吃。这次回来爸爸又在塘里钓到一只老鳖,我看它在盆里浮着,很想找个机会偷偷把它倒回塘里去,想想很大可能会被痛骂一顿,只好默默地有些痛苦地忍下去。爸爸又常常在塘里搞了黑鱼上来,养在大澡盆里等我们回去的时候杀来吃。有时候养得太久,鱼已经瘦了,极沉默地躺在盆中,长长的一条,我洗澡时经过,心里总是一惊。这样的黑鱼,自然也是一口都不能吃。说来我并不是素食主义者,鸭脖鸭翅都很喜欢吃的,只是因为这些东西是家里养的,捉住了待杀的样子在我面前被看到了,心里似乎就梗住了一块东西，怎么也不能吃下去。野生的东西又有另外一层忧虑，害怕被吃绝了。有时候我忍不住对爸爸说："爸爸啊，以后不要捉黄鳝了，我又不吃。"或者是，"不要再捉老鳖了，我一口都不吃的。"但是他也听不见，毕竟家里还有其他人。乡下觉得一样东西吃绝了也没有什么。好在家里人多，烧鸡烧鸭我自始至终没有动过筷子，也不会被发现，最多是妈妈以为我又不喜欢吃罢了。

五

黄昏时妹妹说昨天在菜园对面看见二姑奶奶家门口种了一棵芍药，让我去拍，于是拿了相机一起出门。先经过玉香家门口，一棵月季开得正好，缀满大红色花，玉香的妈妈和继父正在门口场基上吃晚饭。我们打招呼说："这么早就吃晚饭了？"走过去看一看他们吃的什么，再到爱红妈妈家门口，爱红的妈妈和继父也在门口场基上吃饭，我们也走过去看一看他们吃的什么。一只大一点的小狗和三只瘦小伶仃的花纹小猫在场基上跑来跑去。我们忍不住喊起来："啊，小猫！"

妹妹在上海养了两只猫，看小猫这样小，问大猫去哪了。答说大猫送人了，送的时候不晓得它下了小猫。那小猫吃什么呢？过一会给它吃饭，它们哪吃东西，根本不吃！正说着，他们已吃过了饭，分别端了一盆和一小碟饭，给小狗和三只小猫吃。小猫们歪歪扭扭地走到盘子上去，细小的舌头伸出来，舔一点饭吃。我们从小的时候，乡下就是这样养猫的，也不足为奇。

然而妹妹说："猫其实是肉食动物，它们不吃饭的——你家里有鱼汤吗？给它们拌一点也许会吃。"

主人说："家里没得鱼。"

妹妹又说："那你们其实也可以给它们吃猫粮，这些小猫太小了，恐怕很难活下来……"

主人这辈子大概没有听说过"猫粮"两个字，果然笑着说："还给它费那些神！搞什么猫粮，能活下来就活，不能活下来就算了！"

妹妹说："那我一会家去看看我家里还有没有小鱼，我爸爸今天抽塘，家里搞了些小鱼的。"一面小声对我说："你不养猫不知道，这些小猫完全是因为饿才这么瘦，已经快要饿死了。"

"也许会有一两只活下来吧，能吃饭的。不能吃饭或者抢不到饭吃的，或者就会饿死了吧。"

又站着看了一会小猫吃饭，便往二姑奶奶家门口去。到了她家场基上，一个年轻女人在那里往一个花盆里种什么东西。大概是二姑奶奶的儿媳，按辈分我应当称为表舅母的，但她既和我差不多年纪，此刻表舅舅又不在，我们便没有喊，只是笑着招呼说："原来是在种绿萝啊。"

她也抬头笑了一下，说："唵。"

像绿萝这样城市化的东西，乡下是很少见到的。我们这里的人种花，流行的是月季、菊花、栀子、桂花、端午槿一类的东西。再珍贵一点，就是芍药（并且相信它是牡丹）、大丽花（地方上称为"天麻"，相信它的根晒干了可以炖来吃）之类。二姑奶奶家门前，曾有村子上最繁茂的花池，里面种满月季、菊花、端午槿和其他草花。隔着一个小死水荡子，对面就是我们家菜园。那时候我常常在摘菜时候看着对面满园的花，心里十分羡慕，却不敢随便跨过菜园篱笆绕过去看，一是二姑奶奶家的狗实在太凶了，二是怕她以为我是要偷花，虽然有时候逢到他们不在家，我的确是很想过去偷一朵花的。我去她家因此只是在妈妈每年夏天做甜酒的时候，嘱咐我去二姑奶奶家拿两个酒曲。二姑奶奶年年做得酒曲，并不拿去卖，只是自己家用，妈妈觉得她的酒曲好，因此做甜酒的时候总是让我去拿。我到了她家，说："二姑奶奶，我妈妈做甜酒，喊我到你这拿两个酒曲。"

二姑奶奶家门前的月季

她也不多说什么,转身进屋子里,打开抽屉,在已经用了很久的旧塑料袋里掏出两颗圆圆如汤果子般的干燥灰白的酒曲给我。她的屋后种有一大丛观音珠子(薏苡),收得很多种子,积攒下来串了一张观音珠子的门帘。夏天时穿过这个门帘,滴呖有声,仿佛电视里的一帘幽梦,也使我很羡慕。有一年夏天,我在菜园里玩,看见她在对面拔草,于是过去看。她拔一种开白色花结墨黑色种子的草,我问:"二姑奶奶你做什么呢?"她讲:"我拔草做酒曲。"很奇怪地,就那样记住了那种草的样子。很多年以后,我终于知道它的名字是鳢肠。想,原来乡下做酒曲是要加鳢肠的草汁的啊。

而现在二姑奶奶已经在两年前去世了。有时候我回家,在后门口遇见背着手走过的二姑爹爹,也已经老了很多,仿佛变成了一个很陌生的其他人了。

此刻站在这里偷眼看着,门前花池里的花已完全没有了,花池也已经消失,连同花池边的一小块菜地。取而代之的是满地的大头蒿子和其他杂草,杂草中间,有谁锄出了一小块地,在那里种了一棵朱顶红,这时正开了两朵朱红的花。一小丛芍药靠在水泥砖做成的园墙旁边,紫红的花将谢。我草草拍了两张照片,就准备回去。就在这时,忽然看见园墙另一边还有一棵很大的月季,应该是二姑奶奶还在世时种下的,此时正开着花,深红的花带着丝绒光泽,夕光下十分美丽。等回到家后,过了一会,妹妹忽然和我说:"刚我送了点小鱼过去,还好小猫们都吃了,也不知道它们能不能活下去。"

安家记

一

五年前夏天，我刚来北京工作时，麦子已在东城区和平里一带旧楼里租住了三年。是多年的老小区，最高不过六层，从外面看时，土红色砖楼间露出高大的毛白杨和洋白蜡庞大的树冠，带着旧日城市平民生活的气息，算得上是很好看的。里面住起来，则有许多北方老楼的问题。我们住在一楼，夏天十分阴凉，我记得在那里的两个夏天都没有换过竹簟，仍然铺的床单，已经很老的空调也几乎没有开过，只靠放在凳子上一只小小四方形塑料风扇，很容易就度过了夏天。窗外不远处一棵洋槐，不知是生病还是别的什么原因，叶色比一般洋槐软嫩，阳光很好的上午，坐在床上望出去，可以望见一树叶子明光耀眼。楼梯那面屋外，则是一排简易平房，平房边一棵高高的毛白杨，春天满树柔荑花序，落到地上厚厚一层，如一地毛毛虫。

这房间里起初没有一张桌子，只床尾一张电脑桌，被麦子已不用的旧台式机占满。台式机旁一面书架，塞满了书。这些书应当感到幸运，因为只有它们被插到了书架上，而剩下的几十箱书，就只能在暗无天日的纸箱中，沿着底部石灰已经脱落得斑驳的墙面静静等待。床头的两人沙发上也堆满了书，在那里的两年，我从没能够在这张沙发上坐过一次，因为装书的箱子太多了，把一只简易衣柜挤得没有地方放，只好叠架在沙发上的书堆上，使人忘记了它原来还是一只沙发的身份。

第一次在这房间吃饭，因为没有桌椅，我们拖了三箱书出来，一箱放在中间，当作放菜的桌子，两箱放在旁边，当作吃饭的椅子。如是吃了几顿饭后，我敦促麦子买一张小折叠桌回来，他一拖再拖，最后终于在气得我短暂离屋出走之后（因为怕他担心，不过二十分钟我就自己回来了），发奋在附近小商品市场买回一张八十厘米长的小折叠桌，靠床边放下，另一面加一只塑料方凳，如此有了吃饭的饭桌。加上房门背后地面上放着的电饭锅、电压力锅、电水壶，整个房间里剩下的地方只可够一人转圜。桌子是一种浓烈土黄色，过了很长一段时间之后，我才想到可以用一块桌布把它遮起来，那时候我还不会用淘宝，最后是朋友乐天从南方给我寄了两块桌布过来。

我们和人合租，另一个房间里起初住着三个姑娘，其中两个是姐妹，家在密云，一周只来住一两晚，于是三人便都睡在一张大床上。后来姐妹俩搬出去，只余下其中最胖的一个，又过了些天，多了她突如其来的男朋友。房间之外，屋子里其他地方已十分逼仄，一条过道串起厨房、卫生间和两个房间。厨房被冰箱、抽油烟机、燃气灶和水池填满，剩下一小块台面和柜子，几个人乱七八糟的东西堆不下，余下的只能放在房间里。冰箱里的食物常常过期了仍然塞在那里，因为不知道是谁的，也就任由它们在那里去。那里的抽油烟机是我迄今为止的人生中见过的最脏的机子，燃气灶看起来也许有十年没有人擦过了，积满炒菜落下的菜屑，被火烤焦了，与无法排出的油烟一同变成厚厚的油垢。灶上架一个不锈钢框子，将之三面罩住，框顶上一架简易的老式抽油烟机，油烟机上的灯坏了，炒菜时总是黑乎乎的，抽油口的钢丝上积满坚硬的油垢，几乎将风口都堵满了。不知道是不是一种旧日的流行，我在后来的出租房里也见到了一模一样装置的抽油烟机和燃气灶，其脏度仅次于原先的那个。据后来的房东说，是有一段时间把房子交给中介，中介弄的。因为这个不锈钢框，清理燃气灶的角落变成很难的事，框子内侧也溅满了炒菜带来的陈年污垢，使人望而却步，无从下手。在这第一个出租房住的时候，我实在没有勇气和办法彻底清理这抽油烟机与燃气灶，只能每次在炒菜之前，用一点纸巾把抽油烟机风口仿佛就要滴下来的油滴擦去，以防炒菜时候上面的油忽然滴到锅里去。

卫生间是一个完全的暗卫，大约有一平方米。里面除一个蹲坑外，只有悬在蹲坑正上方洗澡的水龙头。花洒在好几年前坏了，没有人换，洗澡时一条三十八摄氏度的水柱就直接从头顶浇下来。我对这水温记得清楚，因为厨房里老式燃气热水器调温度的开关坏了，无法旋转，就一直停留在这个温度。然而，就连这微温的三十八摄氏度我也没有享用太久，冬天来临不久后，热水器就彻底坏掉，烧不出热水了。老小区没有物业，麦子不愿意联系房东，觉得她不会换，也不会叫人来修，而去哪里找一个能修热水器的工人，对一个社交恐惧症患者来说又是十分艰难的事。很不幸的，那时我也是一个生活技能很差的人，另一方面，各种家政App（应用程序）也还没有出现，不如现在这样便利发达。隔壁女孩是京郊人，每逢周末回家洗澡，平常也极少做饭，对热水器的坏掉持无所谓态度，于是大家就这样一致沉默着任由它日复一日坏下去。

每隔一天，最多两天，我就要烧一壶水洗头。洗衣服洗菜时水太寒冷，也使人无法忍受。洗澡就更不用说。因为怕麻烦，几乎每一次我都拖延着洗头的日子，第二天顶着油光发亮的头发出现在公司，又觉得十分羞惭。有一天我又一次无法忍受自己油腻的头发，和麦子大吵一架，责备他无法体会洗头洗澡对女性而言是多么重要的事，而冬天没有一个热水龙头又是多么痛苦。他听了一声不发，第二天买回两只大水壶——一只插电，一只火烧。当我下班后，看见房间原本所剩无几的地面上又多了两只这样巨大的水壶，心里的愤懑几乎达到绝望的顶点。也许是气得大哭了一场，或是又大吵了一架，最后他许诺下周就会找人来把热水器修好，其后仍是不知日期的延宕。

那个冬天最后似乎就那样过去了，每次洗澡前，我要烧两大壶水，一只塑料大盆里接冷水，兑好其中一壶热水，一边洗，一边将另外一壶热水慢慢加进去。麦子自知理亏，常常帮我将水烧好放好，让我去洗。因为空间狭小，洗到后来水汽上升，冷其实是不冷的，只是这卫生间的可怕之处在于那道木门，因为地方太小，与高处水龙头砸下的水柱离得太近，早已被水泡得发松变形，门板上黄色漆块混合着木屑如鳞片般脱落，望去如严重的皮肤病患者的皮肤。每当洗澡时，我都小心翼翼，尽量和那道门保持距离，生怕一不小心碰上去。即便只是不小心看到一眼，心里也忍不住为之发麻，很沉默地赶紧掐了水，抱着衣服逃出去。同住的女孩子们房间里不设垃圾桶，一切垃圾皆扔往卫生间和厨房小垃圾桶中，挤到满溢的程度，也很少主动倒掉。这些垃圾，大部分时候都赖麦子默默扔掉。大概对他来说，即使是这样，也比开口和她们说话，叫她们去买个垃圾桶来得容易些吧。

因为是老式的旧楼，院子里没有集中供暖的地方，每到冬天将烧暖气时，要自己买煤来烧。每年冬天，和隔壁胖女孩子平分交了煤钱，供煤站的人用板车拖来六百块煤，堆进靠着一楼外墙搭建的一间小平房里。烧煤的炉子也在那个小屋中，有一次我跟着麦子进去看，只是一个普通的像是南方人家烧饭的煤球炉子，上面有盖子密封住，向上连一根铁管。这铁管大约就连通着我们房间里的暖气管道。作为一个南方人，此前我从未见过暖气长什么样，更不懂暖气的机制，等明白床头那根银灰色的管子就是"暖气"，且里面灌的是热水时，就觉得十分有趣。闲暇时靠在床头，喜欢时不时伸手去摸一摸那根管子，假如是微微有一点烫的热，就很喜悦，好像获得一个很好的秘密。

寒冷的冬天的清早和黄昏，麦子和胖女孩子各给煤炉里换一次煤。打开炉子，把最底下已变作灰白的煤球钳出来，再在最上面放一块新煤，将炉子封好，只留一线缝隙，使它有一点空气可以慢慢燃烧。等到晚上回来，再把密封盖调大，让它暖和一点。没有见过更高级的集中供暖是什么样子，我对这小小平房里自己烧的暖气已感到十分满足，直到那年过年我们各自回家，半个月后回来，暖气管已经因为长久没有烧热而被冻裂，失去了它的作用。这一年的暖气于是匆匆戛然而止，离温暖的春天来临的时间还很漫长，我们把两床薄被子拿出来一起盖着，好像也并不怎么难熬。毛白杨开花时仍然寒冷，山桃花开时也还是冷，等到丁香花开，北方的春天就真正来临，几乎是一夜之间温暖起来了。

也有可爱的地方。首先的好处是租金便宜，在北京城的三环边这样的地方住着，租金只要九百五十块一个月，即使是在四五年前，也不能不说是很难得的。房东虽不管事，但也不涨房租，平常也从不来视察指导，连续约合同的手续都免去了，只需按时将房租打到卡上，彼此就可以相忘于江湖。其次是生活便利，这里离我上班的地方很近，走路不过二十多分钟，坐公交十五分钟即可。下班时我常常走回来，寂静的小街两边，高大的洋白蜡枝叶交错，将街心也都遮住。我在树下慢慢走着，带着刚下班时茫然的空白，半途经过菜场，顺便进去买菜。十几家卖蔬菜的摊子，望上去一例绿油油的，实际并无什么特别的可买，一年四季中，都是些青菜、西红柿、黄瓜、土豆、豆角、大白菜之类。我从头走到尾，又从尾走到头，最后仍是去一家卖一点不常见的南方菜的老太太的摊子上，买一点菜带回去。

小区里也有卖菜的摊子，是一块空地上搭起的铁皮平房，冬天玻璃窗外挂起绿色厚棉垫，里面插一只红红的"小太阳"，夏天撤下所有玻璃，里外通风，门口空地上铺蛇皮袋，整堆菜就堆在蛇皮袋上任人挑拣。卖菜的胖大女人坐在满目蔬菜和水果夹围而成的小块空隙里，飞快地称重、报钱、收钱、找零，买菜的人排成长队，她却从不记错每人应有的钱数，因此生意很好，菜很新鲜。除了品种不如菜场丰富以外，这里的菜价往往都比菜场便宜，后来我们就更经常在这里买菜。买完菜回到房里，经过大杨树下那排简易平房，总能看见几个人在树下打麻将。这几户人家看起来像是熟人或是一大家子一起租的平房,每天看见他们,都是在打麻将,或者是吃饭。夏天晚上常常吃馒头,或炸酱面,男人每人手上一根剥净的大葱。一个还不会走路的小孩,有时候吃饭他们就把小孩放在旁边的摇窝里,里面放一只收音机,给他放佛音《大悲咒》,小孩子竟也就乖乖躺着,没有一点声音。

  吃过饭以后,女人们打麻将,在杨树下支一张桌子,下雨天扯一片雨篷继续打。杨树对面一只路灯,晚上昏黄灯光从很高的地方薄薄洒下来,她们就借着这路灯的光打。男人在旁边另起一桌,他们一般是打扑克。有时我们去路灯下的大垃圾桶里扔东西,如果扔的是矿泉水瓶、报纸或纸盒子,一转身,旁边闲站着看牌的女人就会走过去把它们捡走,锁进侧边一个小屋子里。每隔一段时间,小屋子里就会收出好多东西,称给收垃圾的,破破烂烂堆在地上,要数好一会。有一回我扔了几件好几年没有穿的旧衣服,转头就被其中一个女人拎回去了。晚上我就看见我的棉袄挂在他们扯起的绳子上,通风晾气,心里感到非常奇怪。要知道,我的个头很小,那棉袄看起来断不是她们能穿上的。那以后,每当不想给她们看见我扔了什么,我就只能趁她们不在的时候偷偷跑出来,赶紧把东西扔掉,再飞快地跑回去。除此之外,我还是很喜欢看见她们在那里,像是生活里某种笃定不变的存在,给人以安心。

  春天来临以后,麦子终于试着拨通了贴在热水器边上的厂家维修电话。没想到这样一个没有听说过牌子的老热水器竟然真的有售后服务,于是第二天便有人来修。在花了两百块之后,热水久违地来了。

困扰我们整个冬天的事情，最后竟然如此轻易地解决了。这样的事，在后来我们的生活里，还发生过好几次，提醒我们性格里深固的弱点，然而每一次过后，也不过是可能推着人稍稍往前进一点罢了。六月将近，雨水降临，是一年中唯一多雨的季节，逢到下大雨的时候，在一楼阴阴的房间里，可以听见雨声蓊郁，使人想起南方。然而渐渐还是想离开这里，离开石灰剥落的墙角与屋顶，离开斑驳漆黑的厕所、藏污纳垢的厨房。渴望私人自由的空间，不愿再与人合租，虽然我们相互间很少说话，准备去厨房或卫生间之前，都要先听一听对方的动静，以免在同一时间去做同样事情的尴尬。我对隔壁女孩的了解，不过是每天早晨她都要烧一壶热水倒在盆里，然后双手扶盆，把脸深深埋进去，让滚热的水汽熏开毛孔，再用爽肤水噼里啪啦拍十几分钟，以期改善脸上层出不穷的痘粒。

女孩的男朋友是在冬天时来的。一个可与之匹敌的胖子，起初偶尔住一两天，过了大半个月，便稳定住下来。隔壁房间里原本很少打开的电视，开始每天长久地响起来，因为很久不做饭而发霉的菜板，也洗洗用了起来。大约正是甜蜜的时节，他们每说话之前，相互间总要冠以"亲爱的老公""亲爱的老婆"的开头，却又不关门，只在门上搭半截布帘子，在寂寂的冬天的寒夜里，忽然传来这样浓腻的爱语，使听的人心头免不了一颤。偶尔的时候，很难说我的心里究竟是佩服他们有如此说话的勇气，还是羡慕他们有这样如胶似漆的感情。后来偶尔有事需要谄媚对方时，我们也偷偷学他们，"亲爱的老公！能麻烦你帮我倒杯水吗？""亲爱的老婆，今晚我可以不洗澡吗？"话还没落音，自己也忍不住先笑起来了，实在是难为情。

　　夏天来时，胖子已住得很熟了。他似乎是在社区做着什么基层工作，时间很自由，白天经常光着膀子在房间里看电视，嫌热，布帘子也打到门上头。这样在狭窄的过道里不小心撞过两回，我的心里也很烦恼了。他很爱女朋友，常把菜洗好了放在厨房里等她下班。差不多七点时我第一个回来，打开门把菜放进厨房，再把自己的包放进房间，只这一会儿工夫，他已经立刻奔忙到厨房，开始切菜炒菜。我在房间里坐着，听见外面的动静，默默叹一口气，给麦子发短信，"晚上去外面吃吧"。麦子说："他们又炒菜了？"我说："嗯。"就这样，等他快到站时我出门，在附近随便找一家餐馆解决一餐。

　　等到十二月，坏掉的暖气仍然没有好（它自然不会自己好起来），眼看天越来越冷，我无法忍受在一个没有暖气的房间里度过北京的冬天，麦子却仍不想搬，或者毋宁说是一种消极怠工，只是一贯地不愿去变动生活里的什么罢了。房子在十二月底到期，月间我拖拖拉拉在雾霾天里看了两个房子，都不满意。一个窗外就是加油站，另一个房东把房子说得天花乱坠，等到了一看才发现完全不是那么回事，房子里一切皆破败黯淡，房东却还想让我们自己出钱简单装修一下。拖到房子到期前最后一个周末，我觉得不能再这样下去，躺在床上用那时还是2G的手机网络在租房网站上一条一条找附近正在出租的一居室。幸运的是很快便看到一条当天发布的房源信息，于是立刻给那人打电话，约好傍晚去看房。

　　黄昏时麦子和我一起去，两个房子之间实际离得很近，只是从一条街的东口走到西口而已。也还是一个老小区，房屋在顶层，爬上六楼，开门的是帮房东发布信息的租户。一走进去，一股暖气扑面而来，我们几乎是搓着手赞叹，跟着穿过小小客厅，去看里面的房间。他怀孕七八个月的妻子正坐在床上，就着一张小折叠桌吃饭。他们说，已经买了自己的房子，马上就要搬过去住了。靠墙矮柜上一只大液晶屏电视里很热闹地放着什么，看我看了电视一眼，男租客赶紧解释："这是我们自己买的电视，房东的电视在阳台上。"我们只看了几分钟，便决定租下来，交了定金，第二天又来一次，和房东签合同。朝南阳台上冬天阳光甚好，签好字回去时我们都很高兴，为终于有一个稍微新一点宽敞一点的地方可以住，不用再和人合租。虽然这一次的房租是三千二百元。

  接下来一个星期陆续打包要搬走的东西。麦子终于把他自从上一次搬家过来后就再也没有打开过的书箱拆开，重新检视了一番，许多当年念书时复印的资料与教材，因为放在最底层，已受潮发胀如糕饼。扔掉一部分这样的，又挑出一部分用不到或不会再看的专业书，装了十几箱子，打包卖给了布衣书局。到正式搬家那一天，上一对租户在上午搬走，中午我们过去打扫一遍卫生，下午便搬了进去。帮我们搬家的师傅，还是五年前帮麦子搬家的那一个。试着拨通了手机里存着一直未删的电话号码，那边的人竟然也没有变，只不过挂电话前问了一句："你东西多不多？我看要开哪辆车。"原来这几年师傅生意不错，已经又买了一辆大一点的面包车了。

  麦子说不多。实际上，他严重低估了自己那几年积攒下来的书和各种舍不得扔的东西,最后师傅的小面包车塞满了,我们还有许多生活用品没搬上去,只好先就这样搬着,准备剩下的接下来几天再慢慢人工运过去。很快车开到楼下,书箱沉重,师傅和麦子各自一箱一箱搬着,爬两层歇一下,艰难地往六楼去。等到终于把所有书都搬完,两人已筋疲力尽。在门口送别师傅,问他要多少钱,师傅略一沉吟,而后客气地说:

"给一百块吧。"

"才一百块!太少了,搬书那么辛苦,我还是给你两百块吧!"

推让了一回,最后师傅收了一百五十块钱,和我们告别回去了。

第二天,朋友凯哥开着他的吉普车来,帮我们将剩下的东西塞了满满一车送过去。那个下午,我们回到旧居,和隔壁女孩平摊了冬天的水电费,在将钥匙交到房东手上之前,最后将屋子打扫干净。当所有沿着墙壁边缘堆放的书箱移走,沙发上的书也都清理一空,小小的简易衣柜拿来下,靠在沙发边缘放着,壁脚剥落的石灰碎末也全部清扫干净之后,这个冬日午后略显阴暗的房间显示出它之前从未有过的整洁和空旷。"看起来竟然是一个还不坏的房间啊。"我心里想着,一边将沾满石灰粉的扫帚靠在门边的墙上。关上房门,就这样告别了这个我住了差不多两年、麦子住了五年的小房子。在去往新出租房的路上,经过一家新开的九块九百货店,喇叭大声反复播放着"所有商品一律九块九,所有商品一律九块九",麦子一定要进去,在那里买了一把塑料扫把、两卷黑色大垃圾袋和一套后来用了一次就坏掉的起子、扳手之类的工具,而我要去不远的小商品市场买,恐怕有质量好一点的,因此又吵了一架。

二

新的出租房是一个南北向开间,穿过进门过道和小小的正方形客厅,里面是一个还算大的房间和阳台。卫生间和厨房在过道和客厅两边。虽是很多年前装修的旧楼,当年打的门和暖气片柜子却是一种旧旧的钴蓝,使这屋子还保有着一种朴素的基调。除此之外,则如绝大部分我国的出租房一样,塞满一套房东不要的十几二十年前流行的深色板材家具。房间里一张床、一只衣柜、一只电视柜,客厅里一只梳妆台,都是一样笨重的猪肝红色。上任租户将他们的新电视搬走后,将房东的老台式电视又搬回到电视柜上。我们搬进去后第一件事,就是把这台宽厚的老电视又重新搬回到阳台上,仍旧用布盖起来。

原先租的房子没有开通网络,住在那里时,每天下班后回到屋子里,我就不能再上网,只能怀着坚强的耐心,时不时用龟速的手机流量刷一下网页。然而大概正因为如此,不能用电脑做别的什么,周末在屋子里没有事做,只好专心写一点东西。如今既然搬家,网络自然要开,上任租户的网络尚未到期,我们把剩下的钱大概折合一下给了他们,就开始了在家里也拥有网络的日子。是生活在城市的青年的标配了,此后沉迷于手机和电脑的时间,也迅速增长起来。

这房间里原本的一张桌子,我刚用抹布去擦它一下时,玻璃桌面就直接从架子上掉下来了,恐怕扔了以后房东会讲,我们只好把它收拾收拾，也搬到阳台上堆起来。整个屋子里唯一一件新一点的家具，是上上一任租户留在床头的一只红色宜家沙发。我决心要比从前生活得认真一些，当天下午便拖着麦子坐车去了宜家，买回一只白色书架、一张白色桌子和一把白色椅子。回到屋子里，按捺不住内心的兴奋，紧接着就安装起来。桌子容易，四条腿拧上就可以，书架我们把几层搁板都用螺丝拧好之后，最后要将背后薄薄一层挡板用小钉子钉上。刚钉了没几下，就听见横穿屋子的暖气管"当——"一声巨响，我们不知道发生了什么，四处张望了一下，接着钉起来。然而紧接着铁门外就传来"哐哐"的踹门声，还有一个中年男人的秽骂。我看了一眼手机，21：00。于是火气一下子蹿上来，有话不能好好说吗？跑过去打开里面的木门，隔着外面上半截镂空的防盗门一看（并不敢打开防盗门，害怕被打），果然是隔壁住家的男人，这时候他仍然在骂，威胁着说要马上打110。我于是不甘示弱地回骂了一句，狠狠把门摔上了。

虽然显得好像很厉害的样子，实际上只是一种虚弱的色厉内荏罢了。关上门回来，七颗小钉已经只剩下最后一颗，我们还是停了下来，不敢再钉了。只是心里堵得闷闷的，搬家后的第一天晚上，就在这样雾躁的情绪中度过了。已经成形的书架大剌剌躺在房间地上，我们走过来走过去，都要小心地不踩到它。第二天起来，把最后一颗钉子钉上，两人合力把六层的书架竖起来，这才发现严格照着画得不够准确的说明书安装的我们，第二步就把一块板装反了，导致书架无法平放。除此之外，有两块搁板的里外也装反了。要完全拆下来重装吗？不知道宜家的家具有没有这种质量。犹豫了一会，我们遂把这个装反的书架头脚颠倒，头朝下放住了。一直到我们离开那儿，这个书架都一直这样立着。

接下来几天，我把麦子所有的书箱拆开，在里面挑出一部分自己喜欢的书，放到这只书架上。之前吃饭的折叠桌，就放在书架前面，铺上桌布，配上椅子，成为后来三年里我拍照和写东西的地方。白色的宜家桌子作为吃饭的桌子，也和书架、折叠桌放在一起，靠在沙发旁。麦子又在网上买了一只稍小的铁书架，我们把它放在客厅笨重的梳妆台旁，又挑了一部分喜欢的书放上去。梳妆台则成为我们放买回来的菜的地方，买了烤箱之后，我做蛋糕也是在那个小小的台面上。

剩下几十箱书，重又封好箱，客厅沿墙和阳台上各堆一堆，这小小的屋子也就没再剩下多少空间了。不久后我们去参加"自然笔记"小组的年终聚会，在那里吃到了朋友自制的轻乳酪蛋糕。因为到得有点晚，只剩下特意留给我的一小块，我一面听他们讲PPT（幻灯片），一面小心把眼前最后一点蛋糕渣舔掉，心里觉得太好吃了，想自己也会做，等想吃的时候都能吃到。就这样，在朋友的怂恿下，当天我们就在网上买了一只两百多块钱的便宜烤箱，放在又一次去宜家买回的三十三块钱的四方蓝色小桌上，填上了客厅最后一块空出的地方。

这里楼梯口前的空地上，有一棵大山桃树。才搬来时是冬天，我没有在意，等到二月下旬，紫红树枝上淡粉花苞鼓鼓饱出来，才感到出乎意料的欢喜。三月山桃盛开，人从楼梯上下来，于昏暗中跨出去，眼前总为这一树繁花一明。花下不知谁家丢弃的旧沙发，整个漫长的冬日被人用一大片塑料薄膜遮着，到这时塑料膜掀走，无事可做的老人聚坐在上面，晒太阳，间或说一点话。偶尔人多起来，沙发不够坐，也有人搬了小马扎在一边坐下来。也有坐在轮椅上的老人，被人推来坐在一边。每年山桃花开时，树下就会出现这样的景象，从楼梯窗户望下去，粉白的花下映着白头的人，在人心上击出微微的震颤。很快山桃即落，轻薄的花瓣树下积满一层。春天的和风吹过，等到满树绿叶成荫，带着茸茸白毛的青绿小桃结出来，就是夏天的空气了。树下晒太阳的老人不再见到，只在午后或黄昏，才偶尔有一个两个出现，沉默地坐在那里，和周围寂静的空气融为一体。

除山桃外，这一块空地其余地方都被对面一楼的住户用竹篱笆围起，里面种满北方常见的植物。那个春天我收到一只盼望已久的单反相机做生日礼物，兴冲冲拿着到处拍花，很快就随着季节的过去熟悉了这小花园里每一样植物。首先是几棵香椿树头上紫红的嫩芽，而后是一株细小的杏花、一株轻白的李花和一棵紫色的玉兰，晚春时两棵泡桐顶出满头乌紫沉沉的大花。一块空地上种着小片芍药，有一天黄昏时快要落雨，我走进去看看花开了没有，忽然听见后面一个声音说："才开了一朵。等那个开了才好看呢！"我转过身，才发现原来身后一个老太太坐在椅子上，正指着不远处一片玉簪给我看。我赶紧笑着点点头："是的，玉簪夏天晚上开花很香！"

芍药和蔷薇盛开时，天上落雨，花瓣层层蓄满雨水，重重向下沉坠。初夏是金银花、月季，盛夏是玉簪、牵牛，秋天一棵小山楂树的果子变红，冬天一切凋零枯萎。在这小园之外，小区里也有不少其他植物，连翘、海棠、丁香、晚樱、鸢尾、黄刺玫、木槿、紫薇，每种数量虽少，也算是具体而微。北京的春天去如飞云，上班的人没有时间，惦记着公园里恐怕什么花又已经开过了，上班之前或下班之后，经过了小区里的这几棵，也便算看过了一春。

阳台那一面楼下，隔着一条小路，是一所中学的操场。操场边缘种满国槐与悬铃木，春日大风的日子，树叶涌动，国槐背面淡白的绿色翻滚，播来细碎的涛声。这学校上课铃声是一段音乐，我换了工作后，上班路上要五十分钟，每每在床上听到音乐，就知道要赶紧起来，否则就要迟到了。有时走得晚，学生已出来早操，穿着红白相间的校服,在五叶地锦爬满的铁栅栏后,三三两两聚集着,像夏日午后洗干净贴了卫生纸晒在阳台上的白球鞋,给人以旧日青春的怅惘。黄昏回来,走到红砖楼下,天气很多时候不好,灰扑扑的空气里,一楼人家养的鸽子在窗外搭出的鸽笼里吞声咕咕。对面四楼也有一户人家养了许多鸽子,黄昏时常能听见一遍一遍哨子的声音,催促鸽子回笼。空气洁净的日子,鸽子一遍遍在深蓝天空下盘旋,夕光照在翻飞的白色鸽腹上,给之涂上金黄,是难得的美好时光。

就这样一日日熟悉起来,探明了周遭的公交、超市、菜摊、烘焙用品店……厨房的煤气灶和抽油烟机,我先是花了整整一天的时间来清理煤气灶下经年落进去的菜丝和各处的油垢,抽油烟机的钢丝口上结满油,钢丝球上滴洗洁精也擦不动,最后是用美工刀一丝一丝刮下来,刮不掉的又用手指甲一根一根抠了一遍,才勉强干净。隔了几个月,又在App(应用程序)上叫了一个清洗油烟机的服务,才算彻底清好。虽然这清理过的油烟机炒菜时仍然要用纸巾擦掉不知什么时候就会往下滴的油,但好歹能看出不锈钢的颜色,也是一项很大的进步。

住在原先的地方时,我们也自己做饭,但一来地方拥挤,二来没有相机,因此很少拍照。如今,出于一种虚荣心的驱使和偶尔对某些食物的想念,我做饭的热情遂大大增长起来。我们轮流做饭,路上经过的菜摊没有肉卖,平常下班炒两个素菜,有时搭一点外面买回的卤好的荤菜,吃饭时总也已七点半八点钟。想做费时间一点的菜,就只有等待周末,走二三十分钟到菜场采买。也无非是玉米炖排骨或卤猪蹄一类的,很简单地加些调料,电压力锅里焖一焖,就很满足了。

不久后客厅里冰箱坏掉,里面结冰,新鲜菜蔬放进去,过一夜就冻成烂绿,大概也已用了很多年,不堪重负了。拖了一阵子后,麦子上网买了一个简易温控器自己装上,就这样勉强接着用了起来。仿佛是和冰箱约好,紧接着洗衣机也坏了,打电话给房东,这个比我小两岁的女孩子说她两年后要移民美国,所以不给买新的。"你们把旧的扔了,自己买个新的吧!"我们想想洗衣机不贵,不愿多说,上网挑了一个几百块的回来。至于原先那个,麦子不愿找人上门来收,一定要将它搬到阳台上去,这样,原本已经很拥挤的阳台上,剩下的空间就又少了一点。

到了夏天,顶层楼房的燥热很快显露出来,每天晚上回来爬楼梯,在一、二楼尚觉得阴凉,三、四楼也还正常,等上了六楼,温度陡然就高了几度。还是六月,小风扇已早早拿出,彻夜吹着,很快也觉得炎热,不能再像从前住一楼时那样,整个夏天都不用换竹簟了。有一天黄昏我实在热,走去菜场边小商品市场胡乱买回一床竹簟,开水烫洗过后草草晾干,铺到床上,扑倒上去,顿觉一阵清凉。睡竹簟总让我想起小时候,盛夏每天晚上睡觉之前,妈妈都要端一盆滚烫的热水,用手巾把子把簟子擦一遍。这样睡觉时,皮肉贴着竹簟

大雨前的黄昏,鸽群尚未回笼

才不会觉得黏糊糊的。那时候我们不懂，只是嫌妈妈麻烦，她来擦竹簟时，我们站在蚊帐里，左抬右抬地把脚抬起来，缩到角落里给她让位子。想到如今我在离她这么远的地方，做起从前看她做过的事，心里有淡淡的无以名状的温柔。这样的事情，妈妈恐怕不会知道吧。

等天再热一点，小风扇已全不管用，有一天我们终于打算开空调（并不是不舍得开，只是出于一种乡下人的习性，觉得只有顶热的时候才需要开空调罢了），才发现房间里挂的那台老得连颜色都变作牙黄的空调，前任租户留下的万能遥控器是坏的。过了几天，麦子买回一只新的万能遥控器，试了半天，这一回终于把空调打开，但无论我们怎么调，空调温度都不变，始终停留在某个夏天有人设置的很低的数值上，人只消在里面待一会，就冻得受不了。最后我们只好放弃吹空调的打算，买回一只大的蓝色落地风扇，放在床尾与衣柜之间。盛夏午后，风扇蓝色的光影转动，搅起温热的风。窗外蝉叫起来又歇下去，鸟声细碎，楼下锻炼的老人，一遍一遍执着不倦地拉着运动器械，发出敲锹头一般"哐哐"的声音。只有在最热的几天，我们才把空调开一会儿，它不停发出"嘎哒嘎哒"的响声。我们吹一会，觉得冷了，就赶紧把它关掉，把风扇打开，可以维持一小时的凉意。等到觉得热了，就再开一会，就这样度过了在那里的三个夏天。

我们搬进去不久后，便发现床垫靠里的一边瘪了下去。起初没太在意，以为只是像从前的出租房一样，是床垫用得太久、太老了才这样。房东们总是这样，无论睡了多少年怎样烂的一张床垫，只要丢在那里有个交代就行了，至于租房的人睡在上面如何不好，就是他们绝对不会考虑的事了。有一天我们把床垫拖下来，想着翻一面也许会好一点，才发现原来是下面一块占四分之一的床板已经变形，跷了起来，没法搭住床架，掉进下面的储物空间里去了。

我对这坏掉的床板没有办法，又觉得每天睡在那样烂的床垫上背实在太痛，想买一只硬一点的棕垫回来。这个主意，其实在之前的出租房里就已经有了，然而始终得不到支持，说来也并没有对错，只是各自生活的观念不同罢了。麦子认为出租房不算长久的住处，不知道什么时候就要搬家，因此一切总以应付为要诀，哪怕是日常生活的必需品，但凡开支较大，也觉得是不必要的浪费。而我觉得当下生活更为重要，为什么过得这么痛苦，却总是要一再凑合，只为了省那一点钱呢？如今我铁了心要换床垫，麦子拗不住我，只好陪我去旁边的家居店看看。正好遇上打折，于是当天就订了一床薄薄的棕垫回来。新棕垫就直接架在旧床垫上，这样就不那么容易塌下去，好在棕垫并不厚，睡在两张床垫上也就不觉得太高了。

睡上新床垫之后，我很高兴了一阵，自从离开学校的板床后，我就很久没有睡过这么硬的床了，果然背很舒服！然而不久之后，坏掉的那一块床板上方的床垫又还是开始往下塌，我忧心忡忡，拖了很久，有一天下班回来，正好在楼下看见别人扔掉的一块方木板，夹在一堆板材垃圾里，于是偷偷摸摸搬了上来，想着也许能替换。以为肯定有点小的，塌的那边又一直是麦子睡着，因此又拖了很久，一直放在门背后。有一天我简直打算把它扔了，扔之前终于鼓足勇气和麦子一起把两层床垫拖开，我蹦上去把木板放上去一看，正正好搭住床框。完美！我们喜笑颜开，终于有一张好好的床了，怎么没有早点把它放上去试一试呢？！

要到这时候，基本上这屋子里再坏掉什么，才能够不大再难倒我们，虽然也总免不了拖延。卫生间的花洒坏了，就自己买一个新的换上；洗脸池前的镜子掉了下来，就重新买一面全身镜，贴到客厅墙上。客厅的吸顶灯坏了，这一回麦子拖了太久，有很长一段时间，我们晚上经过客厅，都靠放在那里的一盏台灯照明。直到有一天大姐夫带着女儿从南京来玩，帮我们把灯修好了。这里的旧热水器在我们搬进来的第二年也坏掉了，洗澡时常常自动熄火，或是打不出水，这一次房东终于肯管，让我们直接买一个新的，于是我们买了一个有显示屏、可以直接按按钮调节温度的新热水器。厂家来帮我们安装的师傅很好，连同厨房里从房子开始出租时就坏掉的热水龙头，也费了很大力气用扳手卸下来，换上让麦子买回的新水龙头。至此，我们洗菜洗碗的时候，也终于有热水可用了。

回顾在那里的租房生活，我要深深感谢那几年电商的飞速发展，极大地便利了因为胆小和懒惰而惯于裹足不前的我们的生活，使我们在灰暗的日常里，也能有感受到幸福的时候。我买了一些新的桌布，轮番用在书架前的小桌子上，有时做了喜欢的吃的，或是烤得满意的蛋糕，必要拿到这小桌子上，拍几张照片，然后才吃。偶尔买了喜欢的花，回来插在屋子里唯一一只亚克力花瓶里，也放在这小桌上。屋子里唯有这一小块地方入得镜头，因为正对着书架，背景可以不过分杂乱，照片因此也总是相似，不同的只是花和食物罢了。然而即便如此，每次也还是都很高兴地做着这些事情，灵魂在遇到好花或好吃的时候尔一现，灰暗的心灵也为之短暂振奋清明。试图捉摸的，是一种类似于生活的仪式的东西，一点自己也曾努力过的清浅痕迹。虽然实际上，在看似整洁的照片边缘，混乱的生活几乎就要溢而入。许多的时间在蹉跎中度过了，只有在愧疚心的驱使下，才能于深夜里写一点东西，偶尔反躬自省，得到的都是失眠。然而，当某个周末，终于挣扎着将凌乱的房间打扫干净，看到拖得光洁的地砖、收拾整齐的桌子和新换干净的床铺，心里也会涌上难得的勇气与精神，觉得自己可以做一些事情，应当做一些事情。直到鲜花凋零，房间凌乱，下一次的无法忍受又如期来临。生活是一次又一次秩序的崩塌与重建，我沉浮于中，如一条溯游的鱼。

三

在我人生的前二十八年，我几乎从未离开过南方，也即广义上的"江南"区域。第一次也是唯一一次到北京来，是本科毕业后在南京工作了一段时间，辞职考研，却又没有考上，找不到工作，走投无路时，曾想到北京试试。搜遍招聘网站上合适的职位，投了十几份简历，得到两个面试机会，遂鼓起勇气决定去一趟。那是二〇〇八年，奥运会尚未开始的初夏，我身上几乎没有什么余钱了，大姐听说我要去认真找工作，特意带我去商场买了一套衣服，又给我五百块钱，让我带着。面试那几天，我借住在当时网上认识的一个女孩子的出租房里，到的第二天她正好搬家，从城区一间和房东阿姨同住的小房子搬到遥远的天通苑。天下小雨，我撑着伞，在搬家师傅的小面包车旁看着东西，等她和朋友把所有行李都搬下来。东西出奇地多，有十几个大编织袋，把一车都塞得满满的。等终于把所有袋子都搬进天通苑的房间里，我们都已经没有力气，她把袋子一股脑全部扔在房间尽头被一道铁栅栏隔住了的窗台上，说："先就扔这儿吧！"那是那个（实际上是半个）房间里唯一的光线来源，袋子堆在那里，房间忽然就暗了一些。

那时候我全不知道天通苑的盛名，不知道它号称为"亚洲最大的社区"，是无数来北京打拼的年轻人便宜的睡城，也不知道它充斥于里的黑中介与二房东，连同附近的地铁站都以拥挤闻名。女孩子住的这里，房东把已经看不出原先是几室一厅的房子分成许多隔断，租给不同的人，只剩下一条黑漆漆拐弯抹角的过道，带着长久不通风的潮浊气味。过道两边门口，踢踢踏踏脱满了租客的男鞋女鞋，路由器扯出的网线在地面混乱延伸着，连接到各个房间。等草草把床铺起来，我们就倒在被子上休息，因为是和隔壁那间用一面板墙隔成的一间大房间的两半，房间显得十分狭长，我们躺在床上，就显得占满了整个房间的宽。

黄昏之后，人声逐渐嘈杂，夜里我们被隔壁男人巨大的打呼声吵得无法入睡，我默默躺着，心中怀满忧虑，想着她怎么会搬来这样的地方，以后要怎么住下去？我要是来北京工作的话，也只能在这样的地方住着吗？看起来也的确只有这样的地方，我才能付得起房租——毕竟在南京时，我是住姐姐家的。

白天她去上班，我就出去面试。她把公交卡借给我，让我去用。第一次坐北京的公交车，我震惊于车票居然只要四毛钱，要知道那时候南京的公交已经是空调车刷卡也要一块六毛钱了。以及车上虽然设了自动刷卡机和投币箱，却还是有穿蓝色制服的售票员，多数胖大，坐在靠窗一角的售票员专座上，逢到有人买票，就用圆珠笔在一摞薄狭的车票上飞快地划一下，然后把那张撕下来递给他。有人不要，就立刻将票撕碎，扔进脚下垃圾桶，一面大喊："撕了啊！"大约是知会司机知道，以免吞钱的嫌疑。这样的售票员，在当时的南京也几乎已经绝迹，我因此很觉惊奇，仿佛时光停滞在十多年前。

两家面试完毕，都愿意我来上班，工资且比我在南京时高出一千块。我犹豫不决，只好推说要回去收拾行李，请稍缓几天。临走前一天下午,曾和我在南京同一家皮包公司短暂地做过前同事、那时早已来北京追求远大前程的朋友,说要带我去天安门看看。"到北京来怎么能不看看天安门呢?"他说。进故宫要买门票,我们舍不得花钱,就在天安门前宽阔的广场上走一会。天安门比我想象中要矮,朋友说:"可能是广场太宽了吧。"我们走了一会就准备回去,快到公交站时,我一边说话,一边四处张望,忽然看见公交站台边蜿蜒着长得一眼望不到头的队伍。夕阳把一切照得黄乎乎的,戴红袖章的中年交管女性在站台边挥舞着三角小红旗,另手举一只小喇叭,不停地喊:"往后走!往后走!排队排队!"我吓了一跳,问朋友:"这些都是要坐一班公交车回去的人吗?"朋友说:"是啊。"我不敢相信,又问:"北京下班的公交都是这么挤的吗?"他笑着看看我,笃定地点点头,说:"是啊!"

大概就是在那个时候,我失去了最后一点试着在北京工作的勇气,决定仍是回南京。这城市太大、太陌生了,胆小如鼠的我简直不敢想象自己如何能独自在这里生活下去。回到女孩子的出租房,她兴致勃勃地劝我到北京来的话可以和她合租,这样一时就不用担心租房问题。我只是犹疑,说要再想想。忘记了是那几天里的哪一天,有一回我们坐在床上聊起梦想,那时我的梦想是考上研,以后接着读博,然后做学术,而她说:"我想要出名。真的,靠自己写的东西,出名。我要做一个有名的记者,能像某某某那样出入于有名的人当中。"我心里微微一惊,又喜欢于她的坦然和野心。我何尝不在某些时候决绝不愿退后呢?只是她和朋友都对在这座城市追求未来更加充满无所畏惧的勇气和信心,这座城市也在混乱中接纳了他们,在予以艰难的同时，也给了他们追求更好生活的可能。

第二天早上她照例上班，走前把钥匙留给我。我的火车在下午，上午便胡乱把房间收拾了，中午一个人转到楼下，看见一个卖麻辣烫的摊子，于是坐下来点了一份。第一次吃北方的麻辣烫，我才知道原来是干捞出来蘸麻酱吃，不同于南方的泡在涮麻辣烫的汤水里。麻酱很香，吃完数竹签算钱，一串五毛。仰头，一只白色塑料袋在大风纯蓝的天空中飞来飞去。北方的天太蓝了，我在南方时，没有见过蓝得这样深的天。回来在天桥上意外看到卖栀子花的人，于是我买了一把回来，在房间里找到一个喝空的玻璃饮料瓶，把它插上。而后便背起包，锁上门，把钥匙藏到门口的鞋子里面，告别了那个小房间，心里以为自己应该再也不会到北方来了。那时候我哪里想到，几年之后，我就会因为有了一个在北京工作的男友，而又重新来到这里呢。

回去之后，又过了一年，我终于考上了研究生，回到学校继续读书。毕业后来北京的过程也充满仓促与突然。因为一贯的懒惰与拖延，我的考博几乎是毫无悬念的失败，却又拖着不愿去找工作，每天只在"再考一年"和"先去工作"的想法之间拉扯作战。临近毕业，周围同学的出路纷纷确定，读博的读博，拿 offer 的拿 offer，只有我到了将毕业前半个月，还连简历都未投出去一份。那时我偶尔给文学杂志写写稿子，一天在北京工作的相熟编辑问我工作确定了没，她认识一家出版公司的文学总监，倘我愿意来北京工作，可以代为投递简历。我大喜过望，赶紧把简历发送给她，第二天文学总监便给我打电话，嘱我来面试。一个星期过后，在拿到毕业证的第二天，我便离开了南京，成为班上第一个离校的人，开始了在北京的工作生涯。

一开始，我总还想着过一两年就回南方，等考上博就回去念书，不要在这城市长住。渐渐也明白这念头的不可恃，上班占据了生活的大部分精力，我的懒散又一以贯之，并未能在剩余的时间里努力用功，专业上的知识越发生疏，考上的希望可以说是渺茫。或者即使考上了，我这样不能用尽全力的人，日后恐怕也很难有什么真正的成绩。另一方面，则是到北京的第二年我出版了自己的第一本书，关于未来的理想不觉间发生了变化，我想在写作的道路上继续下去，想看看自己能写得怎么样。因此，等到这一年的博士研究生开始报考，我便连报名都放弃了。

虽是如此，也还是免不了挣扎，日常和麦子聊天的一个内容，就是幻想"哪天回南方吧"。我在学校读书时，曾问他以后是否可以来南方工作，那时他的回答是"要是能在南方找到好的工作也可以啊"，等我也到北京工作后，就变成了："回南方能找到比现在更好的工作吗？"想到几年前找工作在心上留下的灰暗的影子，知道文化类的工作机会北京的确要多得多，我也只能缄口不言。我只是因此常常想念南方，想念南方的雨水、植被与吃食。

来北京的头几年，我始终无法适应这里干燥的气候，从前讨厌的炎夏渐渐成为最喜欢的季节，因为是北京一年中难得的雨季，大雨止后，空气中明明的湿气，有如南方的气息。也无法忍受它漫长贫乏的冬日，从十一月开始，木叶渐渐脱尽，直到来年三月中旬，严寒中的城市除了松柏，几乎见不到一丝绿色。雾霾隔不了几天就将城市席卷一遍，几乎每个冬天，我都会因为呼吸道感染而发烧，而后引发鼻炎。接下来整个冬天，鼻子都无法通气，只能用嘴巴呼吸。喉咙肿痛不堪，夜里无法入睡，只有一次一次起来喝水。有时我也发了气，摔东摔西跟麦子说："我以后一定要回南方！谁要在这鬼地方待下去！"他只是不作声。逼得急了，就说："那难道以后小孩的北京户口不要了吗！"这户口是他上一份收入微薄的工作附赠的补偿。那时候北京户口尚不像几年后那样难得，后来他因故离职时，还因为工作未满五年而交了一部分违约金。我说："不要就不要！我不明白北京户口有什么好的！"这是我的真心实意，然而也知道吵不出结果，最后还是只有沉默。一直到天气真正暖和起来，这病才会像它来时一样，忽然消失了。

　　一年中几个时节，是我尤其想念南方的时候。春天是整个的三月四月，夏天是枇杷黄熟，栀子的白花开在雨水中。秋天是桂花的香气益远，冬天是蜡梅和梅花相继盛开。我因此常去看南方的朋友们四季所拍的照片，靠它们所引起的一种广泛的乡愁，获得些许支撑与纾解。也试着过一点"南方"的生活，好在网购的发达使它们的实现变得相对容易。我曾在春天买过成包的雷笋，放在厨房窗外，慢慢做几顿油焖笋来吃，也曾在阴历三月三买了新鲜的艾蒿，学着自己烫熟捣烂揉粉做青团。在离开南方以后，记忆中的南方才格外活跃起来，我因之写了许多关于南方的回忆。第一本书出版后那年冬天，一家电台邀我去做节目，结束时主播忽然放起达达乐队的《南方》。"我住在北方／难得这些天许多雨水／夜晚听见窗外的雨声／让我想起了南方／想起从前待在南方／许多那里的气息／许多那里的颜色／不知觉心已经轻轻飞起",只是应景的选歌吧,我的眼泪却止不住溢出来,只有不好意思地一再对她表示感谢。人不到长久地离开自己所惯熟的环境,简直意识不到从前的生活是如何浃髓沦肌地影响到自己的。

第二年夏天时乐天从杭州到北京来,带给我一大束鸭跖草。一时没有大盆可种,怕它死掉,我便胡乱先把它种在买东西剩下的一只大泡沫箱里。一旦迫切的生死问题解决,人也就松懈下来,渐渐懒却了要赶紧给它换盆的心。我们把它放在厨房窗外狭小的窗框上(这扇窗只能打开一半,另一半玻璃上割了个洞,热水器的排气管从这里通出去),好让它承接到未经阻隔的雨露、阳光与空气。那一年夏天下了很多雨水,雨后泡沫箱里盛了大半箱水,鸭跖草浸在其中,我站在窗户里面抱歉地看着它们,但它们也长得很好,渐渐每天开出几朵蝴蝶般的蓝色小花。窗框所在,是楼房狭窄的天井,做饭时候在厨房站着,可以清晰地听见隔壁厨房的人声,菜剁在菜板上的铮铮声,菜下油锅时"嗞啦"的一声,伴随着突然爆发的香气。他们爱做鸡蛋,常能听见筷子搅打鸡蛋的声音。那个曾和我们吵架的男人声音也在里面,虽然偶尔在楼梯上碰见这家贵邻时,我们彼此都不说话,

① 漫长的冬天，国子监的雪
② 鸭跖草每天清晨开出蓝花

①
——
②

我却并不反感天井那边传来的声音，相反，因为是极其普通的日常，而感到一种由衷的愉悦与亲切。

也就在这个夏天，一天周末，我们从外面回来，经过楼下中学操场外，麦子一面走一面看手机，忽然激动地说："靠，发财了！我买房摇号摇中了！"我茫然，一霎时以为他是中了彩票，理智却又告诉我不是，不禁有些失落，问他怎么回事。他说是之前申请的北京市自住房，价格比普通的房子便宜一点，是政府的工程，在北京交满五年社保、名下没房的人可以报名参加摇号，摇中了才有购房资格。他本来以为自己摇不上，没想到竟然摇上了，刚刚在网上查到结果。我说："那是说我们马上就要买房了吗？"他说："是，还要再审核一次材料，不过应该也花不了多少时间。房子要等交了钱才会建，地已经划好了，两年后交房。"

我又问他房子便宜点是多少钱一平方米，他说，两万二。

"那我们是要马上借钱了吗？"

"是的，啊，我们要到哪里去借钱啊！"

关于买房这件事，之前我也曾到朋友在房山的新房里去做过客，心里未尝不起过羡叹，想着要是自己也能在这里买一套房就好了。然而因为贫穷，知道两人仅有的那一点存款远远不够，也因为一旦在北京买房，就意味着真正在这里定居，不愿意这样的决定从我的口里说出来，就从来没有提过。如今机会忽然降临到头上，人被推着往前走，事情以未曾想象过的速度迅速发展了起来。接下来没几天，麦子提交了审核的材料，带回一份未来小区的户型手册，以备选房。有了相对准确的资料,我们仔细计算了应付的首付和两人加起来的存款:工作两年,工资加上平时写稿的一点稿费、版税,我存了十万块;麦子工作五年,存款加上公积金里的钱,有将近三十万,加起来离最低的首付还差四十几万。都是农村出身,家里是不可能有什么余钱了,所缺的钱,只有想办法去向朋友们借。我们零星跟几个朋友说了摇号摇中的消息,尚未开始借钱。有一天,我忽然接到朋友意达的电话:

"书枝,听说你们自住房摇号摇中了是吗?马上要买房了吗?"

"是的,麦子摇到了!"

"那你们首付够吗?"

"不够,我和麦子算了下,还差四十几万,不过我们还没有开始借钱,有点不好意思借!"

她说:"那有什么不好意思的!顾漫的钱可以借给你,你也可以跟阿波借钱!"

顾漫是她的丈夫,而阿波是我们共同的朋友。我感动极了,想不到她会主动说出这样的话来。那时候我们认识不过一年多时间,连面也只见过两次。我说:"啊,你太好了!真是太不好意思了!谢谢你!我不好意思开口问阿波借钱!"

她又说:"那有什么不好意思!我去帮你打电话跟阿波说!顾漫的钱可能不是很多,大概可以借给你五万块吧!"

说完她就把电话挂了,留下我还在不可置信的感动中。第二天我仍然不好意思给阿波打电话,还是阿波主动打电话给我,允诺借给我五万块。这事情给我极大的支持与感动,终于鼓起勇气向几个关系较好的同事每人借了两三万，麦子也向导师和同事、朋友、妹妹借了有二十万。每个人皆很痛快地答应，并且几乎都在接下来的一两天里就把钱打过来了。最后还差五万块，是大姐打来电话，说爸爸还有四万块钱存在她那里，她添上一万，凑作五万给我。于是，在不到十天的时间里，最重要的钱的问题竟然就解决了。

剩下的便是等待审核通过和选房。同期摇中的人很快集结成一个一千多人的大QQ群，麦子也加入其中，每天在群里接收各种层出不穷的意见和小道消息。"B3户型南北通透，最好""6号楼后面有垃圾站""听说3号楼后面是高压线"，很快有人去实地查看，偷拍了照片发过来，光秃秃的黄土地上，地基刚刚打下，四周围墙已围了起来，高压线看起来还在很远的地方。我们反复翻看户型手册，研究诸般事宜。三居虽然不大，要付的首付已经太多，我们承担不起，数量也太少，估计根本轮不到我们就会被抢光了。一居太小，最合适的还是两居，我们抽中的号在中间稍微偏后，估计还能选上想要的户型。户型也都不是太好，客厅多没有阳光，有一栋楼的朝向不好，所有的房间都朝东或朝西。我们把户型图发给做建筑设计的妹妹看，她不禁感叹："这都是些什么户型啊！"最后我们终于比较出一个觉得最好的户型，又选出一个备选户型，用红笔在册子上把它们所在的房号全部画出来，好到时候能一眼看清，迅速锁定。

去选房的那一天，天气已十分炎热，从地铁站出来，太阳照得空气几乎微微抖动起来。已是选房第二天，号码排在前面、前一天去选房的人偷偷拍了些展板照片，把已经被选的楼盘房号发到群里，以供后来人及时更新消息，改变选择。都说选得很快，一进去就要赶紧把自己看中的房号圈上，不然可能就会被别人抢先画了。我们在通知的时间段到达，又一次审核资料，而后排队等候，一批一批人被放进去，每一批有十分钟时间可选。还没有轮到的人积在大厅里，对着手上的楼盘手册做最后的功课，像大考前马上要开场的考生。我也忍不住在大厅里转了几圈，对着几块印着和手册上一模一样的楼盘介绍的展板，又看了几遍。

终于轮到我们，走进去发现果然是一块一块写着楼号、单元号、房间号的红色展板，连成长长几排竖在房间里，展板前拉着隔离带，不让人靠近。成排成列的阿拉伯数字使之前的想象迅速陌生，人不由得慌张起来，急急忙忙走到自己想要的楼号前面，发现大部分已被画了圈，于是更加慌张起来。到处是嗡嗡的人声，我们旁边的人迅速指定了房号，一个工作人员用一支黑色油性笔把那个号码圈起来，旋即领他去填表。我们看见自己想要的户型已只剩下最后靠下几层，不敢再去看备选户型的情况，赶紧选了剩下楼层中最高的那个，黑衣的工作人员有些汹汹地问："就是这个了？不变了？我画了啊？！"随即画了下去，整个过程不到一分钟。而后便是填表、咨询银行公积金与贷款事宜，我在旁边站着，等着麦子做这些事情，刚才的紧张情绪一下子松懈下来，变得空空落落。填好出门，大树枝头绿沉沉叶子在热风中翩翩，我心想，以后真的就要在这个城市长住下去了吗？几乎连自己也察觉不到地，暗暗叹了一声。

四

　　房子的首付交掉以后,我们渐渐淡忘了这件事,很少再去谈论它。毕竟两年的时间很长,只想一想,就觉得遥不可及似的。只有买房的QQ群里,不时有人去实地查看一下进度,楼开始盖了,楼盖得高了,偷偷拍一些照片发上来,看上去都很荒凉。我们仍然住在山桃树旁的楼上,房东每年年末会来一次,续签合同。这个漂亮的女孩子扎着高马尾辫,穿名牌运动套装,脸上粉底霜和睫毛膏皆涂得细致,大概因为从不知道什么是艰难的生活,而总是显得过分快活。看见我们的书架,就啧啧称赞:"好多书啊!张哥,你们真是文化人!我其实也爱看书,就是没时间,也看不懂!沈姐你是学什么的?哎,我跟你说,我其实也特爱古代文学,就爱看那些个唐诗宋词,什么时候你给我推荐两本看看呗!"又跟我埋怨麦子总是不理她:"我跟你说,张哥他真是太过分了!每次交房租那天,总是要下午才给我打钱,我给他打电话他也不接。张哥你说,你为什么不上午打钱!"我心想,上午打钱和下午打钱,不都是按合同写的那一天,有什么区别吗?也从来没有晚交过一次,何必这么着急呢。却也只好笑着给他开脱:"他手机总是开静音,电话经常看不到,我给他打电话他也不接的。"她说:"不行,沈姐我得加你一个微信,以后张哥不理我我就找你!"我只好掏出手机来给她加微信。

　　待签合同时,她说:"张哥,你看,这物价飞涨,我这房子这么便宜,今年涨两百块钱一个月?"麦子看我一眼,我说:"我随便你!"他于是摸摸额头，说："涨就涨吧。"签完字，再说几句，这时候有朋友打电话来催她快点过去玩，终于等到在门口告别，彼此都松了一口气。

第三年初夏，我和麦子随便挑了一个日子，去王府井的中国照相馆照了两张相，而后去东城区民政局领了结婚证。拿到证以后，两人就各自回去上班了。为娱亲故，秋天我们在各自家乡办了两场简单的酒席，因为厌恶一般酒店婚礼的仪式，也不愿费心，只在家里摆了几桌酒。等到冬天，又一起到云南游玩了半月，至此，结婚的事就算完全结束。已是二〇一五年底，离预定的交房时间还差半年，QQ群里纷纷传说交房的时间会提前。很多人跑去查看，房子的确已经全部封顶，连外墙的装饰几乎也都快完工，只是因为冬天室外的严寒，暂时停工在那里，等春天一来，搞完绿化，应该很快就可以交房了。

大家纷纷准备起将来装修的事，很快有人在群里卖起装修材料和家电用品，不少商家也加进来，除原先的QQ群外，又分出无数小微信群。每一个团购都新开一个群，都号称是目前市面上能做到的最优惠价格。麦子既在这热闹里，我便完全没有过问，只叮嘱到时候家具要让我来选。等到四月，果然提前两个月交房了。交房那天，麦子把钥匙拿回去给我看，我没有多少真实的感觉，接过去晃了晃，笑着说："这就是房子的钥匙啊？"便交还给他。他已到那里匆匆去过一趟，跟我说："感觉还挺好的。"

那时我已怀着身孕，怕不安全，除上班外，少有单独行动。等到周末，想到我还从未去过那里，决定还是一起去看一下。我们坐地铁，再转公交，大概一个半小时后，到了小区外面。刚整出不久的草坪还未来得及铺上草皮，黄土上伶仃种着几棵加拿大杨和一棵榆树。沿途被好几家房产中介占领，逢到有人经过，就赶着问："大哥，房子出租吗？"行动力强的人家已经开始装修，不断有卡车出入。楼在照片里已经看过几次，砖红和土黄搭配的外墙很难说是好看，但这也是不需挑剔的事了。楼下几棵小悬铃木，刚移栽过来不久，此刻都光光的。我忍不住笑起来："果然是很随意的绿化啊！"麦子说："那当然了，自住房，还想跟人家高级小区比吗？"

等上了楼，打开门，只见空荡荡的客厅尽头，阳光从阳台窗户里洒进来。果然像群里所说的那样，为了用最低的成本达到国际保温的要求，阳台窗台太高了，使得窗户很小。但此刻四白落地的屋子并没有显得过分阴暗，我的心情豁然开朗，转过头对麦子说："确实挺好的，不是很暗啊。"又转去卧室、厨房和卫生间看了看，也都觉得很好，拍了几张水管位置的照片，量了量门窗尺寸，以备后面装修设计，又回到客厅站了站，不知道还能做什么，我们就回去了。

说是装修设计，其实只是叫妹妹邦我做一个简单的平面图和效果图。我对家居没有什么特殊的心得，之前也不曾留意过，只有一些模糊的想法，也都很简单，不过是客厅想要有一面书架、一张大工作桌，墙则四面刷白，客厅和房间铺木板而已。虽然如此，也还是有很多细碎的问题需要提前决定：冰箱是放厨房还是客厅？洗衣机要摆在哪里？要不要装洗碗机和净水器？诸如此类。我开始每天在网上翻看别人家装修的照片，看到觉得好的，就存下来发给妹妹，让她一起参考。就这样一边商量，一边犹豫，加之所有墙面的实际尺寸我们都忘了量，要等麦子周末再去测量，妹妹的工作也很忙，等到最后平面图和效果图做出来，已经整整一个月过去了。

设计图完成后的周末，我们出发去北五环的建材市场，麦子在这里的几家店分别团购了木地板、瓷砖、客厅要打的书架和次卧的衣柜，以及厨房的橱柜，据说都便宜若干金。我行动间已很容易感觉疲倦，装修的事只能交给他一人完成，便商量着我先去把这些东西的样式选好，后面的事再留给他慢慢来做。等进了店，才发现可供选择的样式太少了，除了木地板，大部分东西都可以说是难看，然而已付了定金，麦子也不愿以后再去找其他店慢慢看，我只有勉强挑起来。木地板、书架和衣柜都还好，厨房瓷砖也还算容易，浴室的瓷砖却实在没有什么喜欢的，只得勉强挑了一种和姐姐家的浴室类似的。最后到了定做橱柜的店里，我被眼前样品的鲜艳和丑陋程度震惊了，看了一圈，实在不愿意选，人也已经累极，在椅子上坐了一会，便怏怏回去了。

又过了一个星期，麦子约了两个工长见面。也都是群里推荐的，说是自己家装修就用的这个人，感觉不错，做事挺细致。麦子趁周末上下午各见了一个，稍微谈了一下，又去他们正在装修的其他人家看了看，回来跟我说："感觉安徽的那个工长好点，话少一点，另外一个感觉太能说会道了。"我说："你觉得哪个好就选哪个，没有关系。"于是就这样定下来，和工长谈好价格后，装修就算开始了。

因为推荐，这个工长在小区里接了许多单生意，每天忙得不可交开。麦子话少，极少愿意催人，平常我们都要上班，下班后他还要照顾我的生活，只有隔一两个星期周末才去一趟房子那里，我们的装修进度因此不可避免要比别人家慢得多。墙面漆干透后，是地面找平，卫生间刷防水，改水电，改暖气，改窗户（将向内开改成向内和上旋都可以）。而后是铺地板，贴瓷砖，约打橱柜的人上门量尺寸，定做橱柜。一个又一个星期过去，常常隔了一两个星期也没有动静，想到房子装修好还要晾半年才能住，宝宝出生后要在这租来的小房子里挤好几个月，见到麦子还慢吞吞的样子，我的心里不免着急，为此和他吵过好几次。如今回想起来，大概有许多我所不了解的烦杂事情，那个时候都由麦子默默做了，虽然在他眼里，装修效果也是工人随便怎么做都"挺好的，还行"。

那之间我们也曾去过离出租房不远的大卖场里，看了冰箱、洗衣机、洗碗机诸种家电。麦子说："现在时间还早，也没有什么有诱惑力的折扣，后面肯定会有力度更大的促销，我们先把型号看好记下来，到时候群里团购我直接买就行了。"于是我认真选了好几款，感觉都很漂亮，跟他说："随便这几款里的哪一款，我只要冰箱和洗衣机是白色的就行了。"楼上也有一家定做厨房橱柜的公司，我在那里看到一款喜欢的白色橱柜，想就在那里订。然而麦子说他已经叫那家橱柜店去量过尺寸，选的是和这个一样环保等级最高的进口爱格板，价格比这里还便宜好几百块云云，最后便不了了之。

后来定做橱柜前，他拍了张台面大理石的颜色给我看，一种淡青颜色。橱柜装好后，他先是不吱声，我叫他拍一张照片给我看看，他才把手机里拍好的照片拿给我看。我这才知道他原来选了一种带点珠光的淡灰色柜子，倒不算难看，只是我一见台面，就大吃一惊，说："这个怎么这么黄？你给我看的台面颜色好像不是这样？"把两张照片放到一起对比，才发现果然差得大了，装上去的台面完全是一种看上去脏脏的淡黄色。我说："这么明显的差别，装的时候你没发现吗？"他说："没有，可能是相机光线的缘故吧，下个星期我再去看看。"

周末重新去看过之后，确定实际的台面就是那种旧黄色，我心里懊恼得厉害，让他一定要去问清楚。对此橱柜店的解释是"小块样板和大块大理石之间的颜色是有差别的"，麦子息事宁人，对方这样说，他也便接受。但不久之后，他也发现了店家另一件不诚信的事，本来，为了怕对将来出生的宝宝身体不好，几乎所有家具我们都选了实木或是进口爱格板，那天他检查橱柜抽屉，却发现他们偷偷将抽屉板换成了国产的露水河。每一块爱格板和露水河板上都有自己的品牌标识，这家店偷偷把抽屉板换成便宜的露水河，大概也是少有人会去仔细检查抽屉，所以做得惯熟的。这一次麦子终于不能忍受，让他们把抽屉全部拆掉，又重新定做，如此又耗去一个月，但那个色不对版的橱柜台面，还是就随它去了。

这是整个装修过程中我们唯一一次叫工人或店家返工，其他的都是工人怎样做就怎样，全盘照收了。厨房灶台后贴的白色小方砖，工人勾的黑线太粗，常常溢到瓷砖面上，麦子也觉得挺好。量橱柜高度时没有想到橱柜要压到瓷砖黑白交错开始的地方，以致黑白交映的小方砖下露出一截纯白的大方砖，他也没有觉得有什么不对劲。

各个房门前为了给地板热胀冷缩留出空间的扣条，底下玻璃胶打得滋出一道一道，却还是松松垮垮，住进去一年后，纷纷松动，小孩子轻轻用手一掰，就把整根木条抠下来了。但这好歹也是装修，三个月后，整个硬装终于基本结束，照片上的房子看起来竟然也还不错。接下来的事情，就是买家具，以及卫生间的浴具和洗手台、整个屋子的灯和窗帘之类零碎的安装了。

那时我早已断断续续在手机上存满了各色喜欢的沙发、抱枕、桌子、椅子、床、柜子的照片，发给麦子看，每每得到他不以为然的回应。不是价格太高，就是他觉得不好看，或者网上卖的家具质量哪能可靠？转而拉我去逛他导师推荐的中老年家具品牌，也是空手而返。我下不了决心，就这样一直拖着，直到硬装结束，必须要赶紧买家具了，才开始着急起来。浴室的镜柜和洗手台，我有好几个喜欢的样子，麦子却总是一口拒绝，不是嫌要分别买镜子和洗手台麻烦，就是说这个柜子肯定要找人打，不现实。有一天我再次提醒他浴具架子和洗手台还没有安装，什么时候装要提前告诉我，我好去买，结果他不耐烦地说："我已经装好了。"

我目瞪口呆，说，那给我看看照片？于是就看到跨着卫生间两堵墙的墙角上钉着两个小得不能再小的不锈钢浴具架，两个同样亮锃锃的不锈钢毛巾架钉在旁边两面墙上，再旁边是一个白色的县城新婚风镜柜和洗手台。卫生间的瓷砖我也选得不好，贴的方式也不对，看起来简直太失败了。我的心情一下子跌落到底点，不假思索地说："你为什么要把自己家浴室装修得跟一两百块钱一晚上的快捷酒店一样呢？"

"哪里像快捷酒店了？"

"那几个不锈钢架子，就是典型的快捷酒店风啊，不是和你说过很多次要买太空铝的吗？毛巾架还钉在马桶上面，更像快捷酒店了！"

"群里一大堆人买呢，别人家都能买就你家不能买吗？"

"为什么要和别人家一样？别人家还都装了电视呢，你们家装了电视吗？"

他不作声。我又说："镜柜太丑了！洗手台上那个水龙头也太丑了！太笨重了！"

"那还是我特意为了以后方便给宝宝洗澡买的多功能水龙头呢！可以拉出来洗头！"

"为什么要拉出来洗头呢？洗头我不会洗澡的时候一起洗吗？那些华而不实的多功能最后都是根本用不上的！"

这时候我想起他早已说买了但我也一直没有见过照片的冰箱和洗衣机，于是要求看一看。

这时他才找出照片给我看。果然，冰箱是金色的，洗衣机也根本不是我选的任何一款，门是一个巨大的黑色圆圈。我忍不住气得哭了起来，说："最后买的根本都不是我选的，还不告诉我，还要我问你了才给我看，那当初何必还要我挺着大肚子逛几个小时，显得好像很尊重我的样子，那么虚伪做什么呢？"

下午我就躺在床上，把之前一直犹豫着舍不得买，或是因他阻拦所以没买的家具，书桌、餐桌、斗柜、座椅、沙发、抱枕、主卧床，一口气全部下了单。见我真生了气，麦子也不好意思再多说什么，只是过后自己也趁机买了张我不喜欢的松木床,放在次卧。最后一个人去商场买主卧衣柜,终于也知道拍几张照片给我看了。结果我们互相琢磨着对方喜欢哪一个,最后挑了一个彼此都不是很喜欢的回来,然而这要到很久以后说起来,我们才会知道了。找不到喜欢的卧室灯,乐天做了两盏素净的吊灯灯罩送给我们,又去布料市场帮我挑好所有窗帘,让裁缝做好寄来。至此,绝大部分家具都已经买齐,小孩子也已经快要出生,把桌子装好,柜门和抽屉全部打开,将窗户开成上旋,锁上门。剩下的事,就是等待甲醛自己挥发了。

五

不久后,我提前回到南京,在姐姐上班的医院产下一枚小小的男孩子。刚出生的婴儿那么小那么软,头一次抱起他时,我简直不知如何是好,生怕自己一不小心就会用力过度,把他弄伤或是弄疼。是荷尔蒙的作用也好,是隐藏的母爱被激发了也好,此后相当一段时间里,我就这样一头扎入照顾小孩的世界,再难有精力去兼顾其他。麦子陪我们休完半个月的陪产假,就先回北京上班,留我们继续在姐姐家待一个月,这些年妈妈一直在姐姐家照看小孩,这样她就也可以一起照顾我们了。

麦子回去后,我催了他几次,在我和宝宝回北京前,要先搬一次家,把他所有的书和客厅里的小桌、烤箱之类家具搬到新家去,好有地方给他妈妈过来暂时照顾我们时住。虽然每天都很想念宝宝,他还是一直拖到我们回去前两天,才终于把所有书箱都整理了一遍,估摸着新家书架放不下,又挑出一半卖给了布衣书局,剩下的书打包,匆匆搬到新家堆着,留下一屋仿佛刚刚被扫荡过的狼藉迎接我们。好在出租房的客厅终于空了一些,我们把冰箱又往旁边移了移,整出的空间刚刚够放下一张单人折叠床。把床铺好,两天后,麦子的妈妈就从乡下过来,开始了帮我们一起照看宝宝的日子。

因为没有空间,从前我和麦子吃饭都在房间里,到这时客厅剩下的地方仍然只够一人走路。我们的起居不可避免都在房间里,虽然蹑手蹑脚,晚上的灯光和声音还是吵得小孩子总是很晚才能睡着。好在他并不怎么哭,我才终于稍稍放下一颗心。之前我最担心的,是他夜里啼哭,在隔音效果不好的旧楼里,恐怕隔壁半夜又要来踢门骂人。老居民楼没有电梯,我们只试着把婴儿车推出去过一次,回来一个人筋疲力尽把它搬上六楼后,我就再也不愿在这里用它了。我和麦子妈妈每天带宝宝出去,就只能轮流抱着,走到附近一个大超市前的广场上,坐着晒一小时太阳,再抱着走两圈,指给他看看附近草木,就又抱回去。时间很快到十一月,天气迅速冷下来,小孩穿得鼓鼓囊囊,我把外套扣子扣上抱着他走,他就一直往下滑,我只好又重新把扣子都解开。虽是如此,稍微走几分钟,两条手臂还是就酸得几乎要都僵掉了。

搬家因此成为我们时常谈论的事。房子的租期在十二月底到期,理想的搬家日期就在十二月中下旬。然而新房还剩下灯和窗帘一直没有安装。这期间几个月,我曾提醒过麦子好几次这件事,总被他以灯和窗帘架又不需要散甲醛、安装起来很简单、工长没时间安排人之类的话堵回来。想想还有一两个月时间，只要搬家前能装好就行，我只好想起来的时候就再催一遍。直到有一天，麦子妈妈忽然说，麦子爸爸在家看了日子，整个十二月只有九号那天是搬家的黄道吉日，剩下的日子都不好。我们乍听了忍不住哂笑，那么早，怎么可能！还有好多事没做呢！然而麦子妈妈忍不住便每天念叨起来，到后来在她心里，竟仿佛十二月九号搬家成了已定的事。平常和我一起带宝宝出门，又常常偷偷捡一些细棍回来，问她做什么，她就不好意思地笑笑，说是给我们搬家用的。这细棍后来有一天扫地时我在折叠床底下发现了它们，已经擗作一小截一小截，用一根红绸绳捆成小捆，大约是准备偷偷带过去祝祷我们"发财"。又有几个旧红包，大约因其红色，也收在那里。麦子无可奈何，便说到时候再看，可以的话就搬，不过多半是来不及，那边也是能多晾几天就多晾几天呢。

虽然有些埋怨老人迷信，然而在我心里，其实也早已感觉到了离别的先兆。楼下的山桃树在我们搬来的第二年，因为挡住电线，被砍掉了一大枝，第三年又被砍掉一大枝，气势大弱，春天花气远不如最初时繁盛，就连老人也都很少再去下面的沙发上坐坐了。小区里的木槿和海棠，头一年开出了繁盛的花，却因为被修剪得太厉害，第二年竟没有开花，等到第三年，仍然没有恢复元气，只零零落落开了几朵。这难免都是些很寂寞的事。与花的削弱相类的，还有人的消亡。小区的老住户们彼此都很熟悉，我们在这里却少有认识的人，只有一楼的老头是个例外。老头黑黑瘦瘦，大概七十来岁，衣服穿得很旧，常常没事坐在楼梯口前的空地上和人说话。我们楼道灯的电费用尽了，也是他一家一户收几块钱去交。每次见我们出入，他都要打声招呼："出去啦？""回来啦？"我们笑着点点头，说："嗯。"有一回他问我们房租多少，我们如实说了，他听了十分震惊，说房东租得太贵了，他租出去的房子根本没这么高的价钱。我们这才知道，原来一楼和二楼的房子都是他家的。到要搬家前，有一天麦子忽然对我说："你有没有发现，楼下那个老头已经很久都没有出现过了？不知道是不是出了什么事情。"过了几天，特意跟旁边的人打听了一下，才知道他果然已经在一个多月前去世了。

不久后又发生了另一件始料未及的麻烦事。有一天我把垃圾袋从屋里拎到门外，准备下楼时扔，刚走出门，麦子妈妈也跟着出来，手里拎着另一袋垃圾。不过几秒钟时间，门却忽然"嘭！"一声被风吹关上了，留下穿着睡衣睡裤和拖鞋、既没有带手机、也没有揣一分钱的我们俩在门外和正在熟睡的宝宝在房间里。我愣了几秒，

院子里空地上老人种的牵牛，一到夏天就开起来

等意识到是怎么回事，立刻想到宝宝已睡了快三个小时，恐怕马上就要醒来，不知道会怎么哭，而就在他旁边，还堆着两床叠好的厚厚的被子。之前在书上看到过的种种警告父母永远不要把熟睡的小婴儿单独留在房间里、许多婴儿因为被被子压住而窒息的话，几乎是一瞬间就涌进脑海，我恐惧得简直要发起抖来。虽然那时候他还根本都不会翻身，但谁能保证万一呢？隔壁没有人，我狂奔到楼下去敲门，听敲得急了，终于有一个叔叔来应门。等他问清是怎么回事，便立刻将他的老人机拿出来，借给我打电话。麦子在电话那头安慰我不要着急，他马上打车回来，然后就挂了电话。

而我怎么可能不着急呢？想到他平常下班坐地铁回来总要一小时二十分钟，而此刻对我来说，一分钟就像一小时那样漫长，我一边把电话还给那位叔叔，一边忍不住哭了起来。见我这样，这个之前从未和我说过话，只是遛狗时在楼道上遇见了会命令他的狗"等一下！"的叔叔，把他的手机塞进我手里，说："姑娘！你不要哭，宝宝不会有事的！你要是着急就再打个电话给110，有开锁的，也有消防的，你叫一个过来帮你开门！哪个快你就喊哪个。你把手机拿着！拿走！等你用完了再还给我！"

我哭哭啼啼谢过他，重新拿过手机给110打电话，那边已见怪不惊，问我到底是要叫开锁的还是消防，我说："哪个快一点就叫哪个！"于是她帮我叫了消防，叫我等着，会有人给我打电话。焦灼万分地等了一会，终于接到一个电话，说消防车已在开来的路上，叫我到小区门口去等，以免他们找不到。我捏着手机跑到小区门外，等啊等,左顾右盼,消防车还不来,我忍不住抹着眼睛又哭了起来。无尽漫长的十几分钟后,消防车终于来了,七八个消防员跳下来,跟我走进小区。路上他们开玩笑,对其中最瘦的一个说,等下就交给你了,一脚踹开就行!我这才惊觉他们原来没有准备任何工具,而我之前以为他们一定会有什么工具把门撬开的。

前面已经说过,这房子的门是一道半镂空的防盗门加一道木门。防盗门已经半坏,平常在里面锁不上,只靠一道插销插着,把手伸进去就可以打开。木门则是很久以前的旧门。听说只要打开这道木门就行,消防员的信心更足了些,不疾不徐让我签了字,而后那个最瘦的消防员抬起脚,深吸一口气,"咚"一脚蹬上去,木门却纹丝不动。他咬咬牙,又接着"咚、咚、咚"一脚接一脚踹下去,木门却出了奇得结实,我在旁边看着,想到宝宝肯定早已被吓醒,大哭不已了,心里懊悔不及,谁想到会这样吓到他!距离门关上已有半个小时,宝宝不知在里面怎样,我忍不住又背过身小声哭了起来。消防员的脸色也渐渐难看,脸上不再有笑容,只一个接一个轮换着上阵踹门,直踹了十几分钟,连门框都松动了,门才终于被踹开。我哭着喊:"宝宝!"立刻冲进去抱他,他果然在床上哇哇大哭,已经喉咙嘶哑,但还是没有移动丝毫,两床被子也在旁边好好地堆着。我抱起他,失而复得般接着哭,消防员很快在门外走掉,等他们下到一楼的时候,麦子就已经走到楼梯口,和他们碰见了。

整个下午和晚上,我都陷在自责懊悔的情绪之中,羞愧难当。为自己这样不镇定,在所有解决方式里,竟就选了最差的那一个。忘记和消防员说谢谢，虽然那时心里十分埋怨他们居然只有硬踹一个办法；想救宝宝，结果活生生用踹门的巨响吓了他十几分钟；只道麦子回来得慢，却想不到他打车回来会快很多。如今门被踹了个大洞，少不得要麻烦他找人重装，花钱是小事，房东那里免不了会说什么。见我这样，麦子难得展现了温柔的一面，安慰我说："不要担心了，门我会找人修好的，只要换一扇门就行了。房东那里大不了不要押金了，没事的。"

检查一番之后，我们发现这扇门虽然是木头的，门框却是铁的，这恐怕也就是它为什么那么难以踹开的原因了。如今再定做一个这样的木门已经很难，恐怕只能连前面的防盗门一起卸掉，重新装一扇全封闭的防盗门了。麦子去附近几家门口挂着"装修"字样的小门面问了问，听说只要买一扇防盗门换，就统统说做不了。有一家甚至已经答应，最后还是不愿上门来测量。事情就这样暂且搁置下来，白天我们在屋子里，只能把一只无纺布袋子折两折，轧在门缝里，好让它关得紧一点。阳台窗户因密闭不严而吹进来的风，鼓荡得它终日轻轻作响，使人疑心是有人进来，只好不时起身去望一望。

房东偏在这时候打来电话，问房子还续不续租，不租的话要早点帮她发信息把房子租出去。麦子跟她说了门的事，第二天她便来查看，好在并没有为难，只是要我们保证一定会尽快把门修好。我们赶紧答应下来，又说洗衣机和书架、桌子我们都不会带走，就留在这里给下任租客用。房东便又说起帮她发布租房信息的事，说这回房子再租出去，她要把房租涨到四千六百块一个月，一次整租两年。

我们惊得目瞪口呆，说："从三千五一下子涨到四千六，也涨得太多了吧?"

"可不多!哎我跟你们说,我这房子这两年租给你们,你们可是占了大便宜了!这两年房价涨得多厉害,我都没有涨房租!我已经到附近中介公司假装问过了,他们都是开的这个价。我一次整租两年,明年这房租肯定还要涨,定四千六还是便宜了呢!"

我讷讷,彼时正值全国房价又一轮大涨的风头,比起两年前,的确又早不可同日而语了。过了一会,还是忍不住说:"要是大一点或者新一点的房子也还好,这么小又这么旧的一居室,感觉四千六租出去还是有点难……或者至少得稍微装修一下,弄得新一点吧。感觉四千六也很少有人能租得起!"

"租不起就别租呀!有人租不起,肯定也有人租得起,租不起就别在北京待了就是呗。"

我心里一凛,不想再多说什么,过了一会,问她:"你出国的事怎么样了?"

"嗨,这两年不是一直在排队吗,现在已经快轮到了,估计就今年吧!"

但我的提醒还是起到了作用,不一会房东准备回去,走到客厅,环顾了下屋子,忽然说:"那你们觉得这房子要是四千六租出去的话,有哪些地方要装修一下才行呢?"

我抬起头,正好看见屋顶四角已经有一半裂开、几乎随时会脱落下来的石膏线,说:"这个石膏线快掉下来了,要是打到人的头就不好了……客厅的吸顶灯也坏了——自己掉下来的——怎么用强力胶粘都粘不住。"又带她到卫生间,"卫生间墙上贴的瓷砖也掉了十几块下来了,也是有一天自己忽然掉下来的,不是我们弄的。"然后是厨房,"不过最该换的还是厨房这个老油烟机和燃气灶。油烟机没有用,油烟根本抽不出去,做饭总是有油往下滴,这个架子还特别占地方。燃气灶也太脏太旧了,其实买一个新燃气灶也花不了多少钱的——哦哦,油烟机后面的瓷砖也是有一天自己忽然掉下来的,把我们吓了一大跳,还好没有砸到头。"

房东点点头,说:"哎,这要装修的地方还挺多,做起来还是太麻烦了。对了,你们不是刚装修完?要不,你们帮我装修?"我们赶紧说装修不了,她才走了。过了两天,房东跟麦子说已经在网上买了一个抽油烟机,明天会有师傅来安装,她可能也会过来,其他东西先就不弄了。怕电钻声音吓到小孩,第二天我便带着宝宝去朋友家暂避,黄昏时回来,果然已装上了新的抽油烟机和燃气灶,虽然仍是很便宜的东西,厨房还是一下子显得宽敞和整洁了许多。只是后面墙上原本就脱落了的瓷砖,因为钻洞又落了许多,露出一大块灰白的水泥墙来。

到了晚上,房东给我发来微信:"油烟机后面的墙,你俩买点瓷砖回来贴上,别把墙弄脏了。"

见我没有回复,过了会,房东又发来消息:"客厅门你们要赶紧给我换掉,你们这把门弄坏了,我也没法叫人过来看房,还急着租出去呢!"

到了这一步,我已经完全不想再在这里住下去,只好去问麦子十二月九号之前门能不能换好。麦子说,其实门没换好我们也可以先搬过去住，回头他再过来找人换。十二月剩下的租金房东应该不会退，我们也不打算再要，因此直到三十号之前这房子都该是我们住的。只要新房那边没有问题，我们就随时可以搬过去了。

于是这才紧锣密鼓地找人做起余下的事来。终于安装了灯和窗帘架，又在淘宝上找了家公司检测新房的甲醛含量。测甲醛要先去把所有门窗关上，过二十四小时再去检测，因此又多花了两天。这时已是十二月六号，测试结果还要过几天才能出来。妈妈打电话过来问我们哪天搬家，我只好摇摆不定地说："麦子爸爸说十二月九号是好日子，要是十二月九号之前甲醛测试结果能出来，达标了就那天搬，要是不达标就只能再等等了。"妈妈说："哦哦，那你搬家的时候，到了门口，你要抱着小宝先进去！然后到厨房把燃气灶的火打开，没东西烧你就先烧一壶水，一定要记得啊！把火打开！这样日子才红红火火！"我只是胡乱应着，想着老人家果然各自有其讲究。

这边坏掉的门，同一天麦子在网上找到一家附近的淘宝店，愿意上门测量，只是定做要等十天。下了单，黄昏时即有人来测量，量好之后，那人说这个尺寸的门他们店里正好有一扇现货的，问我要不要，还是挑个喜欢的样式重新定做？我赶紧说要，第二天中午，新的防盗门就送来装好了。至此已只剩下甲醛检测一件事，麦子打电话问检测公司能不能早点出结果，等到八号中午，结果出来了：全部合格。我们欢呼雀跃："那我们明天可以搬家了！"麦子说："还没有联系搬家师傅呢！"

赶紧打电话，师傅说明天已安排了其他人家，但是下午应该能抽出时间帮我们搬一趟,就是不确定什么时候能到。搬家的事就这样匆忙决定下来,我们的东西还完全没有收拾。晚上我抱着宝宝,看麦子和他妈妈打包了一点,没过一会,宝宝就要睡觉了,麦子说:"算了,就这样吧,明天我来打包,反正师傅要下午才来。"

第二天上午,我便抱着宝宝,和麦子妈妈带着锅碗瓢盆和一点菜,先打车到新家去。等一进家门,便像妈妈交代的那样,走进厨房,打开燃气灶。然而一手抱着宝宝,装不了水,我只好看着火苗跳跃燃烧了几秒,就把火关掉了。麦子妈妈偷偷做好的小柴捆,后来我也没有再见过它们,不知她是悄悄放在哪里,什么时候又悄悄丢弃了。

中午我们随便做一点饭先吃。下午麦子迟迟没有过来,小孩子要睡觉,床上却还没有床单被子,我把他直接放在床垫上,拿一件衣服给他盖住。一直等到晚上九点,麦子和搬家师傅才到。说是下午搬家的那户人家东西太多,跑了两趟,所以等得久了。等东西全部搬好,我们请师傅进来一起吃完饭再走,他再不肯,说今天儿子在家,要回家和儿子一起吃饭。拿了两百块钱,就和我们告辞。麦子过意不去,追上去塞给他一瓶水。在电梯口一边说着再见,一边开玩笑说:"这下应该暂时不会再请您搬家了!"一时都笑了起来,就这样愉快地作别了。

最初的激动过后,接下来半个月里,我们都如同生活在一个垃圾堆中。搬家时没有时间慢慢打包,麦子把所有东西都胡乱塞进大大小小的包里,到这时全部拆出来,堆在客厅地板上,等待人一件一件整理。总要到搬家的时候，我们才会惊觉这些年不知如何积累下那么多东西，如同蚍蜉般，遇物辄取，昂首负之，被破旧之物掩埋，心中仍难以意识。偶尔下决心扔掉一样，却又都会受到这样或那样的阻碍。把书上架也是很费时间的事。这项工作本来可以让麦子来做，但我发现他只是随便把书往架上一放，完全不管高低、宽窄与内容之后，就只好请他下来，还是自己每天趁小孩子睡着的时候，蚂蚁搬家般缓慢而细碎地收拾。

听闻我搬家后，大姐夫以迅雷不及掩耳之势把我自硕士毕业后就存放在他家的书全部寄了过来。书到的那天，纸箱太重，我没有力气搬进来，就在门口拆开一本一本看起来。都是读研时买下的书，一打开，过去的时光的气息便扑面而来。有些书当时我极为认真地看过，做了详细的笔记，绝大多数却都是崭新，有些连包装都没有拆开。而提示自己那些年虚假的无疾而终的努力的，是那么多写了几页就没有再写的笔记本。果然是这样，人生的症候如草蛇灰线，早已伏延千里，只是那时的我还以叶障目，不愿承认罢了。不过，事情即便如此，我还是愿意把书架上最好的位置留给它们，将它们排列得漂漂亮亮、整整齐齐。

半个月后，当所有书都终于分门别类放好，所有东西也都塞进柜子以后，我站在玄关的过道前，看着此刻终于收拾整齐而空荡一新的客厅和第一次擦得干干净净的地板，心头涌上难以言说的柔和的喜悦。那一刻我才真正意识到，原来有一个自己的家，真是一件让人高兴的事啊。只是搬家时枯萎在厨房窗外泡沫箱里的鸭跖草，不知是死了还是休眠，我虽然记得，却因为那种匆忙，最终也没有嘱咐麦子将它带过来。那以后，我也时常会想起，不知来年的春天它有没有发芽，又有没有在夏天的雨水里再次开出蓝色的花呢。

2017 年 1 月至 2018 年 3 月初稿，北京

《安家记》附记

这篇《安家记》开始写于2017年1月，那时我们刚搬到新家不久，小孩子亦已出生，一段过去的时日结束，而未来全新的生活似乎正在向我们展开。我开始写这篇文章，想记录下过去几年在北京的租房生活以及最后买房的经历。断断续续写完第二部分，就因为工作和照顾小孩的生活相互夹击的繁忙，而长久地搁置下来。之后，周遭环境发生了一些改变，我也感觉到自己所写生活的虚妄，有点怀疑起这样的文章的意义。我所以为的"安家"，实际也仍是在大海的漂泊中，不确定生活的浪头是否哪一天打来，就又变得风雨飘摇。

重新开始写起来，已是2018年1月。一些事情在看不见的地方发生了变化，大概正因为如此，我不由得想起2008年第一次到北京来时，所遇到的在这座城市寻找远大前程的朋友们。带我去天安门广场的朋友，几年前因为恋情的失败，又离开北京回到南方，渐渐没有了音讯。而那时接纳我在她的小群租房里暂住的女孩子，如今也早已失去联系。偶尔我想起她，在网上搜索她的名字，可以看到她写的零星采访，带着灰暗又明亮的色彩，仿佛暗夜里的星。二十多岁的后青春期过去了，我们都成了多少有些失败的人,并就此接受了这种失败。

　　写的过程中我搜索资料,才发现北京市后续的自住房已由"自住型商品房"变为"自住型共有产权房"了。经人告知,也才知道我在北京租住过的第一个小区,如今已被打上"危房"的标签,所有居住人员已经疏散,将在原地盖上新房。那些曾经住在自搭的平房里,做着各种职业的人,大概早已经散去,不知是否还继续生活在北京的哪个角落,或是已离开了这城市。"安家记"并不是从此的落定,它仍然只能是一个从南方来到北方的普通人,所经历的暂时栖停。

家的一隅

图书在版编目(CIP)数据

拔蒲歌/沈书枝著.—北京:人民文学出版社,2018
ISBN 978-7-02-014447-1

Ⅰ.①拔… Ⅱ.①沈… Ⅲ.①散文集—中国—当代 Ⅳ.①I267

中国版本图书馆CIP数据核字(2018)第185093号

责任编辑　欧阳婧怡
装帧设计　陶　雷
责任印制　徐　冉

出版发行　人民文学出版社
社　　址　北京市朝内大街166号
邮政编码　100705
网　　址　http://www.rw-cn.com

印　　刷　天津千鹤文化传播有限公司
经　　销　全国新华书店等

字　　数　150千字
开　　本　880毫米×1230毫米　1/32
印　　张　10.25　插页4
印　　数　1—15000
版　　次　2019年2月北京第1版
印　　次　2019年2月第1次印刷

书　　号　978-7-02-014447-1
定　　价　49.00元

如有印装质量问题,请与本社图书销售中心调换。电话:010-65233595